M Canet

LES HÉRITIERS

DANS LA MÊME SÉRIE

1. *Double jeu*
2. *La Disparue de Las Vegas*
3. *Le Linceul de glace*
4. *Le Corps du délit*
5. *La Tangente*
6. *Les Héritiers*
7. *Faux-semblants*

MAX ALLAN COLLINS

LES HÉRITIERS

Fleuve Noir

Titre original :
CSI MIAMI™ #2: HEAT WAVE

Traduit de l'américain
par Florence Mantran

This edition published by arrangement with the original publisher Pocket Books, a division of Simon and Schuster, New York.

ISBN : 2-265-07785-2

1

Derrière les vagues couleur de lave qui se brisaient sur le sable dans une explosion d'écume, un ciel lourd et faussement calme annonçait l'imminence d'une tourmente. C'était une période de l'année assez tranquille pour Miami et sa région, et, pourtant, un drame se préparait. Une tragédie qui n'avait rien à voir avec la tempête à venir.

Le long de la côte, les hôtels vides avaient une allure de pierres tombales, transformant la ville en un cimetière géant. Néanmoins, leur rempart scintillant semblait accueillir l'Atlantique avec gaieté et optimisme. Ce soir, toutefois, l'océan qui s'avançait sur la grève avait tout d'une longue silhouette sombre munie de sa faux, la menace de l'orage se précisant à chaque minute qui passait.

Le ciel avait viré de l'anthracite au noir et, sur Ocean Drive, le long du mince ruban vert que formait Lummus Park, coincé entre l'avenue et les eaux déchaînées, l'habituelle parade de voitures défilait comme chaque soir devant les hôtels Art déco à l'architecture luxuriante.

C'était Miami Beach, après tout, et l'endroit avait une réputation à tenir – pas forcément bonne, mais susceptible d'attirer les jeunes de tout poil.

Des hordes de piétons, des touristes pour la plupart, déambulaient sur les trottoirs de South Beach, quasiment harcelés par de sculpturales hôtesses qui leur vantaient les charmes d'un bar ou d'un hôtel. A chaque halte, ils étaient noyés sous le flot de musique qui se déversait d'un bar à l'autre, les effluves d'alcool se mêlant langoureusement à ceux du jazz, du reggae, de la soul ou de la salsa.

Le restaurant en terrasse de l'hôtel Archer, un bâtiment blanc aux bordures vert pâle et rose, était bondé de dîneurs attablés, que l'imminence d'un violent orage ne perturbait manifestement pas. Dehors, une file de clients impatients s'allongeait peu à peu tandis qu'un rock des années 60 hurlait dans les haut-parleurs, couvrant les roulements de tonnerre qui ne cessaient de se rapprocher.

A l'extrémité de la terrasse, quatre hommes assis à une petite table semblaient tout à fait indifférents au vacarme de la musique.

Face à Ocean Drive, tournant le dos à la baie vitrée qui donnait sur l'intérieur du bar, Kurt Wallace était à mille lieues de se douter que son échine ainsi exposée offrait une cible parfaite pour un tueur.

Les deux costauds qui se tenaient de chaque côté de lui veillaient à sa sécurité depuis des années. A sa droite, Cummings, avec sa gueule de bouledogue, scrutait l'avenue ; à sa gauche, Stevens gardait un œil méfiant sur la salle de restaurant, sa tête pivotant comme celle d'une poupée désarticulée.

Un troisième gorille, Anthony, se tenait, invisible, à l'intérieur de la salle. Lui aussi était un employé de longue date, et Wallace plaçait une confiance aveugle en cet ancien footballeur professionnel.

La sobriété de leur complet trois-pièces aidait ces gardes du corps à se fondre aisément dans la faune nocturne de Miami Beach. Simples et élégants, ces vêtements dissimulaient toutefois avec art les armes que chacun d'eux avait plaquées contre le corps.

C'était l'un des meilleurs tailleurs de la ville qui s'occupait d'habiller les hommes de Wallace. A l'image de leur employeur, il avait ainsi choisi de les vêtir ce soir d'un costume Armani.

Grand, la chevelure noire et bouclée striée de gris, Wallace était beau et ne l'ignorait pas. Ce qui aurait pu apparaître comme une beauté banale et virile – son long nez droit était parfaitement perpendiculaire à la ligne de sa bouche, par exemple – avait en fait quelque chose de ténébreux, cela grâce à ses yeux sombres qui semblaient suggérer en permanence colère ou cruauté, selon l'éclairage environnant, l'angle de son profil et, bien sûr, son humeur. Une humeur dont l'expression était le plus souvent ponctuée par un brusque mouvement de ses épais sourcils noirs.

Après l'assassinat de Peter Venici, quelques mois plus tôt, Wallace n'avait eu aucun mal à s'octroyer le fauteuil du « padrone », le boss du crime organisé de Miami. Il en avait rêvé pendant des années mais, aujourd'hui, cet homme d'affaires américain qui avait réussi à détrôner la vieille mafia sicilienne se demandait si le meurtre qu'il avait commandité en valait vraiment la chandelle.

Bien qu'il ait à présent la mainmise sur les docks, les syndicats, la prostitution et le jeu, Kurt Wallace se trouvait en butte à des combats permanents contre les gangs de jeunes qui, ces dernières années, s'étaient mués en mini-cartels, lui chapardant la plus grande partie de son business de stupéfiants. Le plus exaspérant de tous était celui que formaient les Culebras, un groupe de Cubains américains implantés dans le pays depuis trois générations, dont le chef avait été Juan « El Patàn » Padillo.

Le fait que Padillo – connu dans certains cercles sous le nom de Johnny le Rustaud – ait été achevé par Venici n'était un secret pour personne. Si bien que, en descendant ce dernier, Wallace avait pensé faire des Culebras ses alliés.

Mais rien ne s'était passé comme il l'avait espéré.

Antonio Mendoza, le nouveau chef du groupe latino-américain, semblait haïr Wallace encore plus que celui-ci avait haï Venici. Selon lui, ce n'était qu'un traître, même si le « padrone » avait fini par être méprisé de tous. Ces jeunes blanc-becs ne savaient donc pas comment se traitaient les affaires, dans le milieu ? Qu'il ne fallait surtout pas négliger l'éventualité d'une nouvelle prise de pouvoir ?

D'autre part, les Culebras n'étaient pas les seuls à lorgner sur le trafic de drogue de Wallace. La liste des prétendants était si longue que c'en était déprimant : les Mitus, de Colombie ; les Faucones, de Little Haïti ; les Trenchs, dont le nom venait du fameux bidonville de Kingstone ; et même ces tordus de néonazis des quartiers chic… Chacun avait bien l'intention de s'offrir une part de la pizza Venici.

Un moment, vu la façon dont les choses avaient tourné, Wallace s'était demandé s'il avait eu raison d'éliminer le vieux mafieux.

Un doute qu'il avait eu vite fait de rejeter, cependant. Bien sûr, il serait allé au bout de son idée !

Kurt Wallace avait beau ressembler à une gravure de

mode, c'était un dur, un gagneur. Et il n'avait pas l'intention de laisser qui que ce soit le déposséder de la moindre parcelle dc son territoire.

Voilà pourquoi il s'était rabaissé à dîner ce soir à l'hôtel Archer avec Sonny Spencer, cet être abject et visqueux.

Spencer était l'incarnation même de ce que l'on appelait aujourd'hui la Dixie Mafia. Avec sa veste de lin blanc portée sur un T-shirt pastel et un jean impeccable, il pensait apparemment que le style *Miami Vice* était le top du top.

Assis en face de Wallace, le néonazi aux cheveux couleur paille plissait ses yeux clairs… histoire de se montrer impressionnant, peut-être. Mais l'effet était raté car, ainsi, il semblait plutôt souffrir d'une puissante myopie. Bien sûr, c'était un des lieutenants – et le neveu – de Billy Joe Spencer, patron du cartel avec lequel Wallace espérait conclure un marché, mais il n'était pas exactement l'un de ses plus brillants représentants. Cela, Kurt ne le savait que trop.

Par quelle aberration avait-il ainsi accepté de venir seul, pour se trouver maintenant assis face à lui, le dos tourné à l'avenue encombrée de passants et de voitures ? D'un autre côté, son apparent manque de prudence traduisait sans doute ce dont les deux hommes étaient parfaitement conscients : le jeune Spencer n'avait rien à craindre de Kurt Wallace.

A la vérité, ce dernier avait besoin de tous les alliés possibles, dans une guerre qui semblait vouloir lui tomber dessus d'une façon aussi inexorable que la tempête qui fondait maintenant sur la côte.

Voilà donc pourquoi ces deux rivaux qui ne partageaient pas la moindre amitié se retrouvaient pour un dîner qui, ils l'espéraient, se conclurait par un accord de paix permettant aux deux parties non seulement de survivre mais de prospérer dans cette jungle.

Saisissant le menu, Spencer déclara :

— Sans rire, Kurt, on va vraiment avoir besoin de se serrer les coudes quand toutes ces crapules vont débouler pour nous piquer ce qui nous appartient.

A contrecœur, Wallace se résolut à hocher la tête devant le sombre imbécile qu'il avait en face de lui.

Il se demandait sérieusement si le prix de sa survie exigeait réellement de frayer avec ces chiens rongés de puces. Mais, ce n'étaient que les affaires, après tout, l'essentiel étant de vendre sa marchandise… peu importait à qui. Autant donc laisser ce prétendu superman se la jouer ; la seule couleur qui intéressait Kurt Wallace, c'était le vert des dollars…

Et il devait bouger avant que les Culebras et les autres ne se rendent compte de la faiblesse de sa situation actuelle.

— Et je pense qu'on devrait commencer par ces couilles molles de Culebras, ajouta Spencer.

— Non, Sonny, répondit Wallace. Je ne suis pas d'accord.

Spencer grimaça, comme si le fait de réfléchir lui demandait un effort considérable.

— Commençons d'abord par dîner, reprit l'autre en lui offrant son plus charmant sourire.

— Ouais ! fit Sonny avec enthousiasme avant de se plonger dans la lecture du menu.

Au fond, ce crétin avait raison. Même si tous ces gangs de voyous semblaient prêt à se jeter sur les biens de Wallace, les Culebras restaient quand même le premier de leurs soucis.

En s'appropriant le petit business de Venici, Kurt avait par la même occasion hérité de la haine que les Culebras vouaient au vieux boss.

C'était lui qui était allé chercher dans le New Jersey cette équipe de tueurs à la retraite, pour éliminer de la planète « El Patàn »… et non pas Wallace ! Ils avaient disparu, maintenant, l'un d'eux ayant passé l'arme à gauche, les deux autres croupissant en tôle. Et, Venici mort à son tour, l'affaire aurait dû être close.

Au-delà des Culebras et de la rivalité entre gangs, il y avait la police de Miami-Dade et les Fédéraux qui lorgnaient sur les activités illégales de Wallace. Pas seulement sur la drogue – ça, il s'y attendait – mais sur le jeu, la prostitution, et son trafic louche dans l'immobilier.

Deux flics en particulier l'avaient à l'œil et lui rendaient la vie impossible. Horatio Caine, le haut responsable de la police scientifique de Miami-Dade, qui avait réduit à néant le gang de retraités du New Jersey, relançant par la même occasion les investigations dans l'univers du crime organisé.

Pire encore était Jeremy Burnett, de la DEA – la Brigade des Stups – qui n'hésitait pas à intervenir en permanence dans les affaires de Kurt Wallace. Ce modèle de vertu avait pour « complice » le substitut du procureur, Kenneth LaRussa, prêt à poursuivre en justice le premier gars qu'il surprendrait avec des comprimés un peu plus puissants que l'aspirine.

Se tournant vers Cummings et Stevens, Wallace leur dit :

— Vous pouvez commander, vous aussi.

Souvent, les gardes du corps déjeunaient plus tard que leur employeur afin d'assurer auprès de lui une surveillance plus étroite. Mais leur boss se sentait suffisamment en sécurité ici, au milieu du réservoir à touristes qu'était South Beach. Sans un mot, les deux hommes saisirent leur menu pour faire leur choix.

S'emparant du sien, Wallace se demanda s'il pourrait pousser Spencer à descendre un des – ou même les trois – excités qu'il avait aux trousses. Une opération délicate, à la vérité, mais, si la police en venait à mettre ces meurtres sur le dos de ce gang de néonazis, toute leur attention se tournerait vers eux. Avec un peu de chance, Wallace verrait alors les flics lui lâcher les baskets pour s'en prendre tout naturellement à Spencer.

Souriant à demi, il lut le menu, non sans penser que tout pourrait finalement marcher comme sur des roulettes.

Il porta son choix sur un filet de sole puis leva les yeux sur Spencer, qui lui dit :

— J'espère que vous ne m'en voudrez pas si je commande le châteaubriant. Je ne suis pas très fana de poisson.

— Prenez ce que vous voudrez… répondit-il en fronçant les sourcils.

— Quelque chose vous tracasse, monsieur Wallace ?

— Non. Prenez ce qu'il vous plaît, Sonny. C'est moi qui régale.

Spencer sourit à pleines dents, puis réexamina le menu, à la recherche d'un autre plat de luxe. Mais Wallace s'en moquait. Ses yeux étaient rivés sur l'avenue.

Il se passait quelque chose d'anormal. La musique continuait de hurler dans les haut-parleurs, ce qui l'avait empêché de remarquer le brusque silence qui venait de s'installer sur Ocean Drive. Cependant, il constatait maintenant qu'il n'y avait plus aucun trafic devant la terrasse de l'hôtel, au moins à partir du carrefour précédent. La marée habituelle de voitures, qui avait soudain cessé, agit comme une sonnette d'alarme dans la tête de Wallace.

Cummings, devinant l'inquiétude de son patron, leva les yeux de son menu, porta son regard là où se trouvait celui de Wallace et nota le même détail troublant. A cet instant, tous deux entendirent le crissement de pneus… et, comme dans un rêve, le temps passa brusquement au ralenti pour Wallace. Il vit une voiture gris métallisé déboucher du coin de l'avenue en chassant de l'arrière, accrocher un véhicule garé le long du trottoir puis fondre sur l'hôtel Archer.

Une partie de son cerveau resta fascinée par ce spectacle : il voyait la tête et les épaules d'un Latino-Américain émerger par la fenêtre côté passager.

L'homme avait d'énormes yeux bruns, la peau mate, les cheveux noirs et frisés – *un peu comme les miens*, songea Wallace, *quand j'étais jeune…* – et une moustache si épaisse et sombre qu'il se demanda un instant si elle était réelle.

Sa bouche était grande ouverte, ses dents bien visibles et éclatantes, et il semblait crier des mots que Wallace ne comprenait pas.

A sa droite, Cummings cria lui aussi quelque chose, mais Kurt, là encore, ne saisit rien, ses yeux restant rivés sur le passager de la voiture grise. Il ne voyait plus que le AK47 entre les mains tannées, son canon dirigé vers la terrasse de l'hôtel, son chargeur rond pendant sous lui comme un nid de frelons.

Bien que l'homme soit quelque peu ballotté par les

écarts de la voiture, ses mains restèrent parfaitement immobiles, presque élégantes, lorsque la flamme, fulgurante et jaune, surgit du canon.

Wallace entendit des gens hurler autour de lui, vit ses deux gorilles bondir sur leurs pieds, Stevens se jetant sur l'arme qu'il gardait sous sa veste, et Cummings se précipitant sur lui pour lui faire un rempart de son corps. Les yeux de Sonny Spencer s'écarquillèrent de stupeur, et lui aussi se leva d'un bond en criant des mots qu'une fois encore Wallace ne saisit pas.

Autour de lui, tout le monde paraissait parler en même temps, mais il se sentait comme plongé dans un épais silence cotonneux.

C'est alors que les lèvres de Spencer cessèrent subitement de remuer et qu'une gerbe écarlate jaillit de sa bouche, giclant dans l'air alors qu'il faisait volte-face, avant d'exploser en gouttelettes qui maculèrent sa veste blanche au moment où il s'effondra.

Le bras puissant de Cummings passa comme un éclair devant le visage de Wallace, puis, avec un grognement rauque, le garde du corps s'écroula à son tour, non sans faire exploser la baie vitrée derrière lui. Un mouvement que Wallace sentit plutôt qu'il ne vit, incapable de détacher les yeux de l'homme à la kalachnikov.

La voiture était pratiquement devant eux, à présent, et le regard de Wallace croisa celui du tueur.

Toujours prisonnier de ces secondes irréelles et ralenties, Kurt entendit le pistolet de Stevens atterrir avec fracas sur le carrelage au moment où son gorille s'affalait à terre. Il vit alors le meurtrier lui sourire puis, de nouveau, la flamme orangée surgit du canon de son AK47, et il sentit son torse s'enfoncer en lui…

une fois, deux fois, trois fois, comme si un odieux je-sais-tout s'amusait à lui enfoncer l'index dans la poitrine pour lui montrer qu'il avait raison.

Et soudain, il se retrouva couché sur le dos, les yeux ouverts sur le ciel sombre. Comment était-il arrivé là ? Il l'ignorait. Mais, quand il tenta de se redresser, il n'y parvint pas. Une main puissante et invisible s'évertuait à le plaquer contre le sol de la terrasse.

Soulagé de n'avoir pas été sérieusement touché, Wallace n'éprouvait aucune douleur, même s'il ne pouvait rien distinguer d'autre que les nuages noirs. C'était étrange… sur un fond de roulements de tonnerre, le sourire du tueur se balançait dans l'espace au-dessus de lui comme un croissant de lune… comme dans *Alice au pays des merveilles*, lorsque le chat disparaissait et laissait son sourire derrière lui…

L'odeur âcre de la poudre flottait dans l'air humide et Wallace n'entendait rien d'autre que les coups de feu dont les claquements résonnaient en boucle dans son cerveau. Des milliers de coups de feu, innombrables, interminables… Tournant la tête, il vit Anthony, couché sur le ventre près de lui, le front orné d'un trou rouge et net. Son garde du corps était mort en se précipitant hors du bar pour lui sauver la vie.

Quelle tristesse…

Enfoirés de Culebras… D'une façon ou d'une autre, ils allaient le payer.

Antonio Mendoza, le successeur de Padillo, était non seulement plus futé que son prédécesseur mais aussi plus impitoyable. Cette attaque portait sa signature. Alors que Padillo aurait juste essayé de faire du forcing pour s'octroyer sa part du gâteau, Mendoza s'imaginait que, s'il descendait Wallace, il s'approprierait le dessert entier à lui tout seul.

Celui-là se prenait pour l'incarnation de Tony Montana, le gangster joué par Al Pacino dans le film *Scarface*. Beaucoup de petits truands locaux voyaient en lui un véritable héros. Wallace, lui, avait un mépris profond pour ceux qui ne comprenaient pas que Montana était aussi arrogant que stupide, et qu'il avait fini criblé de balles, le nez dans une mare de sang.

Ce n'était pas comme cela qu'il comptait terminer sa vie. Il allait se remettre très vite de ces égratignures et apprendre à Mendoza que ce n'était pas avec une simple kalachnikov qu'on enlevait Miami à Kurt Wallace.

Il regarda de nouveau le ciel, sans savoir que sa perception du temps transformait chaque seconde en minute. Un nouveau coup de tonnerre, et la première goutte de pluie tomba, pour s'écraser doucement sur son front.

Cela lui fit l'effet d'un réveil qui sonnait, et Wallace tenta une nouvelle fois de s'asseoir. C'était étrange… il n'arrivait pas à remuer le moindre petit doigt. Le visage d'une femme passa dans son champ de vision. Ses lèvres bougeaient, mais Wallace ne comprit pas ce qu'elle lui disait.

Elle était belle, pourtant. Belle comme un ange, dont les longs cheveux soulevés par le vent qui commençait à souffler étaient aussi noirs que le ciel derrière elle. Ses yeux bruns étaient écarquillés de… Etait-ce de la stupeur ? De la peur ?

Wallace ouvrit la bouche pour dire à cette passante – manifestement effrayée par les coups de feu qui venaient de se produire – que tout allait bien. Mais les mots s'étranglèrent dans sa gorge, il toussa, et seul un filet de sang s'échappa de ses lèvres.

Les yeux de la femme s'agrandirent encore, et le gangster se sentit étouffer. Alors, seulement, il réalisa qu'il avait été touché. La pluie tombait plus dru, à présent, lui inondant le visage, et il sentit soudain le froid l'envahir. L'orage était arrivé vite. Il pensa à Christina, sa femme, qui l'attendait à la maison. Elle allait être furieuse.

Enfin, il parvint à parler, son regard accrochant celui de la beauté toujours penchée sur lui.

— Ma… ma femme… va me *tuer*…

Mais son visage d'ange n'était plus aussi apaisant pour lui, et il ferma les yeux.

Il avait de la chance d'avoir trouvé une épouse aussi bonne que Christina, qui savait gérer ses tromperies et les affaires louches dans lesquelles il trempait.

D'un seul coup, il comprit que l'obscurité qui se formait autour de lui ne venait pas du ciel… et il songea qu'il n'avait pas décidé de mourir de cette façon.

Puis, Kurt Wallace laissa échapper un dernier soupir et s'éteignit.

Grand et mince, vêtu d'un pantalon noir et d'un blouson bleu marine au logo du CSI, le lieutenant Horatio Caine releva son col et courut vers l'arrière de son Hummer pour y prendre sa mallette. Ses fins cheveux roux soulevés par un vent tournoyant, il se demanda si Mère Nature n'avait pas déjà trop altéré sa scène de crime.

Sans aucun obstacle pour l'arrêter, la tempête soufflait avec rage, la pluie s'acharnant sur Ocean Drive.

Préserver une scène de crime était impossible, dans ces conditions, mais au moins Horatio pouvait-il compter sur son équipe pour éviter de trop l'endommager.

Calleigh Duquesne, l'experte en armes à feu du labo, le rejoignit près du véhicule. Blonde et menue, la jeune femme avait une beauté froide qui contrastait nettement avec sa nature chaleureuse. Elle portait le coupe-vent du CSI, une casquette au logo de Miami-Dade enfoncée sur le crâne, de laquelle s'échappait une souple queue-de-cheval. Dès que Caine eut ouvert le hayon arrière du Hummer, la jeune femme en sortit sa mallette et se précipita à la recherche des douilles qui, elle l'espérait, traînaient encore sur la scène du crime avant d'être emportées par les rafales de pluie. Ce que le lieutenant appréciait le plus chez Calleigh – gentiment surnommée « Miss Balistique » par ses partenaires –, c'était la passion avec laquelle elle réunissait et interprétait les indices dans le domaine d'expertise qui était le sien.

Un second Hummer stoppa derrière celui de Caine, et, avant même l'arrêt du moteur, Tim Speedle et Eric Delko – vêtus eux aussi de leur blouson du CSI – sautèrent du véhicule pour rejoindre leur chef.

— Qu'est-ce qu'on a, Horatio ? demanda Tim en criant presque pour se faire entendre.

Speedle était le numéro un d'une équipe à qui ce genre de tempête ne faisait pas peur. Les cheveux courts aussi noirs que la barbe de plusieurs jours qui lui assombrissait les mâchoires, il affichait en permanence un regard de paumé, totalement en contradiction avec son intelligence et sa vivacité d'esprit.

— Une attaque criminelle en voiture, répondit Caine de sa voix lente en indiquant l'hôtel Archer. Et ce n'est pas ce temps pourri qui va arranger nos affaires. Il faut réunir tout ce qu'on peut avant que la pluie ne nous nettoie tout ça.

— Des morts ? interrogea Delko.

Dernier membre à avoir rejoint l'équipe, Eric, malgré sa grande taille – il dépassait Speedle de dix bons centimètres –, avait un visage basané et poupin, dont l'expression pouvait passer parfois, et à tort, pour de la candeur.

— Au moins six, répliqua Horatio. Et peut-être plus, à en croire l'appel d'urgence. Allez, au boulot, les gars.

Eric et Tim saisirent leurs mallettes dans le Hummer et coururent vers la scène du crime. La spécialité de Delko étant la récupération d'indices sous l'eau, Caine se demandait s'il ne lui faudrait pas bientôt revêtir sa combinaison de plongée tant l'orage était violent.

Comme ils arrivaient devant le restaurant, l'inspecteur Frank Tripp, plissant les yeux sous le vent et la pluie, s'avança pour saluer Caine.

— Horatio, lui lança-t-il.

— Bonjour, Frank. Qu'est-ce que ça dit ?

— Huit morts, onze blessés.

— Et combien de témoins ?

— Mon Dieu… disons, tout South Beach… dont Ken LaRussa.

— Un procureur présent lors d'une attaque criminelle ? Il aurait fait partie des cibles ?

— Il n'était pas exactement là ; il dînait à une terrasse, un peu plus bas. Il a accouru quand il a entendu les coups de feu et les cris.

— Où est-il, maintenant ?

— A l'intérieur. Mais votre instinct ne vous trompait pas, Horatio.

— Comment ça ?

Tripp lui indiqua le restaurant.

— C'était très probablement un règlement de comptes. Kurt Wallace et trois de ses gardes du corps font partie des victimes. Un autre gars qui se trouvait à sa table s'est fait descendre, aussi. Mais, lui, je ne sais pas qui c'est.

— Un endroit public, beaucoup de civils… pas exactement le style gang.

Tripp haussa les épaules, ce qui fit dégouliner plus de pluie le long de ses bras.

— Quel gang ? Il y en a tellement, par les temps qui courent… et chacun a son propre « style », si j'ose dire.

— C'est vrai, fit Caine d'une voix caverneuse. La voilà enfin.

— La voilà… quoi, Horatio ?

— Cette guerre entre gangs, qu'on redoutait tant.

— Si ce n'est pas ça, en tout cas, ça y ressemble, soupira Frank.

— Vous avez commencé à interroger des témoins ?

— Oui, et je n'ai pas fini.

— Qu'est-ce que ça donne, pour le moment ?

Il laissa échapper un rire amer avant de répondre :

— Vingt témoins… et, devinez combien de versions.

— Vingt, j'imagine. Mais, au bout du compte, ce seront les indices qui parleront le mieux.

— Il y a une chose sur laquelle ils sont tous d'accord, cependant.

— Laquelle ?

— Le véhicule qui emportait le tueur a accroché une voiture garée au coin de la 12e. On n'a pas encore rctrouvé le propriétaire.

— C'est ce qu'on peut appeler un accident heureux ; on va vérifier tout ça. Frank, il faut vraiment que j'aille examiner cette scène du crime, sinon la pluie va finir par me la balayer complètement.

Comme il s'y attendait, son équipe était déjà à l'œuvre, chacun s'affairant à son boulot, mais sans aucune précipitation. *Che va piano va sano*, leur répétait souvent Caine. Avec trop de hâte, on risquait de passer à côté d'un détail d'une importance cruciale. Mais le temps, dans les deux sens du terme, jouait contre eux. Mère Nature ne prenait-elle pas un malin plaisir à se faire la complice d'un tueur ?

Puisqu'il s'agissait d'une attaque en voiture, Calleigh descendit jusqu'au coin de l'avenue et passa le sol au peigne fin, à la recherche de douilles. Speedle photographia les victimes abattues, pendant que les gens des urgences s'occupaient des blessés. Delko, de son côté, extirpa des balles venues se ficher dans la façade de l'hôtel ou dans les meubles de la terrasse, et Caine prit des photos et releva des traces de rayures sur la voiture qui avait été heurtée par le véhicule du tueur.

Mais, au bout d'un moment, l'orage eut raison de leur opiniâtreté.

Moins d'une heure plus tard, Caine se retrouva dans le bar constellé d'impacts de balles et jonché de bris de verre qui lui crissaient sous les pieds.

Les morts avaient été emportés et les blessés peu à peu transférés à l'hôpital de South Shore. Il ne restait plus maintenant que l'équipe de Caine, l'inspecteur

Tripp et l'un des témoins… le procureur Kenneth LaRussa.

Le teint mat, la quarantaine environ, ses cheveux assez longs et sombres plaqués derrière les oreilles, l'homme portait un pantalon noir assorti à ses élégants mocassins, et une chemise blanche au milieu de laquelle apparaissait une énorme tache rouge… qui n'était pas du sang mais du coulis de tomates.

L'ambitieux magistrat avait fait son entrée en scène quelques années plus tôt en décrochant un poste de substitut au bureau du procureur, et, à force de travail acharné et grâce à un taux de condamnations exemplaire, s'était hissé là où il se trouvait aujourd'hui. Le bruit courait que son prochain objectif était de devenir sénateur démocrate d'une Floride jusqu'ici largement républicaine.

Caine n'avait aucun problème avec les ambitions politiques de LaRussa ; il appréciait au contraire les résultats positifs de son action. Toutefois, il lui reprochait d'abandonner à l'Etat de Floride les cas perdus d'avance, et de s'arranger pour que les dossiers les plus intéressants soient jugés par la cour fédérale.

Des dossiers dont LaRussa, bien sûr, ne parlait jamais lors de ses fréquentes interviews.

Caine l'entraîna à l'écart, dans un coin du bar resté intact. Ils se retrouvèrent près d'une table surmontée d'une aquarelle représentant un paisible paysage de mer, dont l'image contrastait cruellement avec les lieux saccagés qui les entouraient.

— Lieutenant Caine, dit LaRussa en lui tendant une main avant de poser l'autre sur sa chemise maculée de sauce tomate. Pardonnez ma tenue… j'ai renversé mes spaghettis en plongeant par terre, tout à l'heure.

Comme tout bon politicien, il avait le sourire enjôleur et la poignée de main franche, ce qui était censé impliquer qu'il était fort mais pas dominateur, ferme mais pas écrasant. Le gars sympa en qui l'on pouvait avoir confiance, en somme.

Des ronds de jambe, il n'a que ça à faire... songea Caine malgré lui.

— Monsieur LaRussa, lui répondit-il en réprimant de justesse un geste d'agacement, ce n'est pas l'état de votre chemise qui me préoccupe, pour le moment.

— Appelez-moi Ken, je vous en prie, lâcha-t-il avant d'afficher un air grave. Je suis heureux de savoir que vous et votre fameuse équipe allez vous charger de cette affaire.

— J'apprécie votre confiance... Ken, reprit Caine sans conviction en lui indiquant de s'asseoir. Avez-vous vu ce qui s'est passé ?

— Non, Horatio... C'est bien Horatio, n'est-ce pas ?

— Oui.

— Je n'ai rien vu, j'en ai peur. Je dînais avec ma femme et quelques amis, un peu plus bas, au Surfsider.

Caine connaissait cet hôtel, un autre immeuble Art déco, avec sa terrasse ouvrant sur Ocean Drive.

— Quand j'ai entendu les coups de feu, continua-t-il, je me suis précipité sur Nance pour l'entraîner avec moi sous la table.

Il laissa échapper un petit rire triste. Tout ce que faisait ou disait cet homme semblait étudié.

— C'est là que je me suis pris mes spaghettis sur la chemise.

— Et... Nancy ?

— Oui, c'est ma femme.

— Elle n'a pas été blessée ?

— Non. Aucun de nous n'a été touché, Dieu merci. Les tirs étaient dirigés vers l'hôtel Archer… mais tout le monde s'est quand même jeté à terre. On ignorait quand et où ça s'arrêterait.

— Je me demande comment vous avez pu entendre les coups de feu, s'étonna Caine en souriant.

— Pourquoi ?

— Eh bien, au Surfsider, la musique est assez forte, non ? Vous étiez presque à deux rues d'ici.

Le visage du magistrat perdit toute expression, et, bizarrement, il parut enfin sincère.

— Horatio… lieutenant… je n'étais qu'un troufion de dix-neuf ans quand on a envahi la Grenade, mais je peux vous assurer que le bruit d'un AK47, ça ne s'oublie pas ; je le reconnaîtrais à des kilomètres.

— C'est donc l'arme qu'on a utilisée, d'après vous. Merci pour ce premier indice.

— Je vous en prie… Mais j'ai bien peur de ne pas pouvoir vous en offrir davantage. Comme tout le monde autour de nous, avec Nance et mes amis, nous nous sommes jetés sous la table en attendant que les tirs cessent.

— Vous n'avez rien vu ?

— Non, que des gens terrorisés… dont moi-même.

Appréciant ce surprenant commentaire humain, Caine hocha brièvement la tête avant de demander :

— Et, qu'avez-vous fait quand les tirs ont cessé ?

LaRussa réfléchit un instant, puis répondit :

— D'abord, j'ai vérifié que personne entre ma femme et mes amis n'était blessé.

— Bien sûr, et ensuite ?

— Vous comprenez… nous étions en train de dîner avec Brad et Darcy Willis.

Bien que prononcés avec déférence, ces noms ne disaient absolument rien à Caine.

LaRussa continua :

— J'ai crié à Brad de prendre Nance et Darcy avec lui et de les ramener à la maison.

— Pourquoi n'êtes-vous pas allé avec eux ?

— J'ai pensé que je pouvais me rendre utile ici.

Et avoir ainsi l'occasion de passer à la télé… songea Caine.

Ce qu'il pensait avait dû se lire sur son visage car LaRussa enchaîna vivement :

— Vous n'auriez pas fait la même chose, lieutenant ? En tant que représentant de la loi ?

— Oui, admit Caine.

Au même instant, deux journalistes et leur cameraman se présentèrent devant les rubans jaunes qui entouraient déjà la scène de crime.

En les apercevant, le magistrat s'efforça de paraître détendu et lâcha un profond soupir.

Vous ne voudriez pas vous montrer trop nerveux, n'est-ce pas, Ken ?

— Nous en avons fini, maintenant, Horatio ?

Caine hésita un instant, puis demanda :

— Vous n'avez pas de voyage prévu ? Pour le travail ou pour des vacances ?

— Rien. En tant que témoin, je reste disponible, au cas où vous auriez besoin de moi… n'importe quand.

— J'apprécie, Ken.

— Merci, Horatio, dit-il avant de se lever et de lui tendre la main.

Maugréant intérieurement, Caine se leva à son tour

et accepta à contrecœur cette nouvelle poignée de main. Puis, pas mécontent de le voir enfin s'éloigner, il le regarda d'un air pensif franchir ce qui restait de l'entrée aux vitres fracassées.

Il allait rejoindre son équipe au travail quand il sentit une présence à ses côtés. Pivotant lentement sur lui-même, il découvrit Delko à quelques centimètres derrière lui.

— Ah… Eric ? Tu as quelque chose ?

— Oui, un petit quelque chose qui pourrait être intéressant, répondit-il en souriant.

2

Certain que son idée était bonne, Eric Delko fut toutefois surpris de constater que Caine l'appréciait.

Non pas que son boss ait l'habitude de désapprouver ce qu'il tentait ; il semblait au contraire ouvert à toutes les suggestions venant de son équipe. Mais, son charisme et la ferveur intense qu'il mettait dans son travail pouvaient avoir un aspect intimidant et décourageant pour Delko, assez nouveau dans le métier.

La moindre trace de désapprobation sur le visage de cet homme qu'il admirait tant lui faisait le plus souvent l'effet d'une gifle. Cependant, avec le temps, il était parvenu à oublier sa susceptibilité de jeune recrue et osait même, parfois, s'attirer un regard de reproche avant de finalement s'entendre dire les mots magiques : *Beau travail*.

Dix minutes après avoir reçu l'accord de Caine, Delko émergea des toilettes, revêtu de sa combinaison de plongée, au dos de laquelle était plaqué en grosses lettres jaune le logo de la police de Miami-Dade. Aux pieds, il portait non pas des palmes mais de lourdes bottes de caoutchouc noir.

Un petit sourire sur les lèvres, Caine s'avança vers

son coéquipier et lui posa une main sur l'épaule avant de lui demander :

— Où as-tu dégoté ces bottes, Eric ?

— Hum… je les ai vues tomber d'un camion de pompiers un jour de mission… il y a six mois de ça.

— Et tu n'as pas encore trouvé le temps de les leur rapporter, c'est ça ?

— C'est ça…

— Dans ce cas, ne me dis plus que tu refuses d'être considéré comme complice par instigation. Tu es prêt à barboter dans la boue, maintenant ?

— Je suis prêt, boss.

Tournant la tête vers l'avenue, Caine lui dit :

— La pluie redouble, et tu sais à quelle vitesse l'eau peut tout dévaster. Ça ferait désordre de devoir signaler dans mon rapport qu'un de mes agents s'est noyé dans un égout. Alors, ne fais pas le malin, s'il te plaît.

— Jamais ça ne me viendrait à l'idée, Horatio.

La nouvelle tape d'encouragement qu'il lui donna sur l'épaule fit un instant oublier à Delko l'odeur fétide qu'il allait rencontrer dans le sous-sol.

Il se dirigea vers le Hummer, où Speedle l'attendait avec des gants, une lampe torche et des outils.

— Tu vas manquer de bras, en bas, lui dit celui-ci. Tu veux de l'aide ?

Sachant que Speedle jouait le plus souvent de son ancienneté pour lui coller les sales boulots, Delko fut un moment tenté d'accepter son offre. Mais, se ravisant, il lui répondit :

— Non, il n'y a qu'un seul gars qui peut descendre. Mais j'apprécie, Tim… Tu m'as trouvé une ceinture ?

Sans répondre, il lui tendit une sacoche ventrale avec assez de compartiments pour impressionner

Batman lui-même, dont un étui pour son 9 mm et un anneau pour y enfiler sa lampe. Puis il lui passa un talkie-walkie qu'Eric glissa dans une poche le long de sa cuisse.

Ensuite, Tim clippa un micro sur le col de sa combinaison tandis que Delko fixait un disque noir sur l'intérieur de son poignet gauche. Le Borealis Aqua Pulse, dernier cri des détecteurs de métaux sous-marins, émettait des vibrations à basse fréquence destinées à avertir le plongeur qu'il approchait d'une pièce de métal ensevelie.

Bien entendu, Delko n'avait jamais auparavant utilisé un appareil de ce type dans un égout…

Enfin, avec un peu de chance, l'eau n'atteindrait pas le haut de ses bottes. Mais, pour parer à tous les imprévus, il emportait aussi avec lui un AJ Greenfield 8X, un détecteur de métaux long d'un mètre environ, muni d'une poignée et d'un boîtier de contrôle de la taille d'une boîte à cigares.

Pour finir, Delko se passa dans le dos un sac à longue bandoulière, qui devait venir se plaquer contre sa cuisse gauche et lui permettre de récolter tous les indices qu'il trouverait.

Une fois Eric équipé des pieds à la tête, les deux hommes se dirigèrent vers la bouche d'égout dont Speedle avait forcé le couvercle, et qui se trouvait maintenant entourée de quatre cônes orange. Le Greenfield sous le bras, une corde enroulée sur l'épaule, une lampe halogène dans la main, celui-ci attendit que Delko enfile une paire de gants de latex.

Au-dessus d'eux, le ciel était toujours aussi sombre, et Eric sentait le vent lui fouetter le visage. Le temps pressait. Il vivait à Miami depuis assez longtemps pour savoir que la prochaine rafale n'était pas loin. Et on ne savait jamais combien de temps pouvait durer la tempête, ni avec quelle force elle frapperait.

S'introduisant dans la bouche d'égout, Delko cala ses pieds lourdement bottés sur les premiers échelons métalliques, leva les yeux vers son partenaire, lui tendit la main et lui lança :

— Détecteur, s'il vous plaît.

— Voilà, Doc, répondit Speedle en lui passant l'instrument.

— Il est prêt ?

— Tu ne me fais pas confiance ? Crois-moi, rien de ce qui se passe en bas n'échappera à ce petit bijou.

— Le Borealis est prêt, aussi ?

— Oui. Je l'ai mis en mode « tout-métal ».

Speedle s'accroupit, fixa une des extrémités de la corde à la poignée de la lampe halogène, alluma celle-ci et la fit lentement glisser dans le puits, en prenant garde de ne pas heurter Eric qui entamait sa descente.

Glissante sous ses pieds et ses mains gantées de latex, l'échelle émit quelques grincements sinistres. Prudemment, il choisit de descendre les échelons un à un.

— Fais mes amitiés à Norton, lui lança Speedle de l'entrée du puits qui rétrécissait de plus en plus au-dessus de la tête de Delko.

— A qui ? cria-t-il, d'une voix qui se réverbéra contre les parois humides.

— Tu n'as jamais vu *Lune de miel* ? Quel manque de culture, Eric ! Et fais gaffe aussi aux alligators albinos, pendant que tu y es !

Alors que l'écho de son rire remontait jusqu'à Tim, Delko lui cria :

— Il n'y a pas d'alligator albinos, ici ! On est à Miami, pas à New York !

A mesure qu'il progressait, les effluves qui montaient du sous-sol se faisaient de plus en plus agressifs ; c'était un savant mélange d'émanations d'ordures, d'urine, d'excréments et d'alcool. Un agent du CSI apprenait à supporter toutes sortes d'odeurs sur une scène de crime, mais cette infection olfactive jouait insidieusement avec ses haut-le-cœur. Ravalant son compliment, il s'efforça de respirer par la bouche, comme il avait appris à le faire dans une salle d'autopsie.

Après avoir franchi les derniers échelons, Delko posa les pieds dans une eau putride qui lui atteignait les chevilles. Il mit le Greenfield en route et passa la poignée du manche sur son avant-bras. La lampe halogène que Speedle lui avait descendue lui procurait bien un peu de lumière, mais elle s'évertuait en même temps à tournoyer sur elle-même en se balançant, créant des ombres cauchemardesques qui dansaient sur les parois suintantes.

Pestant contre les éléments, Eric sortit sa lampe torche et l'alluma. Ses deux mains ainsi prises, il n'avait plus qu'à espérer ne pas tomber sur un des alligators albinos de Tim, ou sur un rat furieux… à qui il se verrait forcé de donner en pâture son détecteur de métaux.

Instinctivement, il porta la main sur l'étui de son arme, y sentant le poids rassurant du 9 mm… et se reprocha en même temps d'avoir laissé Speedle lui mettre de telles idées en tête.

Lentement, il balaya le fond du puits du faisceau de sa lampe. L'endroit était plus bruyant qu'il ne l'aurait cru, l'eau qui pénétrait par une grille, un peu plus loin, tournoyant avec force autour de ses pieds. De là où il se trouvait, Eric l'entendait heurter quelque chose de solide avant d'arriver jusqu'à lui ; et, à cette symphonie hydro-cinétique, il ajouta le ronronnement sourd du Greenfield.

Grâce à ce détecteur de métaux, il espérait découvrir des douilles que la pluie torrentielle aurait envoyées jusqu'ici. Cette stratégie, cependant, présentait un double problème : d'abord, il ne distinguait pas le fond du conduit, à cause de l'eau qui lui tourbillonnait entre les jambes ; et, d'autre part, les douilles ayant la taille de son petit doigt, elles devaient – au cas où elles seraient arrivées jusque-là – être en train de tournoyer gaiement avec le courant.

A moins qu'elles ne soient tombées dans l'un des réceptacles métalliques fixés sur le fond et destinés à recueillir les détritus qui voyageaient dans les égouts et risquaient de boucher des filtres un peu plus loin. Ces petits pièges ainsi dissimulés sous l'eau n'attendaient qu'une chose : lui briser une cheville, ou pire encore…

De la radio lui parvint soudain la voix nasillarde de Speedle.

— C'est profond, en bas ?

— Pas plus que les bobards que tu me racontes sur tes prétendues conquêtes, Speed. Et puis, je ne voudrais pas te décevoir mais il n'y a pas plus d'alligator albinos ici que de beurre aux fesses.

— Patience, Eric… laisse-les renifler ta présence, et ils vont débouler en masse. Tu as trouvé quelque chose ?

— Non, je commence à peine.

Avec son détecteur, Delko balaya en arcs plats les

quelques mètres devant lui, créant ainsi un champ magnétique censé recevoir une réponse du premier bout de métal dissimulé sous l'eau opaque.

Lentement, il avança vers la canalisation située à l'autre extrémité de l'égout. Il avait à peine franchi une dizaine de mètres lorsque le Greenfield se mit à vibrer contre sa paume.

Il y a quelque chose là... mais quoi ?

Il décida de réduire l'amplitude de ses arcs, afin de s'assurer qu'il passait bien au-dessus d'un objet. Scannant soigneusement l'endroit avec le détecteur et la lampe torche, il plongea une main dans l'eau froide et opaque, et passa une paume hésitante sur le béton.

A travers son gant de caoutchouc, il sentit qu'une matière visqueuse tapissait le fond du conduit.

Etait-ce vraiment lui qui avait eu la stupide idée de descendre ici ?

Eric continua néanmoins de tâtonner sur la surface glacée et peu engageante, toucha quelque chose... que le courant emporta avant qu'il n'ait eu le temps de le saisir. C'était comme essayer de trouver un morceau de savon dans une grande baignoire d'eau trouble. Mais, là, c'était tout autre chose qu'il cherchait...

L'idée d'avoir à rester une éternité dans ce trou sordide à la recherche de l'inconnu s'imposa à son esprit comme un brouillard déprimant. Dirigeant à nouveau le détecteur sur sa droite, il recommença à former des arcs, mais dans la direction d'où il était venu.

Il ne lui fallut que quelques balayages pour localiser de nouveau l'objet que son appareil avait détecté.

Cette fois, au lieu de plonger la main dans les éléments glauques à la recherche de son trésor, Delko éteignit le Greenfield, alluma le petit Borealis qu'il portait à l'avant-bras, et s'accroupit. L'instrument vibra aussitôt contre son poignet, lui assurant qu'il se tenait pile au-dessus de ce qu'il cherchait.

Lorsque, avec d'infinies précautions, ses doigts se refermèrent sur l'objet et le sortirent de l'eau, Eric eut l'immense satisfaction de découvrir une douille de 7,62 – la taille précise des balles du AK47, la kalachnikov qui, d'après LaRussa, avait servi à la tuerie.

Glissant la douille dans un sachet de plastique, il le referma soigneusement et le fourra dans le sac qu'il portait en bandoulière, avant de brancher son micro.

— J'ai une douille, annonça-t-il.

— Tu y arriveras, ou est-ce que je dois t'envoyer Calleigh ? résonna en réponse la voix enthousiaste de Speedle.

— Ça m'étonnerait que Miss Balistique ait envie de descendre dans ce trou à rats, même pour aller y chercher une balle… La douille est celle d'un AK47, Speed.

— LaRussa avait raison.

— Oui, il ne se trompait pas. Je vais voir si je trouve autre chose.

— Ne traîne pas trop, Eric. La pluie reprend, et il vaudrait mieux que tu ne sois pas en bas si un torrent vient inonder le puits.

— Compris, lui lança-t-il avant de se remettre au travail.

Après avoir dégoté deux nouvelles douilles de AK47, il avait quasiment franchi les dix mètres qui le séparaient du bas de l'échelle, lorsqu'il se rendit compte que l'eau lui atteignait à présent le niveau des chevilles…

Et, quand il braqua sa lampe au bout du conduit, sur

la grille d'entrée de la canalisation, ce fut une véritable cascade qu'il vit débouler à l'intérieur.

La voix de Speedle résonna de nouveau dans la radio, nettement plus inquiète, cette fois.

— Tu ferais mieux de remonter, maintenant, Marin d'Egout… avant de te faire engloutir.

Tu m'étonnes, songea-t-il avant de lui lancer :

— Oui, j'arrive.

Alors qu'il commençait à se hâter, il se souvint des paroles de son mentor. Combien de fois Horatio lui avait-il dit que toute précipitation ne valait rien ?

Un conseil qu'il n'était pas près d'oublier.

Rallumant le Greenfield, Delko balaya le sous-sol en direction de la 11e Rue. Une brève oscillation de la lampe lui montra un torrent qui s'écoulait maintenant à travers la grille ; et un regard sur ses pieds lui indiqua que le niveau lui grimpait à présent à mi-mollet.

Dans peu de temps, ses bottes prendraient l'eau.

Il augmenta sa pression sur l'appareil jusqu'à le sentir vibrer au maximum sous sa paume. Alors, il se pencha en avant, tâtonna dans le liquide turpide, devina sous ses doigts le bord d'un objet enfoui dans le sol… et comprit qu'il avait failli se laisser piéger par un de ces fichus pièges à détritus.

S'accroupissant de nouveau, la lampe et le détecteur dans sa main gauche, il passa les doigts sur le piège et s'aperçut qu'il ne s'agissait en fait que d'un panier métallique. Après en avoir tracé le contour à l'aide du détecteur, il estima qu'il devait faire environ quatre-vingt-dix centimètres sur soixante.

Ces dispositifs n'avaient pas besoin d'être extraordinairement larges, l'eau n'amenant que des déchets provenant de la rue.

L'ennui était que, pour pouvoir ôter cette grille, Delko devait se débarrasser de sa lampe et du détecteur de métaux. Speed avait raison : il manquait de bras pour l'aider. Allait-il réussir à dégager cette grille en pleine obscurité ? Il avait peut-être intérêt à demander à son partenaire de le rejoindre pour lui donner un coup de main, finalement.

Seulement, Eric portait la seule combinaison dont ils disposaient, et il ne pouvait décemment pas demander à Speed de descendre dans cet enfer de béton suintant avec ses habits de ville, alors que la pluie menaçait d'inonder le puits.

Il posa donc le Greenfield sur le sol, jeta un dernier coup d'œil autour de lui pour s'orienter, puis éteignit sa torche et la fixa de nouveau à sa ceinture multipoches.

La lampe halogène restée au pied du conduit ne lui était plus d'aucune utilité, à présent, et le misérable rai de lumière qui filtrait de ce côté ne l'aidait pas davantage. A genoux, le courant froid et bourbeux se ruant sur sa poitrine et lui éclaboussant le visage, Delko saisit avec force le filtre métallique… mais ne parvint pas à le bouger d'un seul millimètre.

Le déluge qui lui arrivait dessus était nettement plus puissant, à présent. Levant les yeux, il lutta pour ne pas se laisser submerger par la panique. L'orage, là-haut, devait être diablement fort.

Les doigts crispés sur les bords de la grille, Eric tira une nouvelle fois et sentit le métal bouger légèrement. Il insista encore, mais sans succès. Lâchant un grognement de rage, il agrippa de toutes ses forces le panier métallique pour le libérer du béton qui le gardait prisonnier.

Avec une secousse soudaine, celui-ci se libéra brusquement, propulsant Delko en arrière, et manquant de le précipiter dans les eaux tournoyantes. Il parvint néanmoins à se redresser et à éviter que le dispositif ne vide son contenu dans le vortex liquide qui l'entourait.

Après avoir enfin retrouvé son équilibre, Delko se releva, attrapa la lampe qui pendait à sa ceinture et l'alluma.

Coincé entre ses jambes, le panier lourd et rouillé semblait ne pas avoir été nettoyé depuis le temps où Al Capone avait séjourné au Biltmore. Des feuilles de palmier, de la boue, quelques cailloux, et quatre autres douilles recouvraient le fond du filtre. Delko voulut remonter celui-ci jusqu'à la rue pour l'examiner de façon plus approfondie, mais il savait que l'objet ne passerait jamais la bouche d'égout sans renverser son contenu. Quant à la grille d'évacuation, à l'autre extrémité du conduit, le torrent qui s'en écoulait rendait carrément impossible une sortie de ce côté.

Coinçant sa lampe torche sous son bras et tenant toujours le panier entre ses jambes, il en ôta les douilles une par une, et les glissa dans le sachet de plastique qu'il s'empressa de fourrer dans son sac à dos.

Ensuite, réprimant un puissant haut-le-cœur, il s'accroupit et passa une nouvelle fois la main dans la matière visqueuse qui tapissait le sol, jusqu'à ce que ses doigts rencontrent une masse solide.

A sa grande surprise, il sortit de l'eau un petit revolver en argent plaqué.

— Qu'est-ce que ce flingue fait là ? lâcha-t-il d'une voix dont l'écho se répercuta sur les parois humides autour de lui.

Il embarqua l'arme dans son sac et remit consciencieusement le filtre métallique à sa place.

Puis, à tâtons, il partit à la recherche du Greenfield et finit par le localiser à une dizaine de mètres de l'endroit où il l'avait laissé. Enfin, après avoir réuni son équipement, il posa les mains sur les premiers échelons et commença son ascension vers la bouche d'égout, qui ne formait qu'un orifice blanc au-dessus de sa tête.

Ses bottes étaient encore pleines d'eau, et grimper le long de cette échelle glissante lui parut encore plus pénible que de la descendre. Il finit néanmoins par sentir Speedle tirer doucement sur le Greenfield au moment où il atteignait les derniers échelons. Puis ce fut le bras de son coéquipier qui l'aida à se hisser à la surface.

Trempé, le visage blême, Tim avait l'air d'avoir essuyé une véritable tempête.

— Qu'est-ce que tu fichais ? demanda-t-il à Delko d'une voix teintée d'irritation et de soulagement mêlés.

— Je récupérais des indices… c'est bien ce que j'étais censé faire, non ?

— Et moi, pendant ce temps, je poireautais sous ce déluge en me faisant un sang d'encre. Un peu plus, et je descendais te chercher.

— C'est gentil, Speed. Je crois que tu aurais adoré… Où est Horatio ?

Il lui indiqua l'hôtel Archer.

— Toujours dans le bar, à la recherche d'indices, lui aussi.

— Et Calleigh ?

— Elle est là-bas, aussi. Tu peux lui apporter tes

trésors… Pourquoi ce sourire ? Qu'est-ce que tu as dégoté d'autre ?

— Rien. Va jeter un œil, si tu veux.

— Ah, ne me tente pas… ça me démange.

La pluie qui continuait d'envahir l'entrée du bar rendait le sol carrelé terriblement glissant. Delko et Speedle y pénétrèrent avec précaution, de peur de perdre leur dignité en se retrouvant les fesses par terre.

Après avoir tiré une chaise près d'une baie vitrée donnant sur la terrasse, Delko ôta ses bottes de caoutchouc et les vida à l'extérieur, non sans un frisson de dégoût.

— J'espère que tu as trouvé ce que tu voulais, lui dit Speedle en s'asseyant près de lui. Je me demande ce que tu as pu faire, si longtemps, dans ce trou ?

— Tu vas voir.

Ils retrouvèrent Horatio, Calleigh et l'inspecteur Tripp assis ensemble autour d'une table, loin de la pluie.

— Je commençais à me faire du souci, Eric, lui dit Caine en lui jetant une couverture pour qu'il se réchauffe. Tu as trouvé quelque chose ?

Une par une, Eric lui montra les douilles qu'il avait découvertes au fond de l'égout ; les premières étaient emballées individuellement, tandis que celles qu'il avait récupérées dans le filtre étaient rassemblées dans le même sac. Puis, il exhiba le sachet contenant le pistolet d'argent.

Il déposa ce dernier objet devant Calleigh, comme s'il offrait une bague de fiançailles à l'élue de son cœur.

Un sourire rêveur aux lèvres, la jeune femme le saisit et lâcha avec son accent traînant du Sud :

— Eric, personne ne sait mieux que toi faire tourner la tête d'une femme.

— Qu'est-ce que c'est ? demanda Caine.

— Un flingue, répondit Speed.

— Merci, Tim, j'avais remarqué. Ce sont les détails que je veux.

— Alors, c'est du domaine de Calleigh.

— Merci, Tim, répéta-t-il en levant les yeux au ciel.

A la lumière du jour, Delko découvrit mieux le petit revolver argenté à crosse blanche, sur laquelle était gravé le logo *Valor*, entouré de deux cercles noirs. Sur la partie gauche du canon étaient inscrits les mots *Cal 32 – Made in Germany*, et, sur la partie droite apparaissait la trace d'un numéro de série… soigneusement effacé.

L'air le plus sérieux du monde, Calleigh déclara :

— Gerstenberger et Eberwein, Gersetten-Gussenstadt.

Delko et Caine la regardèrent sans comprendre, et Speedle ajouta :

— Gesundheit.

L'ignorant parfaitement, elle enchaîna :

— C'est un *Valor*, un six-coups, muni – comme c'est précisé sur le canon – d'un chargeur Smith et Wesson de calibre 32.

— Jamais entendu parler de ce genre-là, admit Caine.

— Normal, reprit Calleigh. C'étaient à l'origine des calibre 22 – des pistolets de starter.

— Des pistolets de starter ? répéta Caine, les sourcils froncés.

— Oui. Par la suite, ils ont été modifiés. Au milieu des années soixante, ces petites merveilles ont été importées d'Allemagne et vendues comme des *Valor*, mais elles ont été déclarées illégales en 1968.

Caine prit un air songeur tandis que Calleigh continuait d'examiner l'arme à feu.

— La découverte d'Eric ne semble pas avoir séjourné dans cet égout depuis 1968… on peut donc en conclure qu'elle a été achetée en Europe.

— Et donc entrée illégalement aux Etats-Unis.

— Exactement, répliqua-t-elle avec un sourire radieux.

Se grattant la tête d'un air songeur, Speedle déclara :

— D'où est-ce que tu tiens tout ça, Calleigh ? Ça fait plus de trente-cinq ans que ce flingue est illégal aux Etats-Unis… bien avant ta naissance, si je ne m'abuse. Personne ici n'a jamais vu ni jamais entendu parler de cet engin… et toi, tu le connais comme si c'était ton bébé.

— C'est mon boulot, Tim.

— Bien sûr, ça explique tout.

— Bon, si on apportait la découverte d'Eric au labo ? proposa Caine. Je ne vois pas comment cette arme aurait pu être utilisée pour notre crime, mais les douilles l'ont bien été, elles, et je voudrais éclaircir ça au plus vite.

Tous hochèrent la tête et se levèrent.

Comme ils s'apprêtaient à rejoindre leurs véhicules respectifs, le lieutenant les arrêta d'un geste de la main et leur dit :

— Encore une chose : une tuerie de ce genre sur South Beach, ça va mettre tout le monde sur les dents – le maire, les médias, le préfet, etc. D'ici vingt-quatre heures, on les aura tous sur le dos. Alors, il faut qu'on ait quelque chose à leur raconter. Oh ! et… Eric ?

— Oui ?

— Bravo. Tu as fait du bon boulot.

Delko sourit et Speedle lui tapota le dos. Calleigh le gratifia d'un de ses plus lumineux sourires… et d'un clin d'œil.

Kurt Wallace n'avait jamais été adoré de tout le monde, et peu de gens allaient regretter sa mort. Cependant, après l'assassinat de Peter Venici, il avait tout de même réussi à empêcher les gangs de se tirer dans les pattes.

A la vérité, et Horatio Caine ne le savait que trop, personne en ville ne se souciait de savoir si les gangsters cherchaient à s'entretuer. Tout ce que demandait le bon peuple, c'était qu'il n'y ait aucun civil parmi les victimes de ces règlements de comptes. Un point de vue que Caine trouvait non seulement cynique mais tout à fait immoral.

Ce soir, cependant, l'innocent avait été tué en même temps que le coupable, ce qui signifiait que l'opinion publique soutiendrait à fond la police. Et, même si Caine trouvait cette attitude particulièrement hypocrite, il accomplirait ce qu'on attendait de lui.

Il ne voulait pas d'autres tueries, qu'elles visent des innocents ou des coupables.

Qu'on le traite de vieux jeu ou pas, il s'en moquait.

Tandis que les membres du CSI réunissaient leur équipement et rejoignaient les Hummer, l'inspecteur Tripp retint Caine quelques instants.

S'essuyant le visage pour la vingtième fois au

moins depuis qu'ils étaient à l'abri à l'intérieur du bar, il plongea son regard dans celui du lieutenant et lui demanda :

— Vous pensez que c'est un coup d'Antonio Mendoza et de ses Culebras ?

— Je ne pense rien, encore.

— Rien du tout ?

— Frank, vous ne croyez pas qu'il vaut mieux attendre ce que vont nous révéler les indices avant de commencer à soupçonner le ou les auteurs de cette tuerie ?

— Horatio, grogna-t-il, je n'en suis pas encore au procès. Je vous demande simplement votre avis.

— Je ne suis pas sûr d'en avoir un, figurez-vous.

— Imaginons que vous en ayez un, insista Tripp.

Avec un sourire désabusé, Caine répliqua :

— Il y a pas mal de gens sur cette planète qui n'aimaient pas Kurt Wallace. Mendoza, en premier lieu, et puis, Chevalier, le chef des Faucones…

— Et les Haïtiens ?

— Ils n'avaient pas une passion pour lui, c'est le moins qu'on puisse dire.

— Moi non plus, je ne l'adorais pas, avoua Tripp.

— Vous avez un alibi, Frank ? sourit Caine.

Avec un autre grognement, l'inspecteur leva des sourcils surpris.

— Les témoins disent que le tireur était de type latino-américain. Ça pourrait éliminer les Faucones.

— A moins qu'ils ne l'aient engagé pour accomplir leur sale besogne. Ça pourrait être aussi des hommes de Manny Calisto.

— Les Mitus, oui… Ces ordures n'adoraient pas non plus Wallace. Ils pensaient que sa mainmise sur les marchandises de Calisto était une insulte pour eux et leur famille.

Caine secoua lentement la tête.

— Ça fait beaucoup de suspects, tout ça, Frank. On attend de voir ce que nous racontent les indices avant de décider à qui on donne la chasse ?

— Ça me semble plus sage, en effet. Qu'est-ce qu'on fait, pendant ce temps ?

— C'est vous l'expert quant aux activités de ce genre de gang, non ?

— Je viens de vous exposer le peu que je savais sur eux, Horatio.

— Et moi, je n'en sais pas plus. Autant donc se renseigner auprès de celui qui fréquente ce joli petit monde d'un peu plus près que nous.

— Vous avez quelqu'un en tête, on dirait.

— Oui, Jeremy Burnett.

— L'agent de la DEA… articula Tripp en hochant la tête. Oui, c'est une idée.

— Ces dernières années, il s'est frotté à toutes sortes de gangs. Si quelqu'un sait qui trafique quoi, c'est bien lui.

D'un air absent, Tripp donna un coup de pied dans un morceau de verre qui alla glisser un peu plus loin sur le sol mouillé.

— Burnett… il n'était pas aux narcotiques, avec Ray ?

Trois ans plus tôt, Raymond, le jeune frère de Caine, avait été abattu lors d'une fusillade, au cours d'un hold-up entre trafiquants qui avait mal tourné.

Caine comprenait pourquoi Tripp semblait peu enclin à remettre ce sujet sur le tapis, même si ce dernier sentait qu'il devait le faire, au risque de toucher une corde sensible chez le lieutenant.

Beaucoup de policiers à Miami – qu'ils soient locaux ou fédéraux – estimaient que Ray avait été un flic véreux, un « shooté » qui sniffait plus de coke qu'il n'en confisquait dans la rue.

Caine avait toujours considéré ces rumeurs comme des mensonges... et pensait que celui qui avait le plus à gagner dans cette histoire n'était autre qu'un certain Chaz, lui-même à l'origine de la plupart des ragots qui circulaient sur Ray. Il savait que son frère avait parfois manqué de perspicacité et avait pris certaines affaires un peu trop à la légère ; mais cela ne faisait pas pour autant de lui un mauvais flic.

Hochant la tête d'un air las, il répondit :

— Oui... il leur est arrivé de travailler ensemble.

Jamais, devant Caine, Tripp n'avait dit quoi que ce soit de négatif à propos de Ray, mais il avait manifestement entendu à son sujet les mêmes saletés que tous les flics de la ville. John Hagen, l'ancien partenaire de Ray, partageait un vestiaire avec Tripp et les autres inspecteurs, et Caine savait parfaitement que celui-ci émettait encore des doutes quant à l'honnêteté de son frère.

D'ailleurs, Hagen n'avait pas une grande confiance en Horatio, non plus. Apparemment, il pensait qu'un flic véreux dans la famille – que ces allégations soient vraies ou fausses – indiquait d'emblée que les deux frères devaient l'être.

L'ironie voulait pourtant que, lorsque Ray était encore vivant, la balance ait plutôt penché de l'autre côté, tout le monde s'attendant que le « gamin » se montre digne de son frère, dont la réputation n'était plus à faire.

Les dents serrées, Caine ajouta à l'adresse de Tripp :

— Pourquoi cette question ?

— Pour rien. Je me demandais simplement si ça ne créerait pas un problème, voilà tout. Avec Burnett, je veux dire.

— Eh bien, reprit Caine avec un sourire forcé, je vais savoir ça tout de suite. Si vous voulez bien m'excuser…

S'écartant de quelques pas, Horatio sortit son portable, vérifia l'heure sur sa montre puis composa un numéro qui lui restait au fond de la mémoire même s'il ne l'avait pas utilisé depuis longtemps.

Dès la fin de la première sonnerie, une voix grave se fit entendre :

— Burnett…

— Jeremy ? Horatio, à l'appareil. Désolé d'appeler si tard.

— Il n'y a pas d'heure pour les scènes de crime, je le sais aussi bien que toi. Ne t'en fais pas, j'étais en train de lire au lit. Qu'est-ce qui t'amène ?

— Kurt Wallace s'est fait assassiner, dans l'après-midi.

— Dis-moi, j'espère que tu ne m'appelles pas pour que je fasse son éloge funèbre. Je ne crois pas que la famille Wallace aimerait entendre ce que j'aurais à dire.

Caine laissa passer ce sombre trait d'humour, puis déclara :

— Non, j'espérais…

— Que je te nomme celui qui, selon moi, serait le plus susceptible d'avoir descendu notre homme ?

— En quelque sorte… oui.

— Ce n'est pas toi qui aimes par-dessus tout que les indices soient les premiers à te montrer le chemin ?

— Si, mais ce serait bien d'avoir ne serait-ce qu'un contexte dans lequel évoluer.

— Qu'est-ce qu'il te faut, Horatio ?

— J'aurais aimé que tu passes à mon bureau demain, pour me faire part de tes idées sur celui qui aurait pu désirer la mort de Wallace ; et aussi pour me renseigner sur les activités des gangs.

— Tu m'offres le petit déjeuner ?

— Ça peut se faire.

— Tu connais le café Lobito, au coin de Collins et de Marti ?

— Tout à fait.

— Alors, disons huit heures, demain matin. Et, n'oublie pas, c'est toi qui régales.

— Oh, il y a peu de chances que j'oublie, reprit Caine avant de raccrocher.

Les Fédéraux… ils trouvaient toujours le moyen de se faire offrir quelque chose, même de la part des honnêtes gens.

Et Jeremy Burnett faisait partie de ceux-là : un bourreau de travail, avec une réputation enviable et une liste de félicitations impressionnante.

D'autre part, il était sans doute le seul homme dans tout l'Etat à pouvoir aider Caine à empêcher une guerre des gangs, que les membres du CSI redoutaient de voir éclater après les événements d'aujourd'hui.

La fraîcheur de la soirée était trompeuse. L'atmosphère n'allait pas tarder à chauffer. A bouillonner, même.

3

Le café Lobito – un endroit qui, dès la nuit tombée, attirait tous les marginaux de la ville – était, aussi loin que Caine s'en souvienne, une véritable institution à Miami Beach. Ce restaurant, autrefois familial et bon enfant, avait été repris quinze ans plus tôt par les fils Lobito, qui en l'ouvrant vingt-quatre heures sur vingt-quatre, en avaient fait un lieu de rendez-vous hyper-branché, à la clientèle réduite mais assez bigarrée.

Typique de Miami Beach, la façade du Lobito était un savant mélange de rose et de vert d'eau, les ampoules blanches et or qui formaient les lettres de son nom clignotant au-dessus du porche. Ce qui, jadis, passait pour un endroit sélect avait tout de la gargote qu'il était devenu. Une gargote qui continuait de rebuter des touristes peu attirés par le genre de plat qu'on y servait et qu'ils laissaient volontiers aux habitués du coin.

A l'intérieur, le carrelage autrefois d'un gris rosé avait pris une teinte quasiment noirâtre. Avec ses banquettes de skaï, ses tables et son comptoir en formica, le restaurant aurait eu quelque chose de nostalgique si son mobilier n'avait pas l'état pitoyable qu'on lui voyait aujourd'hui.

Assis au fond de la salle, Horatio Caine attendait Jeremy Burnett en sirotant une deuxième tasse de café et en se demandant pourquoi il ne venait pas plus souvent prendre ses repas ici. La nourriture était bonne, et le café savait vous donner un sérieux coup de fouet dès le matin.

Il posa un regard paresseux sur une serveuse en minijupe, puis sur le trio de travestis aux jambes gainées de filet noir, dont l'un glissait d'un air dégagé un morceau de papier plié vers une table voisine.

Je sais maintenant pourquoi je ne viens pas ici plus souvent, songea Caine en souriant pour lui-même.

— N'en faites pas trop, les gars, lâcha-t-il, le nez dans sa tasse. C'est un flic que vous avez en face de vous…

L'un d'eux se tourna vers lui et rétorqua :

— Ouais, c'est ça ! Et moi je suis Britney Sp…

Il s'arrêta net en voyant Caine exhiber tranquillement son badge, sans même daigner leur jeter un regard.

Se tournant vers le comptoir, à l'autre bout de la pièce, un autre leva la main et lança :

— Hé, l'addition, s'il vous plaît !

Ce qui arracha un petit sourire au lieutenant.

A huit heures une, exactement, Jeremy Burnett entra dans la salle du Lobito, avec cette habituelle aisance qui faisait l'admiration de Caine. Grand, mince et musclé, il avait les cheveux noirs coupés très court, dont quelques mèches lui retombaient néanmoins sur le front. De longues pattes lui descendaient le long des oreilles, ce qui ne l'empêchait pas d'être parfaitement rasé.

A l'image de feu Kurt Wallace, Burnett avait une

allure séduisante avec ses joues creuses, ses mâchoires carrées, son nez fin et droit et son sourire qui semblait un peu triste même quand il était heureux.

Aujourd'hui, il portait un costume de lin blanc – la dernière mode à Miami depuis près d'un siècle –, une chemise blanche et une cravate de soie grise, sur des mocassins de cuir noir. En apercevant Caine, il le rejoignit d'un pas vif et se glissa sur la banquette face à lui.

— Tu as l'œil bien brillant, ce matin, Horatio. Après t'être couché si tard, j'admire.

— Je crois qu'on surestime le sommeil, Jeremy.

— Pour les gens de notre métier, c'est sûr. Mais, tu sais, ton appel n'était pas le dernier, hier soir.

— Sérieusement ?

— Matthers, mon boss, a eu la même idée que toi. Un homme efficace, impitoyable, mais excellent gestionnaire.

— Ah, oui ?

— Il m'a appelé environ une heure après toi. Pour me dire qu'on passait à l'Alerte Orange.

— Hum... désolé, fit Caine avec un sourire paresseux, mais j'ai peur de ne pas bien suivre votre hit-parade de couleurs.

— En fait, il varie d'une agence à l'autre. Mais Matthers interprète ça comme le début d'une guerre entre gangs, et, puisque je me suis souvent trouvé en première ligne dans ce genre de bataille, j'ai mes hommes et moi-même sur le qui-vive.

— Ce qui veut dire ?

Avec un petit rire, Burnett répondit :

— Ce qui veut dire des sous-vêtements en Kevlar jusqu'à nouvel ordre.

Une serveuse s'approcha d'eux, remplit la tasse de Caine, en posa une devant Burnett puis prit leur commande de petit déjeuner.

Cela faisait plusieurs mois que le lieutenant ne s'était pas retrouvé ainsi avec Jeremy Burnett. Avant de parler affaires, il leur fallait prendre chacun des nouvelles de l'autre.

— Comment va Joanna ? demanda-t-il.

La femme de Burnett, une ravissante brune, s'était montrée aussi attentionnée avec Caine que Jeremy lui-même, après la mort de son frère Ray. Tout le monde dans le milieu de la police n'avait pas fait preuve alors d'autant d'amitié et de chaleur envers lui. Et Horatio savait qu'il serait éternellement reconnaissant au couple du soutien qu'il lui avait apporté pendant ces moments pénibles.

— Elle est toujours aussi belle, répondit Jeremy avec un immense sourire. Mais tu le sais très bien…

Il haussa les épaules avec modestie. Il était de ces hommes qui paraissaient toujours un peu gênés d'avoir une jolie femme, comme s'ils ne méritaient pas une telle chance. D'un air tranquille, il ajouta :

— Tu connais Joanie… toujours en train de sauter d'une cause perdue à une autre cause perdue. Toujours affairée à mille choses.

— Au moins, elle ne s'ennuie pas.

— Ça, c'est sûr.

Moins cynique que son mari, avec le temps Joanna s'était impliquée dans la défense de l'environnement, se battant pour la sauvegarde des baleines, des lamantins, ou de certaines espèces végétales des Everglades dont Caine n'avait jamais entendu parler. En ce moment, elle travaillait avec l'Habitat pour l'Humanité, une association écologique dont, cette fois, Horatio faisait partie.

Tandis qu'ils attendaient d'être servis, Burnett entama le sujet qui leur tenait à cœur.

— Alors, Kurt Wallace s'est fait proprement descendre... Est-ce que la civilisation occidentale va s'en remettre, d'après toi ?

— Tu as vu les journaux, ce matin ? Ou, tu as regardé la télé ?

— Non, je n'ai que les infos de Matthers... qui étaient plutôt squelettiques, je l'avoue. Tu veux bien me brancher, Horatio ?

— Huit morts, onze blessés, dont deux assez sérieusement.

— Ça ne peut pas être que les hommes de Wallace... sauf s'il se déplaçait avec une petite armée.

— Non. Il s'agit de trois de ses gardes du corps et d'un petit escroc des beaux quartiers avec qui il dînait. Ils sont tous ensemble à la morgue, maintenant.

— Et les autres... des civils ? demanda Burnett sur un ton grave.

Avec un hochement de tête sinistre, Caine sortit une photo de la scène du crime – Wallace et ses compagnons de table – et la poussa vers Burnett, qui l'examina.

— C'est manifestement lui qui était visé, expliqua Caine. Mais, tu sais combien une attaque de ce genre peut être imprécise. Avec un AK47, pas moins.

— Aïe, carrément... Et les blessés ?

— Des civils, a priori. Mais on n'a pas encore fini de vérifier leur identité.

— Le blond, là, c'est Sonny Spencer... le neveu de

Billy Joe Spencer, annonça Burnett en tapotant la photo du doigt.

— Oui. Un membre de la Dixie Mafia, non ?

— Possible que Wallace ait cherché à s'acoquiner avec ces gangs néonazis.

— Et, en quel honneur ?

— Eh bien, ça peut paraître surprenant, mais il y a peu de tension raciale entre ces gangs ethniques. Leurs rapports se réduisent strictement aux affaires, disons.

— Assimilation avec le système capitaliste ?

— Oh, oui. Quant aux abrutis qui roulent pour Spencer, Wallace aura pu les manipuler sur un autre plan que celui du business, en les endoctrinant de la bonne vieille manière. Tu sais, les autres gangs complotent contre Wallace depuis qu'il a fait éliminer Venici.

— Ils complotent ensemble ?

— Ensemble… non, je ne crois pas. Avec la rivalité qui les sépare, je doute qu'ils aient pu s'entendre assez longtemps pour éliminer Wallace. Mais, individuellement, chaque gang devient pour nous le principal suspect.

— Et des gangs, ça ne manque pas.

— Non. Chaque faction voudrait une part du gâteau Venici qui attend sur le rebord de fenêtre de Wallace.

— Donc, fit Caine au bout d'un instant, on peut en conclure que Sonny et Wallace se rencontraient pour mettre au point une collaboration.

— Je parlerais plutôt d'une rencontre préliminaire. Sonny était un peu bouché ; ça ne devait être qu'un émissaire, à mon avis. Il ne faut pas oublier qu'ils s'étaient donné rendez-vous dans un endroit très public.

— Ce qui suggère que… ?

— Tu as tout à fait compris que c'était un piège, Horatio ?

Hochant lentement la tête, sirotant son café, Caine se demanda jusqu'à quel point il pouvait faire part à Burnett de ses réflexions. Enfin, il déclara :

— Quelqu'un qui savait que Wallace et ses hommes seraient là…

— … a averti les tueurs. Exactement. Et, si ce n'est pas quelqu'un de son organisation, qui ça peut être ?

— Ceux de la Dixie ?

— Possible. Mais, de toutes les factions, c'étaient eux qui avaient le moins de raisons de tuer Wallace. Pourquoi descendre un type qui s'apprête à partager un peu du gâteau avec toi ?

— Je ne sais pas, Jeremy. C'est peut-être un salaud de rapace qui cherche à s'approprier le gâteau entier.

— Tu as sans doute raison, en convint Burnett.

La serveuse leur apporta leur petit déjeuner, qu'ils se mirent à manger dans un silence religieux.

Au bout d'un instant, repoussant son assiette, Caine demanda :

— A qui va ta préférence, parmi ces gangs ? Qui, d'après toi, serait le plus susceptible de se trouver derrière tout ça ?

— Hum… fit Jeremy en mâchonnant un morceau de toast, Mendoza et ses Culebras, par exemple. Ce sont peut-être les seuls qui pourraient égaler Wallace et *tenir* le terrain dont ils viennent de s'emparer.

— Donc, tu pencherais pour Mendoza ?

— Pas forcément. Mendoza est un fou ; ça, on le sait. Mais c'est un fou intelligent, et tout à fait conscient d'être immédiatement suspecté si Wallace se fait descendre.

— Donc, assez intelligent pour ne pas faire ça ?

— Disons qu'il est assez intelligent pour ne pas descendre Wallace dans un endroit tel que l'hôtel Archer, faire des blessés civils autour de lui et tomber ainsi dans le collimateur du légendaire Horatio Caine et de son équipe du CSI.

— Merci, murmura le lieutenant avec un petit sourire. C'est toujours agréable de sentir qu'on a la confiance de ses pairs. Alors, ça nous laisse qui ?

Les sourcils de Jeremy se froncèrent légèrement entre ses yeux sombres quand il répondit :

— Sans doute pas les accros aux stups ; ils n'ont ni les capacités, ni l'argent, ni même la volonté pour ça.

— Les accros à la méthadone sont occupés à être accros à la méthadone, c'est ça ? sourit Caine.

— Oui. C'est une occupation à plein-temps. Je crois que tu peux les éliminer d'office de ta liste. Quant à Chevalier et ses Faucones, je ne crois pas qu'ils aient non plus les moyens de réussir une action de cette ampleur. Les témoins disent bien que le tueur était latino-américain ?

— Oui.

— Eh bien, si tu veux mon avis, Chevalier préférerait crever plutôt que d'avoir à dealer avec des latinos.

— Par racisme ?

— Non. Encore une fois, leur rivalité ne se passe qu'au niveau business ; il ne leur fait pas confiance.

Caine resta songeur un instant, puis demanda :

— Et Peter Shakespeare et les Trenchs ?

— De leur part, ça ne m'étonnerait pas ; ils sont assez costauds pour ça. Seulement, je ne sais pas si

Shakespeare estime que le fait de descendre Wallace justifie de se mettre dans un tel merdier.

— Jeremy, fit Caine en s'agitant sur sa banquette, depuis tout à l'heure tu m'énumères tous ceux qui pourraient ne pas avoir fait ça. Qu'est-ce que tu me proposes, alors ?

— Manny Calisto et les Mitus, si tu veux. Calisto n'a jamais aimé Venici… et il aime encore moins Wallace.

— Pourquoi Calisto ?

— Wallace se considérait comme le chef de meute. Mais Calisto se voit comme l'intermédiaire. Après tout, ce sont ses hommes, en Colombie, qui fabriquaient la coke. Wallace hors d'état de nuire, et Calisto réapparaissant au devant de la scène, son image ne fera que s'améliorer.

— C'est lui qui devient le chef de meute… répéta Caine.

— C'est ce que je pense, en tout cas. D'après les renseignements que j'en ai.

La serveuse s'arrêta devant eux pour remplir leur tasse de café.

Caine en avala une gorgée, puis articula en hochant la tête :

— Personne n'en sait plus que toi sur ces gangs, Jeremy.

— Sans doute, oui.

— Alors, dis-moi. Est-ce que le fait de tuer Wallace va forcément nous mener à une guerre de gangs ?

— Autrement dit, est-ce que ça vaut la peine de lancer l'Alerte Orange ? Je suppose que ça va dépendre de l'identité de celui qui a abattu Wallace, et de ce que vont en penser les autres gangs. Aussi bizarre que ça paraisse, Horatio, ce n'est finalement que de la politique

– une politique de république bananière, j'entends. Et je ne parle pas de leurs soutiens.

— Qui a intérêt à ce qu'il y ait une guerre de gangs ?

Burnett laissa échapper un rire grave.

— Pour commencer, les hommes de Wallace eux-mêmes, en se disant qu'ils n'ont rien d'autre à perdre.

Caine considéra brièvement cette éventualité. Puis, plongeant son regard dans celui de son vieil ami, il déclara :

— Merci, Jeremy. Espérons que les indices nous guideront vers un groupe précis. Alors, peut-être qu'on pourra stopper la machine avant qu'elle ne s'emballe complètement… et ne nous échappe.

— C'est bien ce que j'espère aussi, Horatio. Et, si je peux faire quoi que ce soit pour t'aider, n'hésite pas à me le demander.

— Bien sûr, Jeremy. Merci.

— Ecoute, lui souffla-t-il alors en se penchant vers lui. Il y a une autre petite chose que tu dois savoir.

— Je suis toujours prêt à apprendre, tu le sais.

— Hier soir, Matthers parlait déjà d'allier nos forces à celles de Miami-Dade.

Caine ne put réprimer une grimace.

— Je sais, je sais… reprit Jeremy en avançant vers lui une main apaisante. Chaque fois qu'il y a une opération de ce genre, ce sont les Fédéraux qui prennent le contrôle de la situation. Ça ne m'amuse pas non plus, tu peux me croire.

— C'est sympa à entendre, Jeremy… mais pourquoi ?

Burnett eut un sourire rusé quand il répondit :

— Je connais l'efficacité de ton équipe, Horatio. Et

je me réjouis que tu aies carte blanche, dans cette affaire. C'est pourquoi je vais tout faire pour m'opposer à la mise en place de ce groupe de travail.

— Je crois que c'est plus sage, en effet. Je pense qu'on peut obtenir de bien meilleurs résultats en travaillant chacun de notre côté… ce qui n'empêche pas de partager nos idées et nos découvertes.

— De nous tenir respectivement au courant, c'est ça.

— Exactement. Je te fais part de ce que j'apprends, et tu me fais part de ce que tu apprends.

Burnett sourit, et les deux hommes se serrèrent la main au-dessus des restes de leur petit déjeuner.

Caine repartit en sentant peser lourdement sur ses épaules la menace d'une guerre entre gangs. Mais il était toutefois soulagé de savoir que Burnett lui prêterait main-forte, si nécessaire. Il représentait à lui seul une telle source de renseignements – personne en Floride n'en savait plus que lui sur les gangs et leurs activités – que Caine savait pouvoir compter sur lui pour le dépanner, en cas de besoin.

Peut-être était-il encore temps d'éviter une guerre totale…

Mais, dans son estomac, le petit déjeuner du Lobito semblait manifester son désaccord.

Si les murs mauves du labo de criminologie étaient censés apaiser les esprits, Calleigh Duquesne y restait parfaitement indifférente.

Calme et concentrée, plongée jusqu'au cou dans son travail, elle n'y prêtait guère attention. Pourtant, ses sourcils froncés et son regard aigu pouvaient laisser croire à n'importe quel observateur ignorant qu'elle était tendue par le stress.

Perchée sur une chaise devant son ordinateur, vêtue de sa chemise de labo bleu pâle, ses longs cheveux blonds tirés en une souple queue-de-cheval, Calleigh essayait de faire concorder les douilles trouvées sur le lieu du crime avec celles d'un AK47, à l'aide du fichier du NIBIN, le réseau national de recherche en balistique.

Créé en 1997, le NIBIN était à l'origine de bon nombre d'affaires élucidées. Des succès auxquels Calleigh n'était pas étrangère non plus. Elle avait en effet réussi à faire le rapprochement entre l'arme à feu qui avait tué le directeur d'hôtel Thomas Lessor et un meurtre ayant eu lieu quinze ans plus tôt dans le New Jersey. Cette découverte avait servi à anéantir l'équipe des « papys tueurs » qui avaient repris du service lorsque Peter Venici les avait rappelés du New Jersey pour lui rendre un menu service en Floride.

Et voilà qu'aujourd'hui, Calleigh replongeait tête la première dans ses recherches, avec l'aide des données nationales dont elle disposait.

Elle avait une bonne série de douilles à comparer – une cinquantaine récoltées sur la scène du crime, plus la bonne poignée qu'Eric Delko avait remontée des égouts. Après cela, elle se lancerait dans l'analyse des balles récupérées dans le corps des victimes mortes ou blessées, de celles extirpées des murs du restaurant, d'autres encore retrouvées dans l'hôtel voisin, et, enfin, d'une dernière, découverte dans le sac d'une cliente de l'Archer, qui le gardait par terre à côté d'elle pendant qu'elle dînait.

La jeune femme devait effectuer tout cela avant

d'envoyer le revolver Valor calibre 32 que Delko avait ressorti de sa cachette, au fond de l'égout. Cette arme se trouvait en ce moment entre les mains d'Eric qui allait tenter d'y relever des empreintes.

Sans avoir entendu la porte s'ouvrir, elle sentit une présence derrière elle et tourna la tête pour apercevoir Caine, debout près d'elle.

— Comment ça se passe ?

Il lui avait demandé cela avec un petit sourire patient, qui traduisait à la fois son regret de l'interrompre ainsi, sa fierté de posséder une coéquipière de cette qualité, et sa curiosité naturelle.

Lui renvoyant son sourire, Calleigh lui répondit :

— Disons que… ça ne va pas être de la tarte.

— Mais, on avance, non ?

— Lentement.

— Alors, courage, Calleigh, lâcha-t-il avant de ressortir du labo.

Horatio se dirigea alors vers la salle d'autopsie, le domaine de la légiste, Alexx Woods, une ravissante Afro-Américaine aux pommettes saillantes et aux lèvres pleines, et dont la compassion pour ses « patients » n'avait d'égal que son QI.

Mère de deux enfants, Alexx avait un amour pour son travail qui fascinait Caine. Parfois, elle semblait même être en communion avec les victimes qu'elle autopsiait. Il la trouva penchée sur le cadavre de Kurt Wallace, allongé sur le dos, à demi recouvert d'un linge blanc.

— Qu'est-ce qu'ils t'ont fait, mon pauvre garçon ? susurra-t-elle au corps sans vie couché sur la table métallique. Mais, comme ça, tu ne feras plus de mal à personne, hein ? Tout ça, c'est fini, maintenant. J'aurai juste besoin que tu m'aides à trouver les sales personnes qui ont fait ça…

Un sociopathe comme lui… songea Caine, amusé. *Il en a de la chance d'avoir une femme qui lui parle si gentiment.*

Un truand, sans doute responsable d'une douzaine de meurtres à lui seul, de l'élimination de rivaux dans l'unique but de pourvoir en drogue de pauvres junkies qui risquaient de mourir d'overdose… quand ils n'étaient pas eux-mêmes dans la rue en train de voler ou de tuer pour trouver de quoi s'acheter leur came.

Mais Caine ne s'amusait pas à porter un jugement sur les morts. Quant aux vivants, c'était une autre histoire.

— Ne vous cachez pas dans l'ombre, Horatio, lui lança Alexx d'une voix chantante. Approchez, le spectacle est gratuit.

Ici, les murs étaient blancs, la lumière fluorescente et crue. Sur la droite se trouvait une longue rangée de placards où la jeune femme gardait comme des trésors ses instruments de chirurgie.

Le long du mur de gauche, s'alignaient une série de coffres d'acier réfrigérés contenant les corps de personnes récemment décédées. Après le massacre de l'hôtel Archer, il ne restait d'ailleurs plus beaucoup de place chez Alexx. Au-dessus des coffres se trouvait une cabine de verre, équipée d'un appareillage informatique sophistiqué qui permettait aux spectateurs d'observer d'en haut et en détail le déroulement d'une autopsie.

Se plaçant près d'Alexx, Caine lui dit :

— Je ne voulais pas interrompre votre conversation, à tous les deux.

— Ecouter aux portes, ce n'est pas mieux.

— Alors, qu'est-ce qu'il nous dit, ce M. Wallace ?

— Eh bien, répondit-elle, les yeux baissés sur le cadavre livide, si je ne fais pas d'erreur, M. Wallace a pris une bonne leçon.

— Ou, disons qu'on lui a rendu la monnaie de sa pièce. Rien d'étonnant, après ce qu'il a infligé à ses rivaux ces dernières années. Mais, éclaire-moi, Alexx, la cause de sa mort ?

La légiste souleva une partie du linge blanc pour laisser Caine apercevoir les trois trous noirs qui lui perçaient le haut du torse en une sorte de ligne brisée.

— Tu as été touché par trois balles, n'est-ce pas, mon ange ? dit-elle au corps inerte.

— Est-ce qu'on sait dans quel ordre ?

Lui indiquant une des blessures en haut du torse, Alexx lui répondit :

— La première balle a pénétré l'épaule gauche et a traversé la veine sous-claviculaire.

Puis, faisant rouler le corps de côté, elle lui montra le dos de Wallace et ajouta :

— Et elle lui est ressortie par le trapèze gauche.

— Je vois.

— La deuxième balle – celle qui l'a tué – est entrée par la poitrine, lui a lacéré l'artère pulmonaire gauche avant de finir sa course en se logeant contre sa colonne vertébrale.

— Et la dernière ?

Elle tourna Wallace de sorte que Caine puisse voir d'un seul coup d'œil les orifices d'entrée et de sortie de la troisième blessure.

— Elle est entrée par le pectoral droit, lui a éclaté le

lobe central du poumon, et, pour ressortir, s'est faufilée entre deux côtes de la cage thoracique.

La légiste replaça le corps dans sa position initiale.

Les mains sur les hanches, Caine demanda :

— Tu as regardé d'autres victimes ?

— Non. Je savais que Wallace était votre priorité numéro un, alors j'ai commencé par lui.

— Merci, Alexx, j'apprécie.

— Euh… Horatio, fit-elle avec un petit sourire amusé, ça ne vous effraie pas, mes petites conversations avec mes patients ?

— Non, tant que je ne les entends pas vous répondre.

Elle partit d'un rire silencieux, et Caine lui fit un signe de tête entendu. Combien avait-elle d'autopsies à son actif ? Des centaines, sans doute.

Speedle étant le suivant sur sa liste, Horatio le trouva en train de travailler à l'identification de la peinture qu'il avait lui-même relevée sur la voiture garée non loin de l'hôtel Archer.

Comme d'habitude, un air de rock que Caine ne reconnaissait pas s'échappait de la radiocassette du jeune homme. Personnellement, il n'adorait pas travailler en musique, mais Tim, lui, n'aimait pas être entouré d'un trop grand calme.

— Tu as quelque chose ? interrogea-t-il assez fort pour se faire entendre.

D'un geste automatique, Speedle baissa le son avant de répondre à son boss :

— Je la passe au spectromètre de masse et ensuite au chromatographe. J'aurai bientôt une réponse ; on verra si ça concorde.

Le chromatographe servait à briser des échantillons

pour étudier les différents constituants qui les composaient. Le spectromètre de masse bombardait alors ces éléments avec des électrons qui les divisaient en ions. Ensuite, l'analyseur de masse triait les prélèvements selon un rapport masse sur charge, ce qui donnait le spectre de masse que l'on utilisait alors pour identifier la nature de l'échantillon lorsqu'on le comparait à la base de données.

— Dès que j'aurai un résultat, je vous le ferai savoir, Horatio.

— C'est tout ce que je te demande, Speed.

Caine alla ensuite trouver Delko dans le labo des empreintes, une grande pièce aux murs aussi mauves que chez Calleigh. Les tables et les comptoirs étaient couverts de toutes sortes d'appareillages où se mêlaient allègrement chimie et informatique. Dans le fond de la salle, Eric était penché au-dessus d'un grand cube de plexiglas, l'aquarium Super Glue.

— Alors, Eric, ce joli revolver, qu'est-ce qu'il te raconte ?

Il eut un haussement d'épaules évasif, puis répondit :

— Il a passé un bon bout de temps dans cet égout. Pas beaucoup de chances d'y trouver une empreinte, j'en ai peur. Mais on essaie quand même.

— C'est déjà bien de l'y avoir trouvé.

— Merci, patron.

Caine s'arrêta devant le cube de plexi pour y observer l'arme à feu. L'aquarium Super Glue avait été mis au point grâce à la découverte, trente ans plus tôt au Japon, d'un certain Fuseo Matsumur, qui, lors d'une analyse au microscope, s'était aperçu que les émanations du produit adhésif utilisé pour maintenir un cheveu sur une plaque de verre avaient pour effet de faire ressortir ses propres empreintes.

Le concept était en réalité fort simple. L'objet à tester – ici, le revolver Valor – était donc placé dans le cube de plexiglas, dans lequel on introduisait des vapeurs de colle. Celles-ci, en se fixant sur les traces de transpiration laissées par les doigts du manipulateur, en révélaient parfaitement les empreintes ; une méthode de recherche qui, aujourd'hui, était utilisée dans le monde entier par les investigateurs travaillant sur une scène de crime.

— J'ai hâte de savoir ce que ça va donner, Eric.

— Moi aussi.

Caine retourna ensuite à son bureau, non sans songer que Delko, qui, au début, semblait manquer d'assurance, s'adaptait de mieux en mieux à son nouvel environnement. Ne voulant surtout pas harceler ses coéquipiers en étant toujours sur leur dos, il se contentait ainsi de leur rendre visite de temps à autre, histoire de les encourager dans leurs recherches, même s'ils n'avaient pas toujours de résultat concret à lui fournir.

Le travail de laboratoire prenait du temps, personne ne l'ignorait. C'était grâce à sa patience légendaire que Caine excellait dans son job. Toutefois, le maire, le chef de la police et le public ne montraient pas autant de longanimité, surtout lorsque des vies innocentes étaient supprimées.

Caine savait qu'il leur faudrait maîtriser cette affaire le plus vite possible. Miami était une ville de touristes, et ceux-ci n'adoraient pas voyager en terrain miné. Pour le lieutenant, ce n'était qu'un détail secondaire, mais ses supérieurs n'étaient bien sûr pas du même avis. Et, d'ici peu, ils allaient commencer à lui mettre la pression.

Quoi qu'il en soit, il ferait tout pour ménager ses enquêteurs et leur éviter une prise de tête.

Joanna Burnett contemplait son reflet dans le miroir de sa coiffeuse.

Ce qu'elle y voyait ne lui déplaisait pas : des cheveux auburn qui lui effleuraient les épaules, agrémentés par quelques mèches plus claires ; des sourcils joliment arqués sur de grands yeux bruns encore dépourvus de pattes-d'oie ; un nez droit et mince, que son époux Jeremy qualifiait – jusqu'à maintenant – de « mignon » ; une bouche aux lèvres charnues et bien dessinée ; des pommettes hautes qui pourraient attirer l'envie de n'importe quel mannequin ; et un teint radieux qu'elle protégeait prudemment du soleil de Miami.

Soucieuse de son poids, elle le surveillait avec attention afin de ne jamais dépasser les soixante-quatre kilos qui s'harmonisaient si bien avec son mètre soixante-dix. Ses courbes généreuses, elle le savait, n'étaient peut-être pas totalement à la mode mais plaisaient à l'autre sexe.

L'un dans l'autre, ce n'était pas mal pour trente-deux ans.

En fait, elle respirait la santé et le bonheur. Du moins serait-elle pleinement heureuse lorsqu'elle aurait débarrassé sa conscience de cette chose terrible qui la rongeait.

Ses problèmes dataient de son trentième anniversaire, période où elle avait tellement angoissé à l'idée que Jeremy puisse la quitter. Elle l'avait rendu fou – à l'en dégoûter de rester à ses côtés – en le bassinant avec ses « trente-ans-c'est-la-fin-du-monde », au point qu'il s'était jeté dans une aventure sans lendemain avec l'une de ses meilleures amies (qui en avait trente-cinq !). S'étaient ensuivies les habituelles récriminations et scènes de ménage, avant qu'ils finissent, bon an, mal an, par surmonter cette crise.

Tout cela avait été – en grande partie – la faute de Jeremy. Mais, cette fois, la faute venait de Joanna. Lui en voulant de consacrer quasiment toutes ses soirées à son travail, elle avait fini par agir comme lui. Oui, maintenant, ils étaient à égalité ! Elle s'était offert sa petite aventure, elle aussi ; mais, si stupide, si nulle, qu'elle avait fini par rompre, cet après-midi même.

Et elle était décidée à tout raconter à Jeremy. Ce soir. En priant le ciel qu'il lui pardonne, comme elle lui avait pardonné, deux ans plus tôt.

Il lui avait fallu un certain temps pour en arriver à cette conclusion. D'abord, elle s'était persuadée qu'elle n'avait pas besoin de le lui dire. Qu'elle pourrait vivre avec ce secret. Qu'il ne pouvait pas être blessé par une chose qu'il ignorait. Mais, s'il découvrait la vérité ? Il était inspecteur de police, après tout.

Ainsi, après des nuits passées à ne trouver le sommeil qu'aux premières lueurs de l'aube, avait-elle fini par prendre cette décision. Elle ne pouvait plus supporter ce mensonge. Elle allait en finir avec cela. Elle allait tout lui dire. Et il comprendrait.

Son plus grand désir était qu'ils restent ensemble jusqu'à la fin de leurs jours, qu'ils vieillissent l'un près de l'autre, comme leurs parents respectifs. Et, surtout, qu'ils finissent par fonder cette famille qu'ils désiraient tant…

Devant le miroir, Joanna s'encouragea d'un sourire brave. Ils allaient se rabibocher, oublier tout cela, comme ils l'avaient toujours fait. Elle aimait son mari, le seul homme dont elle avait jamais été amoureuse, et elle croyait sincèrement que les choses allaient pouvoir s'arranger.

Déjà, Jeremy semblait deviner quelque changement en elle. Ne lui avait-il pas demandé de s'habiller pour ce soir ? Quand était-ce arrivé, la dernière fois ? La tenue qu'elle avait choisie était celle qu'il préférait : une robe de mousseline blanche où s'entremêlaient des traînées de couleurs pastel, avec un bustier très ajusté qui soulignait joliment le galbe de son buste.

Saisissant un flacon de parfum sur sa coiffeuse, Joanna s'en aspergea la nuque, les poignets et, enfin, la naissance des seins. Lorsqu'il l'avait appelée aujourd'hui pour lui demander d'être prête afin qu'ils repartent ensemble dès son retour du travail, elle avait retrouvé en lui le Jeremy d'avant, l'homme pour qui elle avait craqué à Duke University, celui qui était là pour la sauver, et sauver le monde entier avec elle.

Laissant le répondeur courir, elle n'avait même pas jugé utile de décrocher lors de son deuxième coup de fil, quand il lui précisait qu'il serait un peu en retard à cause d'une ambiance surchauffée au bureau – les infos sur la tuerie qui avait eu lieu à Miami Beach étaient diffusées en boucle à la télévision.

Oui, elle devait quand même continuer à se pomponner – c'étaient ses mots à lui – et ils allaient quand même sortir dîner ensemble. Après cela, il la laisserait décider si elle préférait aller au cinéma ou simplement rentrer pour se retrouver tous les deux.

Devait-elle tout lui dévoiler pendant le repas ? En public ? Ou à la maison ? Joanna commençait à hésiter : *Pourquoi le lui dire, finalement ? Il m'aime. Pourquoi le bouleverser avec cette histoire ?*

Mais, n'avaient-ils pas construit leur mariage sur l'honnêteté ? Elle allait tout lui dire. Elle trouverait bien un moyen. Ce soir…

Elle entendit une voiture se garer dans l'allée, la portière claquer, la porte d'entrée s'ouvrir et se refermer. Puis ce fut la voix de Jeremy, au pied de l'escalier :

— Jo, chérie, tu es prête ?

Souriant une dernière fois devant le miroir – oui, elle était encore très séduisante, pour trente-deux ans –, Joanna attrapa son sac et descendit au petit trot rejoindre son mari.

— Salut, toi, lui lança-t-elle.

— Salut, toi, lui répondit-il.

Cette façon de se dire bonsoir était devenue une habitude entre eux.

— Comment s'est passée ta journée ?

— Plutôt éprouvante… et longue, admit-il.

Puis, prenant le soin de la regarder de plus près, il lâcha sur un ton admiratif :

— Mais, regardez-moi ça !

— Tu pourrais faire un peu plus que me regarder, lui susurra-t-elle en lui déposant un baiser brûlant sur les lèvres.

Un baiser qu'il lui rendit avec passion tandis que, déjà, ses mains se posaient sur ses hanches, pour remonter fébrilement vers sa taille, sa poitrine… Joanna le laissa s'amuser pendant quelques secondes puis s'écarta en demandant :

— Tu n'as pas réservé une table, pour ce soir ?

Avec un sourire en coin, il lui rétorqua :

— Si, mais il ne faut pas me provoquer en me disant de faire plus que te regarder… Est-ce que j'ai le temps de passer un autre costume, au moins ?

— Non, garde celui-là ; ce lin blanc est parfait pour ce soir.

— Je l'ai porté toute la journée.

— Tu es très bien comme ça. Tu prendras une douche en rentrant.

— On pourra peut-être la prendre ensemble, répliqua-t-il sur un ton lascif.

— Oh, Jeremy…

Et elle s'accrocha à lui, dans un geste presque désespéré.

Il la serra un instant entre ses bras, puis la repoussa tendrement pour plonger son regard dans le sien.

— Jo… il y a quelque chose qui te tracasse ?

— Non… je… j'aimerais simplement qu'on parle, toi et moi.

— Alors, après le dîner, chérie. Parce que notre soirée, c'est sacré… Tu prends une veste, ou un châle, peut-être ?

— Non, ça ira bien comme ça, répondit-elle avant de glisser un bras sous le sien. Si j'ai froid, tu me réchaufferas.

— Comme toujours, articula-t-il, en affichant l'immense sourire qu'elle connaissait bien.

Le fameux sourire qui l'avait fait craquer, des années plus tôt, à l'université.

Jeremy ouvrit la porte d'entrée et ils sortirent sur le

perron. Ce n'était pas une résidence extraordinairement grande, mais ils aimaient ce quartier de Pinecrest, pas très loin de Biscayne Bay, avec son voisinage agréable et son taux de criminalité quasiment nul. Le 130 de l'avenue Terrace où ils habitaient convenait parfaitement aux Burnett.

Alors qu'ils traversaient la pelouse pour rejoindre leur voiture garée en bas de l'allée, Joanna entendit un crissement de pneus, derrière elle. Un bruit plutôt rare, par ici. Elle se retourna pour voir ce qui se passait, sentit Jeremy faire la même chose à côté d'elle, et croisa brièvement son regard inquiet. *Ça doit être un de ces gamins qui…*

Ils avaient à peine fait quelques pas qu'une auto gris métallisé déboula à toute vitesse de la rue voisine. A son bord, la jeune femme aperçut un Latino-Américain dont la moitié du corps émergeait par la vitre baissée, et qui brandissait à bout de bras un énorme fusil d'assaut.

Aussitôt, Jeremy se plaça devant elle, les bras ouverts pour la protéger, à l'instant où résonnait dans la nuit le claquement infernal d'une fusillade. En l'espace d'une demi-seconde, Joanna le vit s'effondrer à ses pieds, atteint en pleine poitrine par plusieurs balles.

Complètement à découvert, à présent, hurlant de terreur, elle leva instinctivement les mains devant son visage. La fulgurance de la douleur la stupéfia lorsque la première balle lui déchira la paume gauche avant d'aller se loger dans son épaule.

Cessant subitement de crier, elle tituba en arrière. Non loin d'elle, Jeremy s'était redressé sur ses genoux et tâtonnait à la recherche de son arme. Puis quelque chose ressemblant à une piqûre d'abeille la frappa au front, et elle vacilla, soudain étourdie, des étoiles scintillant sous ses paupières fermées. Secouée de tremblements, elle parvint à les rouvrir, au moment même où un coup brutal l'atteignait au ventre. Pliée en deux, elle se vit propulsée en arrière avant de s'affaler par terre de manière peu élégante. Aussitôt, elle songea que sa robe de mousseline blanche allait être tachée, en roulant ainsi dans l'herbe.

Mais elle sentit en même temps qu'il se passait quelque chose d'anormal avec son corps. Ses bras, sa tête étaient tièdes, mais ses jambes lui paraissaient glacées… et semblaient ne plus vouloir fonctionner.

C'est alors qu'elle entendit le revolver de Jeremy tomber sur le sol, avant de le voir s'affaisser de nouveau à ses côtés, un filet de sang s'écoulant du devant de son costume. Il avait les yeux clos, le visage blême, et Joanna eut le sentiment atroce qu'il était mort. Elle baissa alors les yeux sur sa robe, les traînées pastel virant au sombre tandis que du sang s'échappait de son abdomen.

La voiture grise avait depuis longtemps disparu, et les rugissements de la fusillade ne formaient plus qu'un faible écho dans ses oreilles. Quelque chose de chaud lui coulait le long du visage, et la tache sur sa robe s'élargissait. Elle devait agir rapidement. Pourquoi les voisins ne se précipitaient-ils pas à leur secours ?

Ils ont peur, lui dit une petite voix intérieure, assez distante mais bien distincte. D'une main, Joanna appuya sur sa blessure pour en bloquer le flux de sang, tandis que, de l'autre, elle cherchait son téléphone dans son sac tombé à côté d'elle.

Elle devait trouver de l'aide.

Immédiatement !

Elle effleura les petites touches du téléphone : 9-1-1.

Dès la deuxième sonnerie une voix femininc et calme lui répondit.

— Urgence 911... Que puis-je faire pour vous ?

La tête recommençait à lui tourner, et Joanna se sentit brutalement faiblir, non loin de s'évanouir.

— Aidez-nous...

— Où êtes-vous, madame ? Que vous arrive-t-il ?

— On nous a tiré dessus... murmura-t-elle d'une voix rauque.

Si au moins elle avait une bouteille d'eau... une gorgée d'eau... cela lui ferait tant de bien.

— Sur qui a-t-on tiré ?

— Moi... mon mari... Et, je...

— Où êtes-vous ?

Je connais notre adresse, se dit Joanna. *C'est... c'est...* Elle ne parvenait pas à articuler les mots, à mettre les lettres ensemble, dans le bon ordre. Il y avait un 1 dans le numéro, elle le savait... Ou alors, c'était...

Finalement, elle réussit à balbutier :

— Aidez-nous...

Puis le téléphone lui échappa des mains, et Joanna Burnett s'effondra près du corps sans vie de son mari, son sang s'écoulant doucement dans l'herbe verte.

Vivre avec le souvenir de son infidélité n'était plus un problème.

4

Comme la plupart des membres du CSI, Horatio Caine s'était accoutumé aux tragédies qui pouvaient accompagner une scène de crime. Un enquêteur devait savoir ignorer la colère ou la tristesse que pouvait procurer la mort d'un innocent. Car l'émotion et les sentiments ne faisaient en réalité que desservir la victime.

Pourtant, alors qu'il faisait démarrer son Hummer en trombe, après avoir mis en route sa sirène et son girophare, les mains crispées sur le volant, Caine sentait son cœur battre à tout rompre.

Un double homicide, lui avait-on annoncé. Et il connaissait l'adresse où on l'envoyait. C'était celle de Jeremy et Joanna Burnett.

— Appelez-moi Delko, lança-t-il au micro de son portable mains-libres.

Au bout de trois sonneries, le jeune homme décrocha et Caine déclara :

— Horatio… Parle-moi, Eric.

— Je suis chez les Burnett. Avec Speed.

— Alors ?

— Un décès… Mme Burnett. Désolé, Horatio. Je sais que ce sont vos…

— Et Jeremy ?

— Il est vivant. Mais il a perdu beaucoup de sang. On ne sait pas trop, pour le moment. Les urgences s'occupent de lui. C'était une autre tuerie en voiturc…

— J'arrive. Retournes-y.

En principe, il aurait dû refuser de se rendre là-bas, mais son équipe était de service, et cette seule excuse suffisait. Ses amis avaient besoin de lui, même Joanna. Il les aiderait comme il aurait aidé n'importe quel étranger… et, il l'espérait, avec autant de professionnalisme.

Il prit à gauche sur Montgomery Drive, puis s'engagea à droite sur la Soixante-septième Avenue, avant de tourner une nouvelle fois à droite, vers la résidence des Burnett. Comme il débouchait au coin de la rue, le classique et dramatique spectacle d'une scène de crime s'imposa à son regard.

Trois voitures de police, dont les girophares bleus et rouges balayaient la nuit, étaient garées devant la maison de Jeremy et Joanna. Le Hummer de Delko, une ambulance et au moins trois véhicules banalisés indiquèrent à Caine qu'il n'y avait pas que la police de Miami-Dade, sur les lieux, mais aussi les Fédéraux.

A la faveur de la nuit et de la présence rassurante de la police, des voisins s'étaient aventurés à l'extérieur de leur maison pour regarder. Certains d'entre eux s'étaient même regroupés sur le trottoir et parlaient à voix basse, avec le mélange d'inquiétude et d'excitation qui planait souvent aux abords d'une scène de crime.

Caine passa au ralenti devant l'allée encombrée et se vit forcé de se garer trois maisons plus loin. Il descendit de voiture et – fait exceptionnel, chez lui – ne prit pas le temps d'attraper sa mallette métallique.

Il voulait en premier lieu s'assurer de l'état de

Jeremy. Ensuite, il aviserait. De loin, il vit le flash de Delko éclairer la nuit pendant qu'il prenait des photos de la victime allongée sur l'herbe. Comme il s'approchait, il aperçut Speedle en train de balayer l'allée de bitume du faisceau de sa lampe torche, manifestement dans l'espoir d'y trouver des douilles.

Encore une satanée attaque en voiture !

Un acte assez osé de la part du commanditaire de ces crimes. Car c'était déclarer la guerre à la fois à la police de l'Etat et aux Fédéraux. Du jamais vu ! Mais, s'il pouvait sembler téméraire d'abattre un agent de la DEA, le fait d'éliminer l'expert le plus renseigné sur les gangs de la ville tenait carrément de la débilité.

Ce ne fut qu'une fois arrivé à la hauteur de la villa voisine de celle des Burnett que Caine distingua, grâce aux crépitements du flash de Delko, le drap blanc qui recouvrait un corps étalé sur la pelouse. Tout autour, le terrain avait été sécurisé par une bande de plastique jaune, et le lieutenant dut sortir son badge pour pouvoir pénétrer à l'intérieur du périmètre. C'est là qu'il aperçut l'essaim d'officiels qui s'agitaient autour de la scène du crime – des hommes en costume près de la voiture de Jeremy garée dans l'allée, en contrebas de la maison.

Quand il y a mort violente, le monde devient tout à coup très « habillé ». S'affairaient autour des victimes tout un tas d'hommes en uniforme, des infirmiers en blanc, des policiers en bleu, des enquêteurs et des entrepreneurs de pompes funèbres en costume-cravate.

Tournant le dos à Caine, l'inspecteur Frank Tripp s'entretenait avec cinq ou six hommes placés en demi-cercle face à lui. Dans l'obscurité, Caine ne voyait pas combien de chiens serviles étaient regroupés derrière les deux chefs, Robert Sackheim, agent spécial du FBI, et Leonard Matthers, de la DEA – le boss quelque peu coincé de Jeremy.

Ce que le lieutenant remarqua, en revanche, c'était qu'il faisait irruption au milieu d'un débat plus qu'animé.

Chaque vêtement parlait pour celui qui le portait. Le complet anthracite de Sackheim indiquait sans l'ombre d'un doute qu'il se prenait pour l'homme de la situation, et qu'on ne badinait pas avec lui. Le costume brun à rayures tennis de Matthers, dont le mouchoir jaune à la poitrine faisait un petit clin d'œil au chic, impliquait la même chose que pour Sackheim, mais peut-être de façon plus subtile. Quant à celui de Tripp, il criait à qui voulait l'entendre qu'il avait été arraché du placard à la va-vite et que son dernier nettoyage à sec datait de la préhistoire.

Grand, athlétique, Américain jusqu'au bout des ongles, Sackheim était entré au FBI, ses études de droit à peine achevées. Ancien quarterback de l'équipe de foot universitaire, il avait l'habitude de se faire écouter par un petit comité réuni autour de lui.

— La tentative d'assassinat d'un policier fédéral, expliquait-il, exige une investigation au niveau national. Point barre.

— Je suis d'accord avec toi, Bob, répliqua Matthers.

De race noire, aussi grand et athlétique que son homologue du FBI, ce gros bonnet de la DEA avait la tête quasi rasée, des lunettes à monture sombre et une moustache impeccablement taillée, qui lui donnait en permanence une petite touche d'austérité même lorsqu'il souriait.

— Mais, le problème, poursuivit-il, c'est qu'il

s'agit d'un de mes hommes – ce qui fait de cette enquête fédérale *mon* enquête.

La bouche de Tripp forma un cercle aussi rond que le canon d'un pistolet, et les mots sortirent de sa bouche, aussi virulents que des balles :

— Désolé, c'est une affaire qui regarde la police de Miami-Dade, et il n'est pas question de vous laisser mettre la main dessus. Burnett et sa femme sont des habitants de Miami, le crime a eu lieu ici, chez eux, et…

— Et c'est un policier fédéral, coupa Sackheim.

— Rattaché à la DEA, enchaîna Matthers.

S'approchant d'eux, Caine déclara :

— J'aurais dû m'y attendre.

Tous les visages se tournèrent aussitôt vers lui.

— Pourquoi pas un concours de pisse, pendant que vous y êtes ? suggéra-t-il avec un sourire angélique. Vous vous comportez comme des abrutis.

Sackheim lui jeta un regard furibard avant de lui hurler au visage :

— Allez vous faire foutre, Horatio ! Faites votre boulot, et on fera le nôtre.

— Bob… lâcha-t-il du bout des lèvres, inutile de me souffler dans les bronches.

Vaguement embarrassé, Sakheim recula d'un pas.

— Mais, vous avez raison sur un point, reprit Caine. J'ai mon job à faire, et mes hommes aussi, en tant que premiers arrivés sur le lieu du crime. Vous aussi, vous avez votre job à faire, et, plus longtemps vous vous chamaillerez à propos de votre territoire, plus cette affaire se rafraîchira et moins on avancera.

Ce dont profita aussitôt Matthers pour répliquer :

— Horatio, vous étiez ami avec Joanna et Jeremy.

N'est-ce pas à vous de prendre personnellement cette affaire en main ?

— Mes hommes s'en occupent, Len. Mon job, c'est de superviser l'enquête, uniquement. Mais j'aurai une requête à vous faire, à tous.

— Laquelle ? demanda Sackheim d'un air soupçonneux.

— Cessez de piétiner ma scène de crime.

Tous jetèrent un brusque coup d'œil autour d'eux, semblant se rappeler soudain que la priorité était de préserver le moindre indice.

Levant la main et hochant la tête en signe de remerciement, Caine leur dit alors :

— Voilà ce qu'on va faire, messieurs. Bob, Len, aucun de vous ne possède ni l'équipement ni les compétences pour traiter correctement cette scène de crime. Mes hommes, eux, en ont les moyens. Alors, faisons notre boulot, et Frank vous tiendra au courant de l'évolution de nos recherches. N'est-ce pas, Frank ?

Comme un gamin assurant le directeur de sa bonne conduite à venir, il répondit :

— Tout à fait.

Les mains sur les hanches, Caine ajouta :

— Je suis sûr que certains aspects de ce dossier seraient mieux traités par des Fédéraux, mais, l'homicide ayant été perpétré ici, à Miami, c'est à nous de diriger cette enquête – par égard pour les victimes.

Sackheim ouvrit la bouche pour dire quelque chose mais se ravisa.

— Quand on aura mis la main sur celui qui a fait ça, continua Caine, vous pourrez tous vous réunir pour décider de qui en tirera le bénéfice, et qui engagera les poursuites. Ce qui m'importe personnellement, c'est de découvrir le responsable.

— Votre autosatisfaction me… commença Sackheim.

— Moi non plus, je n'apprécie pas votre ton, Horatio, l'interrompit Matthers. Jeremy est comme un frère pour…

— Pour nous tous, enchaîna Caine.

Puis, se tournant vers l'inspecteur de Miami-Dade, il ajouta à voix basse :

— J'imagine que Joanna est morte.

— Oui, répondit Tripp en secouant gravement la tête. Touchée en plein ventre ; elle s'est vidée de son sang avant que personne n'ait eu le temps d'intervenir.

— Et Jeremy ?

— Une balle dans le bras, et deux autres en pleine poitrine. S'il n'avait pas eu son gilet pare-balles, il serait mort, lui aussi.

— On dirait que vous avez eu le nez en passant à l'Alerte Orange, observa Caine à l'adresse de Matthers.

Ravalant son émotion, celui-ci rétorqua :

— Oui… mais ça n'a pas servi à grand-chose pour Joanna.

— C'est ça, la guerre, reprit Caine. Ça fait tellement de victimes qui ne sont pas des soldats.

Il considéra un instant le drap blanc, sur la pelouse. Joanna Burnett avait été quelqu'un de bien, une personne généreuse, impliquée de près dans les affaires sociales. Elle, qui avait passé sa vie à aider les gens, était morte parce qu'elle s'était trouvée aux côtés de son mari au mauvais moment.

Se retournant vers Matthers et Sackheim, le lieutenant déclara :

— Les esprits se calment vite quand il arrive quelque chose comme ça, messieurs. Travaillons ensemble et mettons la main sur celui qui a fait ça.

Les deux hommes échangèrent un regard, puis se tournèrent vers Caine.

— Miami-Dade prend la direction des opérations, annonça Matthers.

— Mais on reste constamment informés, ajouta Sackheim.

— Je ne pouvais pas rêver mieux, reconnut Horatio.

Lentement, prenant garde à présent de ne pas poser les pieds n'importe où, le groupe se dispersa. Excepté Tripp.

Plusieurs fois, déjà, et dans un passé assez récent, l'inspecteur avait bondi sur Caine en lui reprochant de marcher sur ses plates-bandes. Sans doute était-ce la raison pour laquelle il eut l'air légèrement embarrassé en lui disant :

— Merci, Horatio.

— Pas de problème, Frank. Du moment que vous tenez parole... et que vous les gardez informés. Et, n'hésitez pas à utiliser leurs services, non plus.

— Faites-moi confiance.

— Alors, de quoi dispose-t-on, pour l'instant ?

Après un lourd soupir, Tripp répondit :

— Attaque en voiture, même processus que pour l'assassinat de Wallace : véhicule gris métallisé, un latino qui se charge de la fusillade... une arme automatique, à ce qu'il semblerait.

— Est-ce que Jeremy était conscient ?

— Oui, mais il ne nous a pas été d'une grande aide. Il était trop secoué par la mort de Joanna. Les gars des urgences disent qu'ils l'ont trouvé en train de la tenir dans ses bras. D'après eux, il était au bord de l'hystérie.

— Qui ne le serait pas ?

— Il y avait du sang, ce qui veut dire que le Kevlar n'a pas stoppé toutes les balles. Et, à la façon dont il respirait, il devait avoir au moins une côte de cassée.

Se tournant vers l'endroit où travaillaient ses deux coéquipiers, Caine croisa le regard de Delko qui s'avança alors vers lui. Il portait un pantalon noir et une chemise de soie noire, dont le col apparaissait sous son blouson au logo du CSI.

— Je suis désolé, Horatio…

— On a au moins un survivant.

— Qui est aussi un témoin.

— Ce qui fait un gros « plus ». Qu'est-ce que tu as trouvé ?

Delko secoua tristement la tête.

— Pas grand-chose. J'ai fait quelques photos de la scène… mais Burnett l'a pas mal dégradée, sans le vouloir, quand il a pris sa femme dans ses bras.

— Je me demande si on aurait fait mieux…

— Qu'est-ce que vous voulez dire ?

— Crois-tu que tu n'aurais pas réagi de la même façon, à sa place ? A quoi aurais-tu pensé ? A préserver la scène du crime ou à prendre ta femme mourante dans tes bras ?

— C'est vrai que je n'aurais peut-être pas pensé à cette fichue scène du crime, reconnut Eric. J'aurais pris ma femme dans mes bras… si j'en avais une.

— Tu aurais eu le réflexe de tout homme normal, bien sûr, sourit Caine en lui tapotant l'épaule. Tu as vu autre chose ?

— J'ai inspecté une dizaine de fois au moins le

revêtement de l'allée. Maintenant, je vais passer le détecteur de métaux autour de l'emplacement des corps pour tâcher d'y trouver des balles perdues qui auraient atterri dans l'herbe.

— Excellente idée. Ce serait bien qu'on sache si on a affaire à la même arme que celle qui a tué Wallace.

— Speed a déjà relevé une série de traces de pneus le long des trottoirs et les a photographiées. Et il cherche des douilles depuis avant votre arrivée, déjà.

Regardant du côté de Tripp, Caine interrogea :

— Et le voisinage ? Vous avez commencé à en interroger certains ?

— Oui. On fait un balayage sur un rayon de six maisons autour de la scène.

— Bien.

— Hé, Horatio, vous savez ce que c'est quand un confrère est abattu. On a des gars qui viennent de tous les bureaux de police du Sud de la Floride pour se porter volontaires.

— Dans ce cas, si quelqu'un a vu quelque chose, on ne devrait pas tarder à le savoir.

— Bien sûr.

Se tournant vers Delko, le lieutenant lui demanda :

— Et la maison ?

— Je m'en suis occupé, Horatio.

— Et, qu'est-ce que ça donne ?

— Aucune trace de passage après l'attaque. Je ne crois pas que Jeremy y soit retourné.

— Il n'aurait pas pu, de toute façon, grommela Tripp.

— Il y a eu un appel au 911, provenant du portable de Joanna. Puis, pour finir, trois ou quatre voisins ont téléphoné.

— Ces chers voisins ont eu l'esprit un peu lent, je trouve.

— Ce n'est pas tous les soirs qu'il y a une attaque de ce genre dans le quartier, observa Tripp.

— Je crois surtout qu'ils avaient les jetons, commenta Delko.

— Et les Burnett qui se vidaient de leur sang… fit Caine sur un ton désabusé. Et notre réponse à leur appel ?

— Pas terrible, Horatio. Mme Burnett n'a pas été capable d'articuler son adresse ; et, comme c'était un portable, il a fallu un petit bout de temps avant de localiser son appel.

— Oui… quand les voisins ont fini par se réveiller et prévenir la police.

Un silence gêné s'installa jusqu'à ce que Speedle remonte l'allée pour venir à leur rencontre. Il portait une chemise sombre, déboutonnée sur le poitrail et qui n'avait jamais dû entrer en contact avec un fer à repasser, un jean élimé et trop grand, et des tennis en excellent état… à côté du reste.

Les rares suggestions de Caine sur le fait qu'une tenue un tout petit peu plus professionnelle serait appréciée dans le service étaient manifestement tombées dans l'oreille d'un sourd. D'un autre côté, Tim travaillait avec tant de sérieux et d'efficacité que son chef finissait toujours par se dire : *Quelle importance, après tout…*

Ce soir, par exemple, le jeune homme lui tendait deux sacs de plastique pleins de douilles de 7,62 mm.

— Combien ? lui demanda Caine.

— Soixante et onze. Il était équipé du même chargeur rond que lors de l'attaque sur Ocean Drive.

— Parfait, on donne tout ça à Calleigh, on examine les photos et on voit si on y trouve quelque chose.

— Entendu, chef.

— Speed, lui dit alors Delko, si tu t'occupes des photos, je vais passer le détecteur sur la pelouse. J'apporterai à Calleigh toutes les douilles que j'aurai pu trouver.

— O.K., reprit Caine, je vois que vous avez tout ça bien en main…

— Vous allez quelque part ? s'étonna Speedle.

— A l'hôpital, avec Tripp ; pour parler à notre victime.

Il resta néanmoins assez longtemps pour superviser l'embarquement du corps de Joanna Burnett dans l'ambulance. Puis, le cœur serré, il regarda le véhicule s'éloigner, sirène silencieuse et girophares éteints.

Plus rien ne pressait, maintenant.

Caine regagna son Hummer d'un pas lourd, tandis que Tripp grimpait dans sa voiture pour le suivre en direction de l'hôpital.

Une demi-heure plus tard, une infirmière conduisit Horatio Caine et Frank Tripp dans une salle d'attente, où ils trouvèrent Leonard Matthers, le boss de Jeremy, qui avait quitté le lieu du crime juste avant eux.

Un gobelet de café à la main, Matthers était assis dans un coin et regardait d'un air absent la télévision branchée sur CNN.

Lorsque les deux hommes entrèrent et prirent place en face de lui, il baissa lentement les yeux sur eux.

— Du nouveau, là-bas, Horatio ? demanda-t-il.

— Pas grand-chose.

— Ce n'est pas très précis. Je croyais que vous deviez nous tenir au courant…

— Laissez-moi d'abord examiner les indices, Len. Ne regardez pas par-dessus mon épaule, et je ne regarderai pas par-dessus la vôtre.

Matthers le fixa un instant puis, soudain, esquissa un sourire.

— C'est ça que j'aime chez vous, Horatio : vous ne vous laissez jamais marcher sur les pieds.

Caine ne jugea pas utile de répondre. Il respectait Matthers mais en avait assez entendu, de la bouche de Jeremy, sur sa façon de vouloir tout régenter, pour savoir qu'il valait mieux garder quelque distance avec lui.

Un silence un peu gêné venait de s'installer quand Tripp déclara :

— L'infirmière a dit qu'on était encore en train de le recoudre.

— Il a eu de la chance, observa Matthers en jetant son gobelet vide dans la corbeille. Une sacrée chance…

— Il a perdu sa femme, lui rappela doucement Caine. Ça ne me semble pas être de la chance, ça.

Matthers roula des yeux étonnés avant de lui faire remarquer :

— Normalement, il devrait être aussi mort qu'elle. L'un des deux coups que son gilet a stoppés aurait pu le tuer… et il s'est quand même retrouvé avec une côte brisée. Quelques centimètres plus haut, et sa tête explosait.

— On m'a dit qu'il était en sang, fit Caine.

— Oui, il s'est pris une balle dans le bras droit, précisa Matthers avant d'ôter ses lunettes et de se passer une main sur le front. Un peu plus qu'une égratignure… mais on sait tous que Joanna était tout pour lui. Je me demande ce qu'il va faire, sans elle.

— Le temps finira par guérir cette blessure, aussi, commenta Tripp.

Caine ne répondit rien. Depuis combien de temps Ray avait-il disparu ? En attendant, il ne voyait toujours aucun signe de guérison…

Passant soudain la tête par la porte, l'infirmière leur annonça :

— Vous pouvez le voir, maintenant, messieurs. Mais, seulement quelques minutes.

Le trio la suivit au bout d'un couloir menant à la salle des urgences. Là, elle tira un rideau, et ils aperçurent Jeremy Burnett, allongé sur un lit, torse nu, le bras droit enroulé dans un épais bandage blanc.

Sa poitrine était bandée, aussi, vraisemblablement là où une des balles l'avait heurté à travers le gilet en lui brisant une côte. A côté, cependant, apparaissait un gros hématome, bien visible, à l'endroit où l'autre balle avait dû l'atteindre. Ses yeux étaient rouges de pleurs, et il avait l'air totalement désespéré.

Le si confiant Jeremy Burnett n'était plus qu'un être anéanti, qui n'attendait plus rien de la vie.

Faisant le tour du lit, Matthers se plaça à sa gauche.

— On dirait qu'ils s'occupent bien de toi, Jeremy, lui dit-il doucement en lui tapotant son bras valide.

Burnett ne dit rien, d'abord, puis, au bout d'un instant, articula :

— Merci d'être venu…

Son regard rougi se posa ensuite sur Caine, et il déclara :

— La balle a manqué de peu l'artère brachiale.

— Tu as eu de la chance.

Un sourire sinistre se dessina sur ses lèvres sèches.

— De la chance… tu crois ?

— Jeremy, reprit Matthers, tu es en vie. La disparition de Joanna… c'est… il n'y a pas de mots pour ça. Mais, toi, tu es vivant, et tu dois te battre, maintenant.

Au bout d'un long moment de silence, Burnett hocha la tête sans conviction, sans paraître vraiment accepter les paroles de son boss.

Caine lui murmura alors :

— J'aimerais pouvoir te dire qu'on est avec toi, Jeremy, et te laisser seul avec ton chagrin. Mais tu sais que je ne peux pas.

Burnett soupira avant de grimacer de douleur.

— Je suis ton témoin, je sais. Tu as des questions à me poser.

— Oui. Tu te sens capable de nous raconter ce qui s'est passé ?

— Non… mais il le faut bien. Pendant que c'est encore frais dans mon esprit.

— Oui, je suis désolé, Jeremy.

— Agent Burnett, dit alors Tripp, avec votre permission, je prendrai des notes.

— Allez-y…

Il sortit un carnet et un stylo de la poche intérieure de sa veste.

Entourant le lit de Burnett, les trois visiteurs le laissèrent parler. Leur témoin ferma lentement les paupières et parut s'assoupir un instant. Caine ne sut alors s'il avait perdu conscience ou s'était simplement endormi sous l'effet des sédatifs.

Echangeant un regard avec Matthers, il se demanda s'ils n'étaient pas déjà en train d'abuser du temps qui leur était imparti, et si cet interrogatoire ne pouvait pas attendre un peu.

Mais, soudain, les yeux toujours clos, comme saisi de transe, l'agent de la DEA se mit à parler :

— Je suis rentré tard du boulot, ce soir… l'assassinat de Wallace, ces gangs qui s'entretuent, la journée n'en finissait pas… et on devait sortir dîner.

Il s'exprimait lentement et avec peine.

— J'étais en retard, on avait réservé, je n'ai même pas pris le temps de me changer… On était à peine descendus du perron que ça a commencé.

— Les coups de feu ? demanda Caine.

— Oui, les coups de feu…

— Qu'est-ce que tu as vu, Jeremy ?

Sans rouvrir les yeux, Burnett paraissait revoir défiler les événements sur l'écran de sa mémoire.

— D'abord… on a entendu un crissement de pneus.

— Qui venait d'où ? interrogea Tripp.

— De la droite de la maison. La voiture avait l'air de venir vers nous. On a été surpris… C'est un quartier tranquille, vous savez. Ça n'arrive pas souvent, ce genre de chose.

— Tu as vu la voiture ? insista Caine.

— Oui. Une Lexus gris métallisé. Peut-être celle de Manny Calisto ; en tout cas, ça lui ressemblait.

— Tu as pu voir la plaque ?

— Non, je n'ai pas été fichu de voir quoi que ce soit ! Même pas une partie. C'était le flou complet…

Caine se pencha vers lui et lui dit lentement :

— Ça veut dire, Jeremy, que tu as regardé la plaque. Essaie de te rappeler. Tu n'as même pas un numéro, une lettre ?

Les paupières closes de Burnett se serrèrent tandis qu'il essayait de se souvenir. Finalement, il articula :

— Une plaque de l'équipe de foot des Dolphins… L… D… Désolé, c'est tout ce dont je me souviens. LD.

— C'est bien, fit Tripp en continuant d'écrire sur son carnet. C'est un début.

— Et sur la voiture ? Tu as remarqué quelque chose ? demanda Caine.

— Quoi, par exemple ?

— Quelque chose d'anormal. Un signe particulier, quelque chose de personnalisé.

Jeremy secoua la tête.

— C'est bon, fit Tripp. Ensuite ?

— J'ai vu un type… un latino se pencher par la vitre baissée. Vingt-trois, vingt-quatre ans, peut-être. Il avait les cheveux noirs et bouclés, le teint assez mat, des yeux sombres, une épaisse moustache… Il portait une chemise blanche, il me semble.

— Tu l'avais déjà vu, avant ? lui demanda Caine. Tu crois qu'il pourrait faire partie d'un gang ?

— J'aimerais bien te répondre oui, Horatio. Mais, non… j'ai beau me repasser en mémoire la bande de Calisto, je n'arrive pas à mettre un nom sur ce visage.

— Il y a beaucoup de rotation de personnel, dans ce groupe, fit remarquer Tripp.

— Ça va, Jeremy, intervint Matthers en s'approchant de son ami, tu fais de ton mieux…

Mais, brusquement, les yeux de Burnett s'ouvrirent, comme si on venait de le réveiller.

— Alors, j'ai vu l'arme – un automatique… un

AK47… ou du même genre, avec un chargeur rond. Et puis, il a commencé à tirer…

— Je sais que c'est pénible, Jeremy, lui dit Caine. Mais, il faut que tu continues.

— Je… je me suis précipité devant Joanna, et je me suis pris les premiers coups. Ça m'a fichu par terre. Et ça… ça a laissé Joanna en première ligne. Une balle lui a éraflé la main, avant de lui atteindre l'épaule…

— Et toi, tu étais au sol.

— Oui. J'ai essayé de me lever, mais les balles étaient plus rapides que moi. La seconde lui est arrivée droit dessus… je ne sais pas où… dans le ventre, je crois. Je venais de sortir mon arme et j'allais l'attraper pour la forcer à se coucher, mais je… je crois que je suis tombé dans les pommes. Quand je me suis réveillé, elle… elle était morte. Je ne crois pas qu'elle a souffert… C'est ce que j'espère, en tout cas.

D'une paume, il se couvrit le visage.

— Je crois que ça suffit, maintenant, non ? fit soudain Matthers.

Caine hocha la tête, et Tripp acquiesça.

Burnett abaissa la main et des larmes lui coulèrent le long des joues quand il dit :

— Horatio… ne les laisse pas t'écarter de cette enquête.

— Ne t'en fais pas, Jeremy.

— J'espère… j'espère que je ne te demande pas trop. Mais, Joanna mérite qu'on fasse ça pour elle, et tu es le meilleur…

— On ne discute pas là-dessus, le rassura Matthers. Horatio, son équipe et l'inspecteur Tripp sont à leur poste, en première ligne.

— D'accord… fit-il, soulagé.

Puis, esquissant le plus faible des sourires à l'adresse de Caine, il ajouta :

— Fais attention, Horatio... je m'en suis aperçu à mes dépens... être en première ligne, c'est dangereux.

De retour au QG, Caine résista à l'envie d'aller voir Delko ou Speedle.

Il savait qu'ils faisaient tout leur possible pour ressortir quelque chose de leurs recherches respectives, et les couver du regard ne leur apporterait rien de bon. Mais, c'était un confrère qui avait été visé et, bien que ses deux coéquipiers aient l'habitude de se donner à cent pour cent dans leur travail, il aurait bien voulu leur en demander deux cents pour cent ! Ce qui, soit dit en passant, risquait de mener à des conclusions aussi hâtives qu'erronées. La meilleure chose qu'il pouvait faire, maintenant, c'était de donner l'exemple de sa propre patience.

Son bureau, comme presque tous ceux du bâtiment, était plongé dans l'obscurité. Minuit n'était pas loin, et Caine considéra d'un œil morne le hideux canapé qui occupait le mur sur sa gauche. Combien de nuits avait-il passées là, à mal dormir ? Mais, ce soir, il n'en était pas question ; il alluma donc la lumière, se dirigea vers son fauteuil sur le dossier duquel il posa sa veste, et s'assit.

Ce siège n'était pas particulièrement confortable, mais il l'aimait bien ainsi. Moins de temps il resterait dans cette pièce, mieux ce serait. Ce soir, pourtant, après de longues heures passées debout, il s'y sentait bien.

Fouillant dans les documents qui s'empilaient sur la table, il s'apprêtait à se lancer dans des travaux d'écriture lorsque trois petits coups se firent entendre à la porte. Il leva la tête et découvrit une Calleigh à la mine un peu lasse.

— Ce n'est pas un peu tard pour faire de l'administratif ? demanda-t-elle avec un demi-sourire.

— Je suis fatigué, c'est vrai, mais ça ne m'empêche pas d'être tout à fait réveillé. Entre, s'il te plaît.

Elle s'approcha, s'assit sur l'accoudoir de la chaise qu'il lui présentait, et déclara :

— Je voulais examiner les douilles qu'Eric vient de m'apporter. Au fait, comment va votre ami ?

— Physiquement, ça va. Il sera remis très bientôt.

— Mais, moralement… c'est une autre histoire, pas vrai ?

— Il a vu sa femme mourir devant lui. Qui sait comment on peut réagir à un drame pareil ?

Le silence s'installa entre eux pendant quelques instants, puis Calleigh déclara d'une voix douce :

— Elle était votre amie, aussi.

— Oui.

— Ce n'est pas la même chose, quand on connaît les gens, n'est-ce pas ?

— C'est difficile de rester objectif, c'est vrai.

— Pourtant, il le faut bien.

— Oui, il le faut bien…

Levant les yeux sur elle, Caine ajouta :

— Calleigh… ça va ?

— Oui, oui.

L'air à la fois épuisée et béate, elle tapotait ses doigts sur ses genoux avec une énergie mal contenue.

— Combien de cafés, jusqu'à maintenant ?

Elle sourit.

— C'est peut-être ma découverte qui m'excite, Horatio.

— Tu as quelque chose ?

Son sourire disparut aussitôt.

— En fait, ce que j'ai trouvé n'a peut-être aucun sens. Mais, c'est quand même… troublant.

— Calleigh, insista Caine en essayant de capter son regard, qu'est-ce que tu as trouvé ?

De nouveau, un sourire nerveux.

— D'abord, j'ai découvert une concordance entre les douilles récupérées chez les Burnett et celles qui proviennent de l'hôtel Archer.

— Bien, fit-il en hochant la tête. On imaginait bien qu'elles pourraient venir de la même arme, mais, maintenant, on en a la preuve. Qu'est-ce qu'il y a de « troublant » à ça ?

— Ah, euh… j'ai quelque chose sur le fichier NIBIN, aussi.

Caine posa son stylo et lui jeta un regard grave.

— C'est vrai ? Çà, c'est nettement plus étonnant.

— Je ne vous le fais pas dire. C'est vraiment étrange, même.

— Plus étrange que lorsque tu es par hasard remontée jusqu'à ce meurtre perpétré dans le New Jersey, quinze ans plus tôt ?

Calleigh considéra longuement la question de son chef, puis lâcha :

— Oui, plus étrange, je crois.

— Dis-moi tout, fit-il en se penchant en avant.

Sortant un imprimé de la poche de sa chemise, elle expliqua :

— Le NIBIN a trouvé que le AK47 en question a été

utilisé dans un meurtre, une fusillade entre gangs, plus précisément… il y a près de treize mois.

— A Miami ?

— A Miami. A Little Haïti, sur la 18e.

Elle parlait d'un quartier du nord-est de Miami, une zone en pleine expansion. Habité par des familles de travailleurs et d'émigrés rêvant d'une nouvelle vie, Little Haïti était aussi le fief des Faucones et le cadre des guerres les plus sanglantes liées aux stupéfiants.

Resté un long instant songeur, Caine déclara :

— La tuerie devant l'immeuble qui avait pris feu ?

— Exactement. L'incendie avait fait quatre morts et une quinzaine de blessés… sans compter la fusillade elle-même. Huit morts de plus, des deux côtés.

— Et *notre* fusil avait participé à cette attaque ? interrogea Caine sur un ton presque incrédule.

— Oui.

— Calleigh, je croyais qu'on avait mis la main sur la plupart de ces gars… et qu'on avait confisqué leurs armes.

— Effectivement. Le propriétaire de ce fusil était un trafiquant de drogue nommé Julian Pelitier.

— Et ce fusil faisait partie des armes confisquées ? demanda-t-il, soudain saisi d'un sale pressentiment.

Calleigh lui tendit l'imprimé.

Pendant qu'il l'étudiait, elle lui dit :

— Aujourd'hui, cette arme… celle qui a été utilisée contre Wallace et les Burnett… se trouve théoriquement sous les scellés – et sous bonne garde – dans le bâtiment où l'on conserve les indices et les pièces à conviction. Pelitier est accusé d'homicide volontaire et de toute une série de malversations liées à la drogue.

— Mais son arme est introuvable, c'est ça ?

— Je ne vois pas pourquoi elle aurait disparu.

Le premier réflexe de Caine fut d'appeler le responsable du service des indices, de l'arracher du lit et de lui demander de se pointer ici au plus vite. Mais il se ravisa en se rappelant que la patience restait encore le meilleur des atouts. A la place, il suggéra à Calleigh :

— Allons jeter un œil sur le registre des indices ; on découvrira peut-être ce qui s'est passé.

— Bonne idée.

Caine ne pouvait qu'admirer l'énergie dont faisait preuve cette jeune femme au bord de l'épuisement.

— Attends, Calleigh, lui dit-il alors. Tout bien réfléchi, je peux fort bien me débrouiller tout seul. Rentre chez toi et repose-toi ; tu as besoin de sommeil.

— Mais, ça va très bien, Horatio, mentit-elle en écarquillant les yeux pour paraître alerte. Vraiment !

— Non, rentre chez toi et dors. J'aurai besoin de toi dès demain matin, et je te veux fraîche et dispose. C'est clair ?

— Je suis fraîche et disp…

— Rentre chez toi, Calleigh. On parlera de tout ça demain, je te ferai part de tout ce que j'aurai trouvé.

— D'accord, accepta-t-elle enfin en se levant. Mais… ça ne me plaît pas.

— Tant pis ; tu n'as pas le choix.

Du pas de la porte, elle lui lança :

— Je serai un bon soldat si vous allez dormir un peu, vous aussi. D'accord ?

— D'accord.

Une demi-heure plus tard, Caine attendait à l'extérieur du nouveau bâtiment des indices, construit au nord-ouest de la ville, sur la 25e Rue. Il venait de sonner et de s'annoncer au gardien par l'interphone.

D'une certaine manière, c'était au lieutenant et à son équipe que l'on devait l'existence de ce lieu, édifié pour stocker les indices et les preuves qui s'accumulaient à un rythme alarmant mais proportionnel aux arrestations qui, depuis quelques années, ne cessaient d'augmenter.

Les succès d'Horatio Caine n'étaient pas la seule raison de ce nouvel édifice. La guerre des stupéfiants avait déjà fourni de quoi engranger des kilos et des kilos de marchandises provenant du trafic mondial ; mais, avec le développement des labos de chimie, la ville avait été forcée de trouver un moyen d'entreposer les divers produits utilisés pour la transformation de la drogue – d'où la construction de ce bâtiment, gentiment appelé le Bunker dans le milieu de la police.

Avec ses trois étages affectés, l'un à la drogue, l'autre aux armes et le troisième aux indices, le building aurait dû être équipé d'un système de sécurité plus important que de simples caméras vidéo et d'un seul gardien. Mais, comme chaque responsable du département, Caine savait que le budget de la police était serré.

Personne ne semblant apparaître à l'entrée, le lieutenant finit par se demander si on l'avait oublié. Il leva le visage vers la caméra de surveillance disposée au-dessus de la porte d'acier, et fixa l'objectif.

Il commençait à regretter de ne pas avoir suivi le conseil qu'il venait de donner à Calleigh – s'offrir un peu de sommeil et attendre le matin pour poser un œil neuf sur cette affaire – lorsque la porte s'ouvrit enfin sur un policier blond et moustachu d'une cinquantaine d'années, dont le badge sur la poitrine annonçait RICHARDS.

— Je vais devoir vous demander votre carte, lieutenant Caine, lui dit-il avec un petit sourire.

— Pas de problème, répondit-il en lui tendant son badge. Je suis à la recherche d'une arme à feu.

Richards fit la grimace. Il n'avait pas l'habitude de ce genre de demande durant ses gardes de nuit.

— A cette heure ?

— Oui. C'est important.

— On préférerait que vous fassiez ça pendant la journée.

— Le temps ne compte pas pour les crimes.

— Qui est-ce qui a dit ça ?

— Moi.

— Bon… Je crois que je vais vous laisser entrer.

— Je le crois aussi.

Le garde jeta un coup d'œil dehors, derrière Caine, pour s'assurer qu'il était seul. Puis, s'écartant du passage, il lui fit signe d'entrer.

Une fois à l'intérieur, ils franchirent une porte grillagée et verrouillée, puis une autre encore, qui leur permit d'accéder dans une antichambre équipée d'un bureau, de deux chaises et d'un simple plafonnier. Un classeur à trois anneaux était ouvert sur la table, près d'un sac en papier qui contenait sans doute le dîner de Richards, et d'un thermos de café dont le couvercle était enlevé, avec une tasse de plastique à demi remplie à côté.

— Vous allez devoir signer là, lui dit le gardien.

Caine s'exécuta puis attendit.

— Maintenant, lui demanda l'autre, qu'est-ce que je peux faire pour vous, lieutenant ?

De la poche de sa veste, Caine sortit l'imprimé de Calleigh, qui contenait le numéro d'indice de l'arme à feu en question. Il tendit la feuille à Richards, qui l'examina pendant un instant.

— On va devoir vérifier ça sur l'ordinateur, déclara-t-il. Venez avec moi, lieutenant Caine.

Il le conduisit vers une porte au fond de la pièce, qui donnait sur un couloir. Quelques mètres plus loin, ils pénétrèrent dans une salle, sur la droite, et Caine se retrouva dans un bureau bourré de placards et d'ordinateurs.

Richards s'assit devant l'un d'eux et entra un numéro. Sur le moniteur apparurent alors une série de chiffres, de noms et de locations. Utilisant la carte de Caine comme un marqueur, le garde laissa descendre sa main le long de l'écran jusqu'à ce qu'il trouve la ligne qu'il cherchait.

Hochant lentement la tête, il déclara :

— Ça vient de Little Haïti, n'est-ce pas ? Un AK47 retrouvé le soir de ce fameux incendie, c'est bien ça ?

— Exactement. Où est-il ?

— Eh bien, ici, pardi.

— Non, justement, reprit Caine. Il a servi pour un homicide ce soir même… et pour un autre hier soir.

— Ce n'est pas possible. S'il est enregistré dans les archives, c'est qu'il est là. A moins que…

Il lut un peu plus loin sur l'écran et ajouta :

— A moins qu'il n'y soit plus…

De plus en plus étrange.

— Vous allez devoir me clarifier ça, agent Richards.

— Il a été retiré, lieutenant.

— *Retiré ?*

— Oui. Le dossier a été repris par les Fédéraux. Ce fusil n'est plus ici. Il a été remis à un avocat. Il doit se trouver dans le local des indices du bâtiment fédéral.

— *Quel* avocat ? s'étrangla Caine.

Se servant toujours de sa carte comme d'un marqueur, le garde continua sa lecture sur l'écran, puis laissa tomber :

— Kenneth LaRussa.

Le substitut du procureur, qui s'était pointé sur la scène de crime de Wallace, avec de la sauce tomate sur la chemise…

— Attendez, attendez… Cette arme n'est pas ici parce qu'elle est censée se trouver dans le local des indices de Kenneth LaRussa ?

— Pourquoi dites-vous « censée se trouver » ?

— J'ai mes raisons.

— Comme vous voudrez, lieutenant… Mais il vous faudra contacter M. LaRussa, pour ça.

— Oui, agent Richards. C'est bien ce que j'ai l'intention de faire.

5

Le lendemain matin, le soleil eut tôt fait de dissiper la fraîcheur de la nuit, transformant vite le Sud de la Floride en un véritable sauna.

Les jours vraiment clairs étaient rares, à cette époque de l'année – en septembre, le mois le plus humide, on pouvait n'en compter que deux en moyenne. Aujourd'hui, cependant, on entamait une deuxième journée sans pluie, ce qui, dans la région, équivalait déjà à une quasi sécheresse.

Horatio Caine, qui cherchait un endroit où se garer – un réel défi, dans le centre-ville, même pour un enquêteur de cette envergure – ne parvenait pas à ôter de son esprit les événements tragiques dont Miami venait d'être le théâtre.

Le FBI était en train d'ériger un tout nouveau palais de justice, à l'ouest de Miami Avenue, et le quartier entourant l'ancien tribunal, la prison et le bâtiment fédéral officiel – le King Building – était devenu, depuis le 11 septembre, une vraie forteresse. Une espèce de douve formée d'un long fossé profond de 90 cm, large de 120 cm et rempli d'eau, clôturait le centre d'un énorme collier de plastique orange.

Caine cherchait à rejoindre le bureau du substitut,

situé dans le building central des Fédéraux. Il devait retrouver Tripp devant l'immeuble afin qu'ils aillent tous deux questionner Kenneth LaRussa sur le fameux AK47 manquant. Lorsque, un peu plus tôt, il avait exposé son plan à son équipe, ils ne s'étaient pas montrés spécialement enthousiastes à cette idée.

Pour tout dire, Horatio, lui non plus, ne croyait pas beaucoup à la réussite de cette tentative.

A la première heure, ce matin, le petit groupe s'était réuni dans la salle de briefing pour passer en revue les maigres indices qu'ils possédaient jusque-là. Alexx était alors absente, occupée à autopsier les diverses victimes des deux tueries. Mais Calleigh, Speedle et Delko étaient là, tout ouïe et prêts à l'attaque.

L'odeur du café cubain de Delko embaumant agréablement la pièce, Caine se pencha au-dessus de la grande table centrale, laissant les autres se déployer autour de lui. Calleigh alla s'appuyer contre un comptoir sur lequel s'assit Eric, pendant que Speedle prenait place à l'envers sur une chaise en se calant les bras sur le haut du dossier.

— Alors, voyons de quoi on dispose, jusque-là, déclara Caine en plissant légèrement les yeux.

— Tout ce que j'ai trouvé est là, lui dit Calleigh. La concordance des balles provenant des deux attaques, et, bien sûr, le fichier NIBIN grâce auquel on a la preuve qu'il s'agit de la même arme.

— Aussi étrange que ça paraisse, commenta Caine.

Comme les autres membres du CSI les regardaient sans comprendre, Horatio demanda à la jeune femme de leur expliquer ses découvertes de la veille.

Lorsqu'elle eut terminé, Eric et Tim échangèrent un regard interloqué, incapables d'imaginer comment une arme à feu qui avait servi à plusieurs meurtres pouvait avoir disparu de la pièce des scellés.

— Dès qu'on en a fini, ici, je file au bureau de LaRussa, annonça Caine.

— C'est sûr qu'il va nous être d'une aide cruciale, plaisanta Speedle.

— S'il est intelligent, il le sera, reprit le lieutenant.

— Je n'ai pas dit qu'il était stupide, attention.

— Ecoute : Pelitier ne sera pas jugé avant un bout de temps ; LaRussa nous laissera certainement lui emprunter cette arme, ne serait-ce que pour faire avancer notre enquête.

— Horatio, reprit Speedle, vous ne croyez tout de même pas que le AK47 est toujours là-bas ?

— Si on l'a remis à sa place, il y est, répliqua Delko.

— Moi, je ne pense pas qu'il y soit, intervint Calleigh. Mais, s'il est innocent, M. LaRussa ne le saura même pas.

— Hé, n'oubliez pas qu'il brigue le siège de sénateur, leur rappela Eric. Il ne va certainement pas apprécier qu'on sache qu'une pièce à conviction aussi importante disparaisse d'un endroit sous sa garde… et encore moins qu'elle ait été utilisée dans deux homicides.

— Eric a raison, dit Tim. Notre homme est intelligent ; et un homme intelligent n'aime pas en général passer pour un imbécile. Surtout s'il a des ambitions politiques.

— N'oublions pas qu'il se trouvait sur la première scène de crime, précisa Calleigh. A vos yeux, ça ne fait pas de lui un suspect ?

Caine hocha la tête d'un air pensif. Tout ce que venait de dire son équipe était à considérer très sérieusement.

— Pensez-y, continua Speedle. LaRussa ne va pas nous aider, s'il est coupable. Et, s'il n'est pas coupable, il ne nous aidera pas non plus, tout simplement parce qu'il est procureur, ce qui, selon moi, en fait un gars plein de…

— Gardons notre mépris pour les crapules, tu veux bien, Tim, coupa doucement Caine.

— Peut-être que c'est une crapule, justement.

— Et peut-être que non, sourit Horatio. Quoi qu'il en soit, je vais lui parler et lui donner l'occasion de nous aider. Quand il saura que notre arme a disparu, il aura l'impression de mener le jeu en essayant de retrouver celui qui l'a fait disparaître.

— Et vous allez vous y prendre comment, Horatio ? lui demanda Speedle.

Les mains sur les hanches, Caine déclara :

— On va arriver en croyant dur comme fer que le fusil est toujours chez lui, sous scellés. Quand M. LaRussa sera incapable de nous le produire… on verra quelle sera sa réaction.

Pendant qu'Eric et Tim échangeaient un regard dubitatif, Calleigh affirma :

— C'est un plan un peu fou, mais ça pourrait marcher.

Une remarque qui les fit tous sourire.

Désireux de poursuivre, Caine demanda alors :

— Qu'est-ce qu'on a d'autre ?

— La trace de peinture qui vient de l'attaque de l'Archer est gris métallisé. Ça vient sans aucun doute d'une Lexus argent.

— Et qu'en est-il du morceau d'immatriculation que nous a fourni Jeremy Burnett ?

— Il existe plusieurs Lexus grises avec une plaque des Dolphins. Dont celle de Mendoza. Mais, la seule qui ait aussi les lettres LD dans son numéro appartient à notre vieux pote Manny Calisto.

— Le boss des Mitus, souffla Caine.

— Le représentant local des trafiquants colombiens, précisa Speedle.

— Ce qui nous amène à nous poser la question : où est Calisto, en ce moment ?

— On l'a fait chercher partout par nos agents, répondit Delko. Ils ont passé au crible tous ses lieux de prédilection.

— Il se balade quelque part dans les airs, dit Speedle, ou alors il a disparu sous terre.

— De toute façon, on n'arrive à mettre la main ni sur lui ni sur la voiture. Et, évidemment, personne ne parle, autour de lui.

— Ce qui n'a rien de surprenant, avouons-le, reprit Caine sur un ton sec. Alors, où en est-on ?

Les quelques informations qu'il reçut de ses coéquipiers n'apportant rien de très nouveau, Caine les remercia et les renvoya chacun à leurs tâches respectives. Grimpant alors dans son Hummer, il partit s'offrir une petite conversation avec le substitut Kenneth LaRussa.

Tandis qu'il trouvait enfin un emplacement pour se garer sur la 5e Rue, le lieutenant Caine espérait que LaRussa se montrerait plus coopératif que ce que pensait son équipe. Bien que le substitut ne soit pas son représentant de la loi préféré, il ne souhaitait en aucun cas découvrir que cet homme avait les mains sales, et, de ce fait, le plonger dans l'embarras en le déshonorant.

L'idée que ces deux affaires de meurtre puissent être étouffées ou enterrées à cause du doute jeté sur la provenance de pièces à conviction alors sous la garde de LaRussa lui faisait froid dans le dos. Voir une armada de criminels se faire gracier pour vice de forme était pour lui le pire des scénarios.

N'apercevant pas de passage à travers les barricades du côté où il se trouvait, Caine se décida à en faire le tour à pied. La crainte d'attentats terroristes contre un bâtiment fédéral n'était pas la seule raison de ces fossés remplis d'eau. A l'intérieur du centre de détention se trouvaient quelques-uns des membres du cartel les plus impitoyables et les plus connus de par le monde, sans compter certains membres d'Al-Qaïda, incarcérés ici pour faire bonne mesure.

Tous les détenus de ce centre avaient des amis qui n'attendaient qu'une chose : les aider à s'enfuir au nez et à la barbe du gouvernement. Julian Pelitier continuait de faire le pied de grue derrière les barreaux d'une prison, mais, s'il avait la bonne idée de se retourner contre ses fournisseurs, ses avocats auraient vite fait de demander son transfert dans les locaux du FBI, autrement plus peinards.

Descendant Miami Avenue vers le sud, le fossé de sécurité occupant la totalité du trottoir, Caine était forcé de marcher sur la route. Sur la 4e, la rue avait été coupée à chaque extrémité et remplacée par de lourdes grilles et deux cabanes de gardiens. Un homme en uniforme sortit de l'une d'elles au moment où le lieutenant s'en approchait.

Agé d'une trentaine d'années, le policier aux cheveux bruns n'avait rien du flic amené là pour l'occasion. Sur son badge, apparaissait le nom MULLIGAN.

— Monsieur ? lança-t-il à Caine d'une voix profonde et légèrement rocailleuse.

Le ton était direct. Le regard aussi.

Sans attendre, Caine lui montra sa pièce d'identité.

— Votre destination, lieutenant ? lui demanda-t-il.

— Le bureau de Kenneth LaRussa.

— Il vous attend ?

— Si vous voulez savoir si j'ai rendez-vous avec lui, c'est non.

— Dans ce cas, je vais devoir téléphoner à son bureau, monsieur.

— Mais, faites donc.

Les nouveaux dispositifs de sécurité lui faisaient perdre de précieuses minutes, mais Caine n'en comprenait que trop le sens et ne pouvait s'y opposer. Le garde se retira dans sa baraque, appela le bureau du procureur et ressortit quelques instants plus tard – une éternité pour Caine. Jamais il ne comptait le temps qu'il passait sur des recherches ou sur une enquête, mais ce genre d'attente purement administrative avait le don de l'irriter au plus haut point.

Mulligan lui tendit une carte de visiteur fixée à une chaînette.

— Vous connaissez le processus, lieutenant. Vous devez porter ça sur vous tant que vous restez à l'intérieur du complexe. En sortant, vous devrez nous le rendre.

Après l'avoir laissé franchir la grosse grille de fer, il

l'introduisit dans la zone qui occupait maintenant la 4e Rue. Quelques voitures y accédaient encore – des camions de livraison et des véhicules chargés de déposer ou d'emmener des prisonniers – mais, la plupart du temps, ce n'était plus qu'un passage piétonnier entre les quatre bâtisses : le centre de détention, le bâtiment central, appelé le King Building, le palais de justice et l'annexe du tribunal.

De taille imposante, ressemblant davantage à une banque qu'à un bâtiment fédéral, le King Building comportait neuf étages et accueillait la totalité des agences gouvernementales, dont le FBI et la DEA, le bureau du substitut du procureur étant situé au quatrième.

En approchant de l'entrée, Caine aperçut Tripp, assis sur les marches du large perron.

— Vous avez trouvé quelque chose sur Manny Calisto ? lui demanda-t-il aussitôt en guise de bonjour.

— Non. C'est un vrai fantôme.

— Et, à qui pensez-vous vous adresser ? demanda-t-il sur un ton narquois.

Alors qu'ils pénétraient dans l'enceinte du King Building, ils évitèrent les détecteurs de métal en exhibant leur badge.

En sortant de l'ascenseur, quelques minutes plus tard, les deux hommes se retrouvèrent dans le lobby du bureau du procureur, qui occupait la totalité du quatrième étage.

Bureau du procureur n'était pas exactement la bonne appellation, même si tout le monde ici l'utilisait. En fait, plus de soixante as du barreau – dont la plupart étaient affectés aux homicides – étaient réunis dans cet espace, tous étant sous la juridiction de Ken LaRussa.

Ce qui n'excluait pas la présence d'autres avocats des Etats-Unis, qui traitaient toutes les affaires civiles ordinaires – activités nettement moins palpitantes, à la vérité.

La réception était tout ce qu'il y avait de plus banal, avec ses quelques chaises, ses inévitables peintures représentant l'océan, et son bureau derrière lequel était assise une jolie secrétaire à lunettes, vêtue du classique ensemble chemisier blanc et tailleur gris. Très affairée devant son ordinateur, elle leva néanmoins les yeux sur les deux policiers qui venaient d'entrer. Elle leur accorda alors un sourire convenu, qui les assura qu'elle avait bien reconnu en eux des représentants de la loi.

— Vous désirez, messieurs ? leur demanda-t-elle sur un ton poli.

— Police de Miami-Dade, répondit Tripp. Nous voudrions voir M. LaRussa.

Ils lui montrèrent leur carte, qu'elle examina avant d'écrire soigneusement leur nom sur un petit carré de papier.

— Je vais vous annoncer, leur dit-elle en saisissant le téléphone.

Elle articula leurs noms à son interlocuteur, parut l'écouter pendant quelques instants, puis raccrocha avant de dire aux deux visiteurs :

— Il va vous recevoir.

Trois minutes plus tard, Ken LaRussa apparut, habillé d'une chemise bleu pâle aux manches roulées jusqu'au coude, d'une cravate à dessins géométriques, et d'un classique pantalon noir. Il pénétra dans le lobby, la main tendue, avec sur les lèvres le sourire typique du politicien.

— Frank, Horatio… très heureux de vous voir.

Dès l'accueil d'usage terminé, le sourire du procureur se mua en une expression grave.

— Vous savez, nous sommes tous bouleversés par ce qui est arrivé aux Burnett. Je connaissais Joanna… une femme adorable.

— Qui ne l'est plus, maintenant, commenta Caine dans un murmure.

Avec un soupir, Ken secoua la tête et déclara :

— J'imagine que Jeremy attend d'être complètement rétabli. Ils étaient passés à l'Alerte Orange, n'est-ce pas ?

— Oui, répondit Horatio. Son gilet l'a sauvé.

— Ces guerres de gangs… normalement, ces cowboys s'entretuent. Ils ne savent donc pas dans quel guêpier ils se sont fourrés en tirant sur l'un des nôtres ?

— Est-ce qu'on peut parler dans un endroit plus tranquille ? interrogea soudain Tripp.

— Bien sûr. Allons dans mon bureau. Par ici, messieurs.

Tandis que LaRussa les conduisait à travers un labyrinthe de couloirs, il leur demanda :

— Votre visite a-t-elle un rapport avec l'assassinat de Wallace ? Frank, c'est une déclaration officielle qu'il vous faut ?

— Non. Ce n'est pas ce qui nous amène, en fait.

Kenneth les conduisit jusqu'à l'extrémité de l'étage, où il disposait d'un assez grand bureau. Sa secrétaire, une jolie rousse dont le chemisier blanc et les lunettes s'accordaient parfaitement avec ceux de la réceptionniste, était assise devant un ordinateur, juste à l'entrée.

— Retenez tous les appels, Tina, lui dit-il en ouvrant la porte et en indiquant aux deux hommes d'entrer.

— Asseyez-vous, messieurs, je vous prie, ajouta-t-il avant de refermer derrière lui.

Spacieuse et ornée de grandes fenêtres aux stores à demi baissés, la pièce était équipée d'un immense bureau en acajou, de quelques fauteuils et d'une série d'étagères. Sur un des murs, trônaient les diplômes de LaRussa, ainsi que des photos où il posait en compagnie de célébrités politiques. Deux d'entre elles frappèrent plus particulièrement Caine : celles où Ken serrait la main du président Clinton, et une autre où, tout aussi souriant, il serrait celle de George W. Bush.

C'est comme ça qu'on assure son avenir, songea-t-il, non sans ironie.

Sur le bureau du procureur se trouvait le portrait de sa femme, une superbe Latino-Américaine, en compagnie de leurs deux enfants, élèves au collège.

Kenneth se laissa tomber dans son énorme fauteuil de cuir et se cala contre le dossier, les mains croisées derrière la tête.

Il affichait une attitude presque trop détendue, selon Caine, essayant sans doute de montrer aux deux policiers qu'ils travaillaient dans la même équipe.

Qu'ils étaient amis.

— En quoi puis-je vous être utile ? leur demanda-t-il sur un ton qui se voulait amical.

— Nous avons besoin d'une pièce à conviction provenant d'une de nos affaires, et que vous utilisez pour une enquête concernant les Feds, répondit gravement Caine.

— Laquelle ? répliqua-t-il avec un sourire crispé.

Fini, le ton aimable qu'il avait adopté dès leur rencontre.

Caine lui lut le numéro de la pièce en question.

Haussant les épaules puis laissant échapper un soupir, LaRussa desserra les mains, baissa les bras et s'assit en avant.

— Horatio, je ne prétends pas être un surhomme. Si vous pensez que ce numéro me dit quelque chose… rafraîchissez-moi la mémoire, s'il vous plaît.

— Julian Pelitier, le dealer des Faucones.

— Ah… Mais, en quoi son cas vous concerne-t-il ?

Ce fut Tripp qui répondit :

— Son cas nous concerne parce qu'on cherche à l'arrêter pour meurtre.

Appuyant les coudes sur son bureau, LaRussa se frotta longuement le visage.

— Horatio, Frank… normalement, je sauterais sur la première occasion de vous aider. *Mi casa, su casa*…

— Normalement ? répéta Caine.

— Mais cette affaire Pelitier…

Il sourit, ouvrit les mains d'un air embarrassé et ajouta :

— Les négociations en sont à un stade particulièrement critique. L'accusé est sur le point de nous donner le nom d'une demi-douzaine de dealers et de ses fournisseurs. Si lui et son avocat découvrent qu'on s'apprête à lui flanquer une nouvelle accusation sur le dos, Pelitier peut très bien décider de la fermer une fois pour toutes.

— Ken, insista Tripp, dois-je vous rappeler que

cette ordure a arrosé un quartier bourré de gamins avec sa saloperie de marchandise ?

— Je comprends parfaitement, Frank, mais, en faisant tomber ce gars, on empêchera cette drogue de circuler dans les rues et, par là, de toucher des gamins… et des milliers d'autres personnes.

Tripp regarda Caine. Ils avaient, bien évidemment, prévu cette réaction de LaRussa. Et, pour cela, ils avaient mis au point une stratégie.

— Mettre au frais un chef de gang n'enrayera jamais la circulation de la drogue, lui objecta Caine. En revanche, le fait de condamner un meurtrier a toutes les chances de l'empêcher de tuer à nouveau.

— Horatio a raison, Ken, vous le savez très bien. Et vous savez aussi que d'autres ordures de son espèce prendront sa place dès qu'il sera hors circuit… si ce n'est pas déjà fait !

— Que vous dire, messieurs ? Je crois que la meilleure des choses reste encore de faire juger M. Pelitier par le système fédéral.

Caine se demanda si le procureur croyait vraiment ce qu'il disait ou – comme Speedle et Delko semblaient le penser – s'il avait une raison de couvrir la disparition du fusil.

Tripp eut l'air de ne plus savoir quoi tenter avec LaRussa ; il n'avait manifestement plus de munitions mentales en réserve.

Caine vint alors à sa rescousse. Affichant son sourire le plus éclatant, il déclara, un pouce levé :

— Ecoutez, Ken, on peut jouer ça de trois manières : un, vous nous aidez de votre plein gré.

— Impossible. Désolé.

— Deux, ajouta-t-il en levant un deuxième doigt, je

me procure un mandat de perquisition… et vous essayez d'expliquer au juge pourquoi vous refusez de l'honorer. Bien sûr, vous devrez faire vite parce que certains juges, par ici, ne s'en laissent pas compter et se feraient un plaisir de jeter en prison un procureur un peu trop méprisant à leurs yeux.

LaRussa haussa les épaules, visiblement peu impressionné.

— Trois, j'appelle l'avocat de Pelitier et je lui conseille, en tant qu'expert médico-légal, d'obtenir par décision judiciaire les services d'un expert en balistique indépendant.

Ce fut au tour de LaRussa de lever un doigt – mais d'une façon nettement moins polie.

Ignorant ce geste grossier, Caine poursuivit :

— L'avocat de Pelitier se présentera à vous avec cet ordre du juge et, une fois encore, vous vous trouverez en position d'être jeté en prison pour attitude méprisante.

Le rire qu'il laissa échapper avait tout d'un grognement.

— C'est une menace, Horatio ? dit-il d'une voix qui avait le goût sucré du miel mais l'aspect synthétique de la saccharine.

— J'en ai bien peur, oui, rétorqua Caine en lui renvoyant un sourire clair.

— Hélas, ça ne m'impressionne pas. Vous semblez oublier que je suis un magistrat ; je ne me laisse pas intimider aussi facilement.

Caine dut reconnaître qu'il marquait un point.

Les mains crispées l'une dans l'autre, le regard dur et vide de toute cordialité, à présent, LaRussa ajouta :

— Vous avez la réputation, bien méritée, d'être

direct avec les gens, Horatio. Pourquoi ne pas l'être avec moi ?

Comme Caine ne répondait pas, Tripp lui jeta un regard de côté.

Le procureur continua :

— J'aimerais savoir pourquoi vous êtes si pressés de mettre la main sur cette arme en particulier.

Le lieutenant resta pensif quelques secondes, puis décida de dire la vérité à LaRussa afin d'évaluer sa réaction.

— Je ne crois pas que vous l'ayez en votre possession, Ken, lâcha-t-il.

— Quoi… ?

Nouveau sourire de Caine.

— Mon expert en balistique a découvert que ce fusil avait servi aussi bien à descendre Wallace qu'à abattre Joanna et Jeremy Burnett.

— Impossible… articula LaRussa d'une voix blanche.

— Si… possible, Ken. Vous connaissez Calleigh Duquesne ? Ou bien vous avez certainement entendu parler d'elle ?

Le magistrat hocha la tête.

— Oui, c'est la meilleure… tout le monde le dit. C'est votre fameuse Miss Balistique, n'est-ce pas ?

— Je ne l'appelle pas comme ça, rétorqua Caine. Mais les autres ont toutes les raisons de lui donner ce nom, effectivement.

— Ça ne veut pas dire qu'elle n'est pas infaillible, reprit LaRussa avec un haussement d'épaules. Et, là, j'ai bien peur qu'elle ne fasse erreur. Ça arrive, vous savez. Ce fusil est ici depuis des mois, bien à l'abri au fond d'un placard, dans la salle des scellés.

Comme le bon orateur qu'il se devait d'être, LaRussa avait offert jusque-là un discours assez convaincant. Mais, depuis quelques instants, ses paroles étaient moins posées, plus fortes, comme s'il essayait de leur apporter l'assurance que, soudain, il ne sentait plus.

— Parfait, dit Caine avec décontraction. Dans ce cas, je crois qu'on peut aller y jeter un coup d'œil.

D'abord dur, le sourire de LaRussa se fit mielleux quand il déclara :

— Vous êtes très bon, Horatio… Très, très bon. Vous avez failli m'avoir… mais c'est raté.

— Vous pouvez peut-être me faire la grâce d'une petite faveur, alors ?

— Essayez toujours.

Sortant son téléphone portable, Caine lui demanda :

— Auriez-vous, par hasard, le numéro de l'avocat de Pelitier ?

Les deux hommes échangèrent un regard glacé, tandis que Tripp, mal à l'aise, remuait nerveusement sur sa chaise.

Levant les mains en l'air, LaRussa finit par craquer.

— D'accord… d'accord !

Puis, levant un doigt menaçant en direction de Caine, il lui assura :

— On va jeter un coup d'œil, d'accord. Mais, si le fusil est ici, vous voudrez bien me lâcher, ensuite ?

— Désolé, non. Si le fusil est ici – ce dont je doute sincèrement – je devrai le prendre avec moi. Afin que Calleigh le teste. *Ensuite* seulement, on vous le rapportera.

— Vous n'êtes pas sérieux, Horatio ?

— Je suis on ne peut plus sérieux, Ken. Un agent

fédéral et son épouse ont été tout récemment abattus avec cette arme, rappelez-vous.

LaRussa parut absorber ces paroles avec difficulté. Puis, il articula d'une voix presque inaudible :

— Et l'avocat de Pelitier ? Il risque de s'apercevoir que vous avez « emprunté » ce fusil.

— Il risque, oui.

Un long silence s'ensuivit, le magistrat semblant considérer les différentes options qui s'offraient à lui. Aucune n'étant réellement très séduisante, selon Caine.

Au bout d'un moment, LaRussa déclara :

— Vous pensez vraiment que cette arme a servi dans l'attaque de Jeremy et de Joanna ?

— Les douilles relevées devant leur maison concordent avec celles retrouvées à l'hôtel Archer. Pas besoin de s'appeler Miss Balistique pour faire cette analyse.

— D'accord, alors... pour Joanna Burnett et pour Jeremy, soupira le procureur. C'est un excellent agent, et il mérite qu'on fasse ça pour lui.

— Oui, il le mérite, répéta Caine.

— J'accepte... pour lui, Horatio. Mais, vous me remplissez une déclaration en bonne et due forme, et vous me rendez ce fusil dans les vingt-quatre heures !

Sans savoir s'il avait affaire à un politicien futé, un suspect intelligent ou un représentant de la loi honnête – même s'il se montrait un peu intéressé –, Caine acquiesça en silence.

Le local des indices se trouvait, selon toute attente, au sous-sol. Pendant les heures de travail, un garde se chargeait d'ouvrir la porte aux différents agents qui y entraient. Mais, la nuit, plus personne n'en surveillait l'entrée. Deux caméras couvraient l'ensemble de la zone, tandis que des hommes armés patrouillaient dans les couloirs du bâtiment ainsi que dans le périmètre du complexe fédéral.

LaRussa rechercha dans le registre l'endroit exact où était entreposée l'arme à feu et, moins de dix minutes plus tard, ils se retrouvèrent devant l'un des sept coffres alignés contre le mur. Ils restaient toujours verrouillés, et le garde, lorsqu'il était en service, en détenait les clés. Le reste du temps, celles-ci étaient enfermées dans un bureau, devant l'entrée de la salle. Ce n'était pas Fort Knox, mais, comme dans tout le reste du building, le système de sécurité des sous-sols avait été spécialement renforcé, depuis les attentats du 11 septembre.

Avec la clé que lui avait remise le garde, LaRussa ouvrit le placard. A l'intérieur, près d'une douzaine d'armes longues apparurent, solidement fixées les unes à côté des autres : deux fusils, quatre carabines, trois semi-automatiques, ainsi qu'une vieille mitraillette Thompson.

Tout au fond, rangé à l'écart, apparaissait le AK47, son chargeur rond appuyé contre la paroi du fond.

C'est proprement diabolique ! se dit Caine, qui croyait halluciner.

— Voilà, lui dit le magistrat d'un air suffisant.

Puis, comme il tendait le bras vers le fusil pour s'en emparer, Caine l'en empêcha vivement d'une main posée sur le coude.

LaRussa lui jeta un regard irrité.

— Qu'est-ce qui vous… ?

— Ken, vous voulez vraiment laisser vos empreintes sur cette arme ?

Le magistrat regarda ses paumes comme si elles appartenaient à un étranger.

— Bon sang… Désolé, je n'aurais jamais pensé…

— Vous permettez ?

Caine sortit de la poche de sa veste une paire de gants en latex qu'il enfila prestement. Reculant d'un pas, LaRussa se plaça à côté de Tripp pendant que le lieutenant extirpait le AK47 de son logement.

Puis, ensemble, ils comparèrent le numéro inscrit sur l'étiquette fixée sous la garde de la gâchette à celui qui apparaissait sur le formulaire.

Les chiffres correspondaient.

— Vous voyez, observa LaRussa, même votre Miss Balistique peut se tromper.

Avec un sourire glacé, Caine signa le formulaire et prit le fusil.

— C'est ce qu'on verra, Ken. C'est ce qu'on verra…

Le garde leur trouva un sac molletonné pour y glisser le AK47 puis, après une nouvelle série de poignées de main et quelques vagues tentatives polies pour se convaincre que les trois hommes faisaient finalement partie du même camp, le lieutenant et l'inspecteur s'en allèrent.

De retour au labo, Caine alla sans attendre porter le fusil à Calleigh.

— Tiens, voici un AK47 fraîchement remonté de la cave.

— Il y était ? s'étrangla-t-elle, les yeux ronds comme des billes.

— Exactement là où il était censé être : bien rangé dans un coffre, dans la salle des indices, chez les Feds.

Elle pâlit avant de lâcher :

— Horatio, ce n'est pas possible… je veux dire, j'ai

vérifié et contre-vérifié cette concordance. C'est tout bonnement… *impossible*.

— Et pourtant, le voilà.

— Je… je ne sais pas quoi dire.

— Ne dis rien, Calleigh. Les assomptions et les émotions sont nos pires ennemies, tu le sais aussi bien que moi. Contente-toi d'examiner ce fusil, et essaie de découvrir si c'est bien l'arme qu'on cherche.

— Vous… vous ne croyez pas que je me suis fichue dedans ?

— Pas d'assomption, Calleigh, rappelle-toi. On ne trouvera quelque chose que si on a une concordance.

— O.K., admettons alors qu'on ait une concordance… si vous me laissez établir cette hypothèse pendant juste une seconde. Qu'est-ce qui va se passer, alors ?

— On essaiera de comprendre comment un fusil enfermé dans un placard, au sous-sol du bâtiment fédéral le plus sécurisé de la ville, a pu sortir de ce bunker et tuer près de dix personnes.

Le temps particulièrement doux de cette soirée ne servait qu'à exacerber une situation déjà volatile, et, tandis que la nuit avançait – exactement comme Caine le craignait –, le couvercle du baril de poudre sauta.

Pour commencer, peu de temps après le coucher du soleil, une voiture du gang des Mitus déboula dans Lemon City, un quartier de Little Haïti, pour ouvrir le feu sur trois hommes des Faucones qui discutaient au coin de la rue. Deux d'entre eux furent tués instantanément, mais le troisième parvint à appeler du renfort, et, à peine quelques minutes plus tard, trois véhicules de son gang surgissaient à ses côtés dans un crissement de pneus.

Une course-poursuite accompagnée de fusillades s'engagea, qui dura une bonne demi-heure, jusqu'à ce que les Mitus déguerpissent de Lemon City en prenant la direction du sud. En chemin, une voiture des Faucones, balayée par plusieurs rafales d'armes automatiques, explosa dans un feu d'artifice d'essence, de métal fondu et de chairs brûlées. Les trois véhicules restants coupèrent alors vers l'ouest, pour s'engager en trombe sur le Dolphin Expressway, non sans démolir au passage un poste de péage.

Les Mitus décidèrent ensuite de sortir à la Vingt-septième Avenue, mais, sans leur laisser le temps de dégager, les Faucones les heurtèrent latéralement, forçant leur véhicule à quitter la chaussée avant de piler en contrebas du talus. Un arrêt dont ils profitèrent néanmoins pour descendre ceux des Faucones qui avaient survécu au crash.

Plus tard dans la soirée, la deuxième équipe du CSI encore occupée à bosser sur les deux scènes de crime, une seconde fusillade éclata lorsque les Trenchs passèrent en voiture devant un dancing de Little Havana, fréquenté en grande partie par les membres des Culebras. La vingtaine de danseurs sortis pour fumer, fricoter ou simplement prendre l'air se trouvèrent alors au mauvais endroit au mauvais moment.

Deux véhicules bondés de Trenchs surgirent comme des bombes du coin de la rue et, sans faire le tri, déchargèrent sur eux les magasins entiers de leurs armes automatiques.

Neuf des fêtards furent tués, il y eut treize blessés,

dont trois si gravement qu'ils ne survécurent pas jusqu'au lendemain.

Un seul d'entre eux faisait partie du gang des Culebras.

Ne voulant pas être en reste, les hommes de Kurt Wallace, persuadés que les Culebras et Antonio Mendoza étaient derrière l'assassinat de leur boss, pénétrèrent de force dans sa villa d'Indian Creek et se mirent à mitrailler tout ce qui bougeait : une douzaine de personnes, en tout, dont deux de ses cousins. Puis, furieux de ne pas y avoir trouvé Mendoza lui-même, ils incendièrent sa maison… non sans avoir abattu auparavant ses quatre chiens.

Les pompiers luttèrent la nuit entière contre le feu. Chaque fois que la police arrivait sur les lieux d'une tuerie et parvenait à reprendre le contrôle de la situation, une autre bataille s'engageait ailleurs.

Lorsque Caine et son équipe furent rappelés pour examiner une scène de crime, aux alentours de trois heures du matin, près de cinquante personnes avaient rejoint les neuf victimes des deux premiers massacres, et le gouverneur parlait déjà de faire venir la Garde nationale – la milice de l'Etat et de la fédération – et de déclarer la loi martiale.

Miami n'était pas le seul endroit au monde à subir de telles épreuves – il y avait eu Watts, Newark, Detroit, l'offensive du Têt, dans le Sud-Vietnam – sans parler des nombreux ouragans qui s'abattaient régulièrement sur la ville. Un drame comme celui-ci n'était donc pas nouveau… même si, cette fois, on pouvait véritablement parler d'une guerre des gangs.

Une guerre qu'il allait falloir maîtriser au plus vite, et Horatio Caine savait que le moyen le plus rapide d'y arriver était de retrouver celui qui avait tué Kurt Wallace et Joanna Burnett. N'était-ce pas le meurtre du premier qui avait mis le feu aux poudres ? Le fait de coincer le tueur mettrait peut-être fin à cette guerre qui commençait.

Tandis que le soleil se levait, Caine sortit du bâtiment pour respirer cinq minutes. La une du *Miami Messenger* de ce matin, un quotidien d'habitude assez solennel, hurlait littéralement dans le distributeur à journaux du coin de la rue. Le titre était large, gras, et ne comportait que trois mots : « GUERRE DES GANGS ! »

Se frottant le visage des deux mains, comme si cela pouvait le débarrasser de sa fatigue, Caine retourna à l'intérieur pour se remettre au travail. Il manquait de bras, en ce moment. Alexx pratiquait des autopsies à une telle vitesse qu'elle ne prenait même pas le temps de faire connaissance avec ses « patients ». Speedle et Delko, appelés à aider une équipe de nuit complètement débordée par les scènes de crimes qui se multipliaient, étaient encore sur le terrain, et, certainement, K.-O. debout.

Ce qui signifiait donc que, pour l'instant, seuls Horatio et Calleigh concentraient leurs efforts sur les meurtres de Kurt Wallace et de Joanna Burnett.

Il trouva la jeune femme dans son labo, assise à une table de travail, penchée sur une loupe que venait éclairer une lampe ronde au-dessus d'elle. Un marqueur à la main, elle écrivait ou dessinait quelque chose.

Caine s'approcha, jeta un coup d'œil par-dessus son épaule, et vit qu'elle était en train de marquer des douilles et des balles avec la pointe du feutre.

— Qu'est-ce que tu fais ? lui demanda-t-il.

Elle leva la tête vers lui, sourit, puis déposa la balle dans une petite boîte et prit celle qui se trouvait à côté.

— Je numérote les balles, lui répondit-elle avec son habituel accent chantant.

— Et… pourquoi ?

— Pour les ranger en ordre dans le chargeur, de sorte que le numéro 1 se présente en premier quand je les ressortirai.

— Et que le numéro 75 se présente en dernier, c'est ça ?

— Exactement. Avec ça, je pourrai comparer les douilles et les balles pour trouver lesquelles ont servi dans nos deux homicides.

Elle n'avait pas besoin de lui en expliquer davantage. Comme Calleigh – et comme le tueur lui-même –, Caine savait que, lorsque le chargeur se vidait au cours d'une rafale, le fusil chauffait. De ce fait, les marques du canon sur les balles, et celles du percuteur et de l'éjecteur sur les douilles changeaient de façon quasi imperceptible au fur et à mesure de l'échauffement de l'arme.

Si elle savait à quoi ressemblait par exemple le numéro 60 parce qu'elle l'avait marqué, il lui serait plus facile de le retrouver pour chacune des scènes de crime. Cela, bien entendu, si le fusil était le même, et si, donc, les balles concordaient.

— Oserais-je dire que, en dépit du surmenage et de ces corps qui s'agglutinent autour de nous, ton caractère enjoué me fait l'effet d'une lumière scintillante dans cet univers si sombre.

— Hum… merci, Horatio. C'est un très beau compliment que vous me faites là.

— Qu'est-ce que tu vas faire une fois que tu auras marqué toutes ces balles ?

Calleigh lui sourit de nouveau et lui répondit le plus naturellement du monde :

— Je filerai à l'université de Cabrerra… pour utiliser leur piscine.

6

Nichée au cœur du luxueux quartier résidentiel de Coral Gables, l'université de Cabrerra avait une excellente réputation, qu'elle devait non seulement à son haut niveau académique mais aussi à sa brillante équipe de football.

Mais, en ce matin d'automne, ce qui intéressait Calleigh Duquesne, c'était le programme de natation du campus.

Elle n'était toutefois pas venue là pour s'entraîner. Le seul exercice qu'elle prévoyait de faire concernait des essais de tir avec le AK47 que son chef venait de se faire prêter par le substitut du procureur, Kenneth LaRussa.

Tout à fait professionnelle dans son ensemble pantalon bleu marine, son chemisier blanc et son coupe-vent au logo du CSI, elle était assise dans l'étroit bureau de Phil Cunnick, l'entraîneur de natation, qui dirigeait ce programme depuis deux ans. L'odeur de chlore qui émanait du bassin tout proche imprégnait à ce point la pièce exiguë, que Calleigh sentait ses yeux la picoter.

Par terre, près d'elle, gisait le sac molletonné contenant le fusil d'assaut sur lequel elle avait déjà relevé toute une série d'empreintes.

Grand et musclé, vêtu du T-shirt de l'équipe et d'un jogging, Cunnick semblait avoir entre vingt-cinq et trente ans, ce qui était relativement jeune pour un coach d'université. Plus étonnants encore étaient les longs cheveux blonds qui caressaient ses épaules de nageur. Mais, à ce point de sa carrière, il ne devait participer qu'à des compétitions de niveau olympique.

Calleigh ne le connaissait pas en personne, mais elle l'avait vu nager à la télévision, lors des derniers JO. Il possédait une aisance et un charme certains, que sa vague ressemblance avec Brad Pitt ne semblait nullement gâcher. Son regard vert était chaleureux et amical, et il avait le sourire facile.

— Euh… c'est une plaisanterie ? demanda-t-il à Calleigh sans comprendre.

— Oh, non, s'empressa-t-elle de répliquer. C'est votre département qui nous a fait cette proposition.

— Peut-être, mais… vous ne vous attendez tout de même pas à ce que je vous laisse vous exercer au tir au beau milieu de ma piscine olympique ?

Elle afficha un sourire rassurant et, d'une voix légère, articula le plus sérieusement du monde :

— La police de Miami-Dade a d'excellentes relations avec l'université ; nous ne voudrions pas compromettre ces bons rapports.

— J'ai bien peur de devoir refuser.

Sans se départir de son sourire, Calleigh continua :

— Honnêtement, je ne vais pas abîmer votre piscine.

— Vous plaisantez.

Elle lui tendit l'imprimé qu'elle tenait à la main.

Cunnick lut à plusieurs reprises la note écrite par le chef du département. Puis il plongea son regard vert dans celui de Calleigh et déclara :

— Ecoutez… chef ou pas, cette piscine, ce bâtiment entier sont sous mon entière responsabilité.

— Je comprends. C'est aussi ce que je pense à propos de mon labo.

— Vous avez un joli sourire, madame Duquesne, et un professionnalisme tout à fait louable, mais ce n'est pas pour ça que je vais vous dire oui.

— Je vous promets, monsieur Cunnick, que ça n'abîmera pas votre piscine, insista Calleigh.

— Oui, c'est ça… Tirer dedans avec une kalachnikov n'abîmera pas ma piscine. Je rêve…

— L'eau anéantira l'énergie des balles ; le temps qu'elles atteignent le fond, elles seront devenues absolument inoffensives.

— A la télé, on vous voit toujours, vous, les experts en balistique, en train de tirer dans des citernes ou des réservoirs. Pourquoi avoir choisi ma piscine, aujourd'hui ?

Sans se départir de son sourire, elle lui répliqua :

— C'est vrai que c'est ce que nous faisons, d'habitude, dans notre labo du CSI. Mais ce n'est faisable que si on se limite à quelques coups, seulement. Moi, je vais vider un chargeur de soixante-quinze balles. Vous faites ça sur un réservoir, et l'eau tourbillonnera tellement que ça faussera complètement le test.

Il la regarda comme si elle venait de tomber du ciel devant lui.

— D'accord… je vois comment vous avez fait avaler la chose au chef du département. Mais, vous pouvez me promettre que la police de Miami-Dade me remboursera les dégâts… si vous vous êtes trompée ?

— Je n'ai aucune autorité pour faire ça.

— Mais, vous…

— Ça ne veut pas dire non plus que vous n'aurez aucun recours s'il y a un accident, coupa Calleigh, en gardant son éternel sourire aux lèvres. Je ne vous demande pas de signer une décharge. Et, rappelez-vous, j'ai tout réglé avec l'université.

— Vous êtes certaine que ça ne va pas me retomber dessus ?

— Certaine.

— Et, vous ne voulez pas me dire de quoi il s'agit ?

— Non, désolée. Ce test fait partie d'une enquête en cours.

— Oui... ce genre d'arme... j'ai vu les journaux, et les infos à la télé. C'est cette guerre de gangs, non ?

Incapable de répondre à cette question, Calleigh décida de changer de tactique.

— Monsieur Cunnick...

— Phil.

— Phil, d'accord. Quant à moi, je préfère Calleigh à Mme Duquesne. Une question, donc, Phil : qui, sur ce campus, en sait plus que vous sur la natation ?

Ses craintes oubliées, il sembla retrouver sa belle assurance du début, et un sourire insolent se dessina sur son visage.

— Personne, Calleigh.

— Bon. Maintenant, qui, d'après vous, en connaît plus que moi sur les armes à feu ?

Ces mots parurent le déconcerter un instant, puis il se mit à rire.

— D'accord, on tente le coup. Mais, si le moindre morceau de carrelage est égratigné... j'attaque la ville en justice.

— Ce serait votre droit le plus strict, répliqua-t-elle de sa voix chantante.

Lorsqu'ils sortirent du bureau de Cunnick, quelques nageurs étaient regroupés autour de la piscine, le corps et les cheveux ruisselant d'eau.

Son sac molletonné à la main, Calleigh longea le bassin en compagnie de l'entraîneur, amusée par les sifflets et les commentaires qui ne manquèrent pas de fuser à son passage. Ce n'était ni la première ni la dernière fois que cela lui arrivait. Sans doute la prenaient-ils pour la petite amie de Phil et cherchaient-ils à le taquiner là-dessus.

— Mettez-la en veilleuse, espèce de nigauds, leur lança-t-il. On dirait que vous n'avez jamais vu une femme.

— Jamais une comme elle, en tout cas, rétorqua l'un d'eux en faisant mine d'haleter.

Nigauds... songea-t-elle en se rappelant que son père utilisait aussi ce terme, autrefois. Une insulte superbe, tellement évocatrice et vieillotte, à la fois.

D'un geste souple, elle ouvrit son coupe-vent, déclenchant aussitôt une série de hoquets embarrassés de la part des nageurs qui venaient d'apercevoir son revolver et son badge.

L'instant d'après, seuls les clapotis de l'eau résonnèrent dans l'enceinte de la piscine.

— Je vais avoir besoin de vous, les garçons, leur dit-elle alors en souriant.

Instantanément, des murmures ravis s'élevèrent autour d'elle.

— Taisez-vous, bande d'abrutis ! leur cria leur entraîneur. Ecoutez ce que la CSI Duquesne a à vous dire.

— Une CSI ! s'exclama l'un d'eux.

— Une vraie flic ! lança un autre.

— D'abord, les interrompit Calleigh en levant un doigt, je voudrais que vous sortiez pendant quelques minutes, le temps que je fasse mon travail. Quand vous serez dehors, votre coach vous expliquera ce que vous devrez faire en revenant.

— C'est compris ? reprit Cunnick. Dans une minute, je veux vous voir tous en jogging et dehors !

Habitués à la discipline, ils réagirent sans attendre. Ce qui ne les empêcha pas de hasarder quelques questions ici ou là, qui restèrent bien sûr sans réponse. Ils sortirent les uns après les autres, non sans se retourner pour jeter des coups d'œil intrigués à l'étrange visiteuse.

Avant de se retrouver à l'extérieur, les derniers eurent le temps de voir la jeune femme ouvrir le sac molletonné et en sortir l'AK47.

— Waouh ! Tu as vu ce qu'elle trimballe avec elle ? lâcha l'un d'eux, les yeux écarquillés de stupeur.

— Oui… elle n'a pas l'air, comme ça ! lui répondit un autre avant que la porte ne se referme définitivement sur eux.

Enfin, le silence se fit autour de Calleigh.

Mais, pas pour longtemps, cependant… car, sa kalachnikov à la main, elle lâcha soudain une puissante rafale au beau milieu de la piscine momentanément abandonnée par les nageurs.

Après avoir fixé au fusil d'assaut le chargeur et ses soixante-quinze balles, Calleigh s'était glissé des lunettes de sécurité sur le nez et un casque sur les oreilles, puis s'était dirigée vers le triple plongeoir. Elle avait choisi la planche la plus basse car il était inutile de grimper plus haut pour tirer les coups de feu nécessaires à son expérience.

D'autre part, à cette hauteur relativement basse, l'arc formé par les douilles éjectées serait plus long, et, malgré leur bonne nature et l'empressement qu'ils montraient, elle désirait faciliter au maximum les choses aux élèves de M. Cunnick.

Perchée à l'extrémité du plongeoir, son AK47 prêt à l'emploi, elle considéra la masse liquide et bleue qui s'offrait à ses yeux, comme pour en apprécier la profondeur. A cause des multiples éclairages qui tombaient du haut plafond, elle n'apercevait pas son reflet à la surface de l'eau mais, sous les vaguelettes laissées par les nageurs, son regard perçant distingua une tache noire et ronde au fond du bassin, qu'elle imagina être la bouche d'évacuation.

Debout sur son plongeoir, bien campée sur ses jambes de façon que la détente du fusil ne la propulse pas en arrière… avec le risque de la déséquilibrer et de l'envoyer à l'eau, Calleigh fit en sorte de se placer à un angle aussi perpendiculaire que possible à la surface. De cette façon, les douilles libérées du chargeur seraient directement éjectées dans l'eau.

Une fois bien en place, elle visa la tache noire au fond du bassin, relâcha le cran de sécurité, prit une longue inspiration et appuya sur la détente.

Transpercée par les balles brûlantes, l'eau siffla et cracha. Malgré le casque qui lui recouvrait les oreilles, Calleigh entendit leur crépitement se répercuter contre les parois carrelées de la piscine. L'effet de détente fut considérable, mais elle avait l'habitude et sut aisément garder son équilibre.

Comme elle l'avait assuré à l'entraîneur, la vitesse

des balles se réduisit rapidement, et elles atterrirent sans dommage au fond du bassin. La surface de l'eau, cependant, tourbillonnait rageusement tandis que la jeune femme continuait de la trouer de ses rafales.

Si elle avait utilisé la citerne du labo, elle aurait – à cause du poids et du vol erratique des balles de 7,62 – trouvé les projectiles non pas éparpillés autour (comme l'aurait supposé n'importe quelle personne peu habituée aux armes à feu) mais tout près du point d'impact ; car les balles d'un AK47 avaient tendance à piquer du nez quand elles heurtaient une masse d'eau.

D'un autre côté, les amateurs pensaient que, plus le fusil était gros, plus les douilles devaient voler loin. *Pas toujours*, se rappelait la jeune femme, *pas toujours*...

En mitraillant ainsi à tout-va, Calleigh Duquesne se sentait dans son élément. Amoureuse des armes à feu depuis sa plus tendre enfance, elle ne cherchait nullement à s'en excuser, pas plus qu'elle ne supportait les imbéciles qui s'amusaient à deviner dans cette passion de sourdes pulsions sexuelles ; le seul rapport avec le sexe étant peut-être qu'avec sa petite taille, les armes à feu représentaient pour elle une façon de se rehausser un peu.

Mais elle appréciait aussi la puissance de ces armes, la poésie simple de leur mécanique, et le minimum d'adresse qu'il fallait pour les utiliser avec précision, en toute sécurité et en toute responsabilité.

Comme elle achevait de vider le magasin, elle se dit que l'équipe de nageurs, avec le vacarme d'enfer qu'elle venait de créer, avaient dû filer à l'autre bout du campus ; et la seule idée de ces grands gaillards figés de peur lui arracha un petit sourire.

Le chargeur vidé de ses munitions, une odeur âcre de cordite imprégna l'air autour de Calleigh. Le fusil était chaud et lourd entre ses mains, même s'il venait de s'alléger de soixante-quinze balles. Et, tandis que la surface de l'eau commençait à s'apaiser, saisie d'une étrange sensation d'apaisement, elle recula vers le fond du plongeoir et sauta sur le ciment qui bordait le bassin.

Otant alors son casque, elle crut percevoir encore le crépitement des balles autour d'elle. Le canon de son AK47 dirigé vers le sol, elle s'avança vers la porte, l'ouvrit et fit signe à l'entraîneur de ramener son équipe. Quelques instants plus tard, alors qu'ils passaient devant elle, les nageurs regardèrent son arme avec un mélange de stupéfaction et de fascination.

— Ils savent ce qu'ils doivent faire, maintenant ? demanda Calleigh à Cunnick.

— J'allais le leur expliquer quand vous avez ouvert le feu. Certains d'entre eux ont eu une telle trouille qu'ils ont détalé comme des lapins. J'ai eu le plus grand mal à leur faire rejoindre les vestiaires.

Les jeunes gens semblaient embarrassés. Avec leurs cheveux encore humides, ils avaient l'air de chiots trempés que l'on avait essayé de noyer.

— Alors, Calleigh, lui demanda l'entraîneur, avez-vous abîmé ma piscine ?

Avec un sourire de madone, elle répondit :

— Jugez-en par vous-même, Phil.

Comme il inspectait l'eau d'un œil circonspect, elle comprit à son regard que tout lui paraissait normal. Cependant, elle savait que c'était le fond du bassin qui le préoccupait le plus. Eh bien, maintenant qu'il était là avec ses élèves, il ne tarderait pas à en avoir le cœur net.

— O.K., messieurs, leur lança-t-il, il y a soixante-quinze balles et autant de douilles à aller récupérer au fond de la piscine ! Qui accepte de plonger pour la pêche au trésor ?

Aucun d'eux ne répondit, mais la série de plouf ! qui, dans les trois secondes, suivirent ses paroles en dit long.

Se débarrassant de son T-shirt et de son jogging, Cunnick se retrouva à son tour en maillot de natation et annonça à Calleigh :

— Pendant que mes garçons se chargent de récupérer vos balles, je vais m'assurer du bon état de ma piscine, si ça ne vous fait rien.

— Je vous en prie, lâcha-t-elle non sans porter un regard admiratif sur ses formes athlétiques.

Elle était humaine, après tout.

— Et, enchaîna-t-elle, prévoyez quand vous remonterez de vous excuser d'avoir douté de moi.

Pour toute réponse, il la gratifia d'un sourire insolent, qu'elle s'empressa de lui renvoyer avant qu'il ne disparaisse sous l'eau.

Très vite, les nageurs remontèrent leurs trophées, qu'ils déposèrent consciencieusement dans deux petits baquets de plastique placés pour eux au bord du bassin, l'un servant à réunir les balles, l'autre, les douilles. En moins de dix minutes, Calleigh avait récupéré la totalité des projectiles.

Périodiquement, Cunnick réapparaissait à la surface pour reprendre un peu d'air, puis disparaissait de nouveau. Un moment, il remonta même une douille avant de replonger, mais, pas une fois pendant ce petit ballet il ne dit un mot à Calleigh.

Alors que tous les nageurs attendaient au bord du bassin et que la jeune femme terminait de ranger son matériel, l'entraîneur se décida enfin à ressortir de l'eau. Attrapant une serviette laissée sur un banc, il se mit à s'essuyer tranquillement les cheveux quand elle lui lança :

— Merci, coach Cunnick.

Puis, sans un mot de plus, elle ramassa le sac contenant l'AK47 et se le glissa sur l'épaule.

— Tiens, c'est « coach Cunnick », à présent ? la taquina-t-il en s'empressant de la raccompagner vers la sortie. Maintenant que vous avez fait ce que vous vouliez de ma piscine…

— Oui, au fait… a-t-elle passé le test d'inspection ? demanda-t-elle en riant.

— Impeccable, reconnut-il, un sourire au coin des lèvres. Pas une égratignure. J'avoue que je n'y croyais pas… J'imagine que je vous dois des excuses.

— Inutile. Avec votre équipe de nageurs, vous m'avez été d'une aide précieuse. C'est moi qui vous dois des remerciements.

— Et… vous ne voulez toujours pas nous dire de quoi il retourne ? hasarda-t-il.

— Désolée, pas tant que l'enquête est en cours.

— C'est cette histoire de gangs, non ?

— Désolée…

— Et, après ? Quand l'enquête *ne sera plus* en cours ?

— Peut-être, lâcha-t-elle en haussant les épaules.

— Peut-être… devant un dîner, un soir ? Si ce n'est pas trop demander…

— Vous avez ma carte. Vous pouvez m'appeler à mon travail. On en discutera au téléphone.

Les mains sur les hanches, un demi-sourire sur les lèvres, Phil déclara :

— J'espère que j'en sais autant sur la natation que vous sur la balistique.

— Les armes à feu, corrigea-t-elle.

Puis, son lourd sac bien calé sur l'épaule, elle s'éloigna d'un pas décidé.

*
* *

Les deux journées qui venaient de s'écouler incarnaient exactement ce qu'Andrew Chevalier avait tout fait pour éviter.

Le corps immense et puissant, Chevalier avait la peau mate, des dreadlocks brunes nouées sur la nuque avec un ruban de soie noire, et un visage strié de balafres laissées par des combats au couteau datant de ses jeunes années dans l'île.

En ce moment, les affaires allaient plutôt bien pour ses Faucones, et la dernière chose dont ils avaient besoin était une guerre de gangs. Mais, après le meurtre de Wallace organisé par Mendoza, suivi de près par l'attaque très mal inspirée lancée sur cet enfoiré d'agent de la DEA, tout était devenu incontrôlable.

Comme les autres gangs, pourtant, les Faucones de Chevalier avaient une souris chez les flics… et cette petite voix leur avait soufflé que les enquêteurs se détournaient un peu de Mendoza pour diriger maintenant leurs recherches vers ce porc de Manny Calisto, le chef des Mitus.

Jusqu'à maintenant, parmi les gros bonnets des

gangs locaux, seuls Peter Shakespeare, le leader des Trenchs, et Chevalier lui-même avaient évité de se faire coller ces meurtres sur le dos. Son instinct avait beau lui assurer que c'était Mendoza, et non Calisto, qui était derrière ces attaques, il n'avait aucun moyen d'en être certain.

Mendoza et ses Culebras s'étaient fait assez souvent coincer par Burnett pour souhaiter en finir une bonne fois avec lui. Et cette forte tête était bien capable d'entreprendre quelque chose d'aussi débile que de s'attaquer à un agent de la DEA.

Alors qu'une partie de ses hommes avait été décimée et que ses lieutenants criaient vengeance, Chevalier savait par quoi passaient les autres chefs de gang ; ce fichu gouverneur de Floride parlait déjà de faire subir à Miami ce que son président de frère avait déjà infligé à l'Irak. Il savait aussi que, si la milice nationale déboulait, ils seraient tous foutus.

Impossible de savoir combien de temps cette garde resterait dans le Sud de la Floride. Et, plus longtemps ce serait, plus cela coûterait cher aux gangs : les affaires seraient complètement gelées.

D'un côté, ce que Chevalier prévoyait de faire aujourd'hui devait sauver son gang et leur entreprise. Mais, d'un autre côté, cela sauverait aussi leurs concurrents. Même s'ils se haïssaient mutuellement et mettaient tout en œuvre pour virer leurs rivaux, si chacun des groupes parvenait à se tenir à carreau, ils pourraient tous s'en sortir et profiter du riche gâteau qui s'offrait à eux.

Le premier appel que donna Chevalier fut pour Calisto.

Le seul numéro qu'il possédait de lui était, bien

entendu, faux, car le dealer colombien s'était empressé d'en changer durant la crise. Mais Chevalier réussit malgré tout à joindre un de ses lieutenants, qui fit passer le message à un autre de ses hommes, et sans doute à un troisième encore.

Finalement, une heure et demie plus tard, assis à l'arrière de son Hummer brun conduit par un chauffeur, Chevalier répondit à son appel.

Dans son portable résonna une voix au lourd accent espagnol.

— C'est toi, Chevalier ?

— Oui, répondit-il en français.

— Tu te prends pour qui, pour me faire appeler comme ça ? Ça t'amuse de me provoquer ? Tu ne rigoleras plus quand ta tête sera empalée au bout d'un pieu !

C'était Manny Calisto, indubitablement.

Cette réponse aurait pu tout aussi bien être le message enregistré de son répondeur. La tête empalée au bout d'un pieu était la menace qu'il proférait à tous ses ennemis. Mais, pour Chevalier, elle semblait un peu creuse : Calisto n'avait accompli cet exploit qu'une seule fois, pour punir un de ses hommes qui l'avait trahi.

Néanmoins, Andrew sentit la moutarde lui monter au nez tandis que Manny poursuivait sa diatribe. Cependant, au lieu de lui rétorquer avec raison que ses troupes avaient été les premières à ouvrir le feu sur ses Faucones, il s'efforça de garder un ton calme en se contentant de lui répliquer :

— O.K., Manny, tu as dit ce que tu avais à dire. Maintenant, tu vas m'écouter.

— Quoi ?! hurla Calisto. Tu n'as pas d'ordre à me donner !

Puis, le chef des Mitus se lança dans une nouvelle attaque verbale, et Chevalier, le téléphone loin de son oreille, attendit tranquillement que son interlocuteur reprenne sa respiration.

Lorsque cet heureux instant arriva, le boss des Faucones déclara :

— Bon, mon ami, tu as encore l'intention de brailler longtemps ou tu veux qu'on se mette à chercher ensemble le moyen de stopper ces tueries ? Avant que le frère de notre cher président et les Feds nous envoient leur milice au cul pour nous écarter des affaires…

A sa grande surprise, un bref silence s'ensuivit, puis Calisto répondit :

— Je t'écoute.

— Bien. Il faut qu'on parle, tous les deux. Pour trouver un moyen d'arrêter tout ça avant que ça nous arrête, nous. Cette guerre va nous mettre *tous* par terre.

— Tu penses peut-être qu'à nous deux on peut empêcher les Culebras et les Trenchs de se tirer dessus ? Et de nous tirer dessus, par la même occasion ?

Parfois, Andrew se demandait comment Calisto avait pu devenir le chef des Mitus. Selon lui, cet homme avait aussi peu de cervelle que les poules de sa ferme, près de Belle Hanse, à Haïti.

— Il faut qu'on se voie *tous*, Manny, insista-t-il. Toi, moi, Mendoza, Shakespeare – et j'inviterais même quelqu'un de chez Wallace, si je savais qui va se retrouver à la tête de son gang.

Le long silence qui suivit indiqua à Chevalier que Calisto était sans doute en train de penser que son interlocuteur était aussi stupide que ses poules de Mitu.

Puis Manny explosa en lâchant une bordée d'injures avant de hurler :

— Tu es complètement *loco*, ou quoi ?! Jamais ils ne vont accepter ! Même pas moi, si tu veux mon avis !

Pendant un moment, Chevalier se demanda s'il ferait mieux de lâcher l'affaire et de tuer tout simplement les autres chefs de gang. Cependant, à la différence de Calisto, le leader des Faucones savait que, s'il abattait Mendoza, un autre prendrait sa place, qui pouvait se révéler autrement plus violent et plus dangereux que lui.

Avec toute la patience du monde, il déclara au Colombien :

— Tu crois que c'est un coup monté ?

— Qu'est-ce que tu croirais, à ma place ?

— Je *suis* à ta place.

— Non, c'est toi qui proposes un meeting. Comment veux-tu que je sache, ou que n'importe qui d'autre sache si c'est un putain de piège ?

Il avait peut-être raison, sur ce point, reconnut le Haïtien.

— Manny, lui dit-il alors, il faut faire quelque chose. Il faut qu'on se rencontre, tous.

— Comment comptes-tu nous convaincre tous que c'est la paix que tu veux, et pas la guerre ?

— On se partage l'organisation : tu désignes l'endroit ; Shakespeare décide des termes de la rencontre ; Mendoza choisit l'heure… comme ça, je ne prends aucune décision.

De nouveau, un long moment passa avant que Calisto n'articule d'une voix lente :

— Ça pourrait se faire…

Bien, pensa Chevalier. *Il y a du progrès.*

— Mais, ajouta le Colombien, Shakespeare et Mendoza vont se demander pourquoi c'est moi, et pas eux, qui décide de l'endroit… et pourquoi on ne laisse personne de chez Wallace choisir quoi que ce soit. Sans parler du fait que, si j'étais un homme de Wallace, je n'aurais qu'une envie, c'est d'abattre froidement Mendoza.

— Pour cette réunion, on laissera les hommes de Wallace en dehors de ça. Ils sont devenus de vrais trouillards sans leur chef.

— Et, sur ce que je t'ai dit avant ?

— On laisse chacun prendre part comme il veut à l'organisation de ce meeting. Je me fous de savoir qui choisit le lieu de la rencontre, du moment que c'est un endroit neutre et sûr.

— Il y a trois jours, reprit Calisto, j'aurais proposé n'importe où dans un lieu public. Mais, après l'Archer… je ne sais plus.

Chevalier laissa échapper un lourd soupir. Tout ça allait prendre plus de temps que prévu. Mais il fallait le faire.

Sinon, les tueries continueraient jusqu'à ce que les Fédéraux viennent y mettre un terme, ou que tout le monde finisse par s'entretuer. Pour survivre, les gangs devaient organiser une réunion au sommet et trouver le moyen de la rendre efficace. Chevalier en laissait toute la préparation au Colombien et, lorsqu'il eut fini de lui expliquer ce qu'il attendait de lui, Calisto tomba d'accord avec lui.

Ils discutèrent pendant une heure et demie, encore,

avant de s'accorder sur un plan qui soit acceptable pour les autres.

Sinon, Chevalier pensait qu'il pouvait au moins arranger un pacte de paix temporaire avec Calisto. Et, si les autres chefs pouvaient tous parvenir à un consensus, la vie et les affaires pourraient continuer.

Il pensait aussi que quelque chose d'énorme pouvait ressortir de tout cela. Au bon vieux temps, au temps de Venici et de Capone, les gangs rivaux en étaient arrivés à ne plus s'entretuer et à trouver des accords qui avaient fini par donner naissance au syndicat national du crime.

Qui savait ce que réservait l'avenir ? Peut-être qu'il pouvait ressortir de tout cela quelque chose de positif, après tout.

Assis à son bureau, un Horatio Caine de mauvaise humeur ruminait tous les scénarios susceptibles de mettre fin à la guerre des gangs qui s'annonçait, lorsque Calleigh Duquesne entra, un grand sac molletonné glissé sur l'épaule.

— Tu as fini ? lui demanda-t-il.

— Les tirs, oui. Mais les analyses, je n'ai pas encore commencé.

Elle posa son précieux fardeau sur une des deux chaises en face de Caine, puis prit l'autre pour elle.

— J'imaginais que vous vouliez rendre au plus vite à LaRussa cette pièce à conviction.

— C'est vrai, Calleigh.

— Je me lance tout de suite dans l'analyse des balles et des douilles. Je vais peut-être même pouvoir vous donner un semblant de résultat avant la fin de la journée.

— Si j'en avais des centaines comme toi…

— Désolée, Horatio, je suis unique.

Ce qui lui attira un sourire du lieutenant, sans doute le premier depuis longtemps.

— Oui, tu es unique… Enfin, ça ne fera de mal à personne de faire un petit plaisir à un procureur. S'il s'avère qu'il n'est pas impliqué dans ces meurtres, on sera contents de l'avoir de notre côté.

En se levant, Calleigh déclara :

— Au fait, j'ai relevé les empreintes du AK47 avant d'aller le tester dans la piscine de l'université, mais je ne les ai pas encore fait analyser.

Caine se leva à son tour, passa son blouson et fit le tour de son bureau pour lui dire :

— N'hésite pas à me faire part de ce qui en ressortira, s'il te plaît.

— Je n'hésiterai pas, Horatio.

Tripp ne l'accompagna pas, cette fois, et, lorsqu'un LaRussa à l'air préoccupé apparut dans le lobby pour le recevoir, Caine lui tendit le sac molletonné.

— Vingt-trois heures et trente et une minutes, annonça-t-il avec l'esquisse d'un sourire.

Un sourire que le procureur fut incapable de lui rendre.

— Qu'est-ce qui se passe ? lui demanda Caine.

L'attirant à l'écart, LaRussa lui répondit :

— L'avocat de Pelitier vient d'appeler : notre homme est aussi muet qu'une carpe.

— Pourquoi ça ?

— Ecoutez, on travaille tous les deux dans de grands bâtiments où les murs ont des oreilles. Ces types ont des amis dans le système. Ils ont sans doute appris que vous vouliez inspecter de nouveau ce fusil, et maintenant ils pensent qu'ils peuvent calmer le jeu sans trahir aucun de leurs rivaux.

— Mais, on ne rouvre pas le dossier, pourtant.

— Je sais. Hier, vous avez essayé de me mettre à l'épreuve, n'est-ce pas ?

— Ken, écoutez...

— Je suis un grand garçon, Horatio. Mais, si l'avocat de Pelitier a appris, d'une façon ou d'une autre, que vous avez emprunté ce fusil, ils auront vite fait d'en conclure que vous rouvrez le dossier.

— Bon... pensa Caine tout haut, si l'avocat de Pelitier sait que le fusil a été analysé une deuxième fois...

— Il sait aussi que ça ne peut pas être mauvais pour son client, enchaîna LaRussa, parce qu'il avait un alibi en béton pour les meurtres de Wallace et des Burnett. Et pour cause : il était à ce moment-là derrière les barreaux.

— Le fait qu'on teste de nouveau cette arme n'efface en rien ce qu'il a fait à Little Haïti, lui objecta Caine.

— Ce n'est pas comme ça que son avocat voit les choses, je peux vous dire.

— Dans ce cas, il le précipite tout droit dans le couloir de la mort.

— Ce qui ne m'aidera pas plus à virer les dealers des rues, Horatio.

Caine ne répondit rien.

— Et ces tests, justement ? demanda le procureur. Vous avez trouvé quelque chose ?

— Trop tôt pour le dire. Dès que j'en saurai plus, je vous le ferai savoir.

Lui tendant la main, LaRussa déclara :

— Sans rancune, Horatio. On est dans le même camp, vous le savez.

Cette fois, Caine n'eut aucun mal à serrer la main de cet homme.

Andrew Chevalier était très surpris.

Ce qui ne lui arrivait pas souvent. Après avoir passé le plus clair de sa journée au téléphone, il avait réussi à mettre sur pied une réunion au sommet entre lui-même, Manny Calisto, Peter Shakespeare, le boss des Trenchs, et même le très reclus Antonio Mendoza, chef des Culebras.

Après le saccage et l'incendie de sa maison par les hommes de Wallace, Mendoza avait comme disparu sous terre. S'il avait accepté de rencontrer ses rivaux, c'était uniquement parce qu'on l'avait laissé choisir le lieu, la date et l'heure de la rencontre… et que chacun pouvait venir avec un de ses lieutenants.

Les autres leaders semblaient nettement plus nerveux, à présent, et Chevalier lui-même se sentait une boule dans l'estomac. Toutefois, il avait réussi son coup : tous avaient accepté de se réunir et de discuter.

Cela n'aboutirait peut-être à rien, mais au moins faisaient-ils tous l'effort d'essayer d'arranger les choses. Bien sûr, il y avait aussi le risque que Chevalier, avec son idée, n'ait réussi qu'à aider Mendoza à les piéger, qu'on les retrouve tous morts le lendemain matin, et que le chef des Culebras soit le seul à rester debout.

Après tout, un homme ayant assez de tripes pour s'attaquer à un agent de la DEA était capable de n'importe quoi.

Mais, au cas où cela arriverait, Chevalier avait un plan de secours.

Alors que l'ensemble de ses troupes était composé de jeunes gangsters sans expérience dont la motivation n'était qu'une dévotion aveugle pour la cause Faucones, quelques autres, triés sur le volet, avaient reçu un entraînement qui faisait d'eux des armes fatales.

S'il arrivait quoi que ce soit à Chevalier, ce soir, Mendoza le paierait de sa vie.

Dans la chambre de son minuscule appartement de Little Haïti, Andrew enfila son gilet pare-balles sous une ample chemise noire. Après avoir passé son complet, il saisit un grand crucifix en or, s'agenouilla et embrassa la croix à trois reprises. Ardent catholique, il avait la certitude que Jésus le protégerait de tout danger, comme Il l'avait toujours fait.

Le meeting était prévu pour trois heures du matin… au bar de l'hôtel Archer.

Toutes ses ouvertures condamnées depuis l'assassinat de Kurt Wallace, l'hôtel était fermé jusqu'à nouvel ordre pour réparations. Scène du premier meurtre, le bar de l'Archer semblait, a priori, le dernier endroit pour une telle réunion.

Ce qui, paradoxalement, en faisait l'endroit idéal pour une rencontre entre quatre hommes désireux de n'être vus de personne.

Une trentaine de minutes avant l'heure du rendez-vous, Chevalier et Jean-Claude, son plus fidèle lieutenant, garèrent leur Hummer brun dans un parking couvert, au coin de la 12e et de Collins Avenue.

Ils descendirent, et, d'un clic sur la télécommande de son porte-clés, Jean-Claude verrouilla la voiture. La sirène d'alarme émit un semblant de cri, les lumières clignotèrent brièvement, et les deux hommes sortirent dans la fraîcheur de la nuit.

Comme ils se dirigeaient vers Ocean Drive, Chevalier demanda :

— Est-ce que Caje est prêt ?

Grand, efflanqué, la peau grêlée et le cheveu plat, Jean-Claude répliqua :

— Il est prêt. S'il nous arrive quelque chose, Mendoza n'est plus de ce monde.

— Je vais peut-être devoir lécher le cul de Calisto pour maintenir la paix… Ça te pose un problème ?

— Calisto est un porc.

— Ça ne répond pas à ma question, Jean-Claude.

Avec un imperceptible haussement d'épaules, son lieutenant rétorqua :

— Fais ce que tu veux avec lui, mais, quand son heure viendra, Calisto finira dans un marais, les couilles dévorées par les alligators.

Plus haut sur l'avenue, les bandes de plastique jaune censées entourer la scène de crime commençaient à se transformer en lambeaux.

— Quand son heure viendra, répéta doucement Chevalier.

7

Horatio Caine, qui ne dormait pas bien, réagit dès la première sonnerie du téléphone.

Bondissant de son lit, il passa une chemise blanche, un pantalon sombre et son habituel blouson des scènes de crime. Puis, alors qu'il se dépêchait vers sa voiture, il pensa soudain à quelque chose. Il ouvrit le clapet de son portable et composa un numéro.

— Burnett… répondit une voix familière et lourde de sommeil.

Un sommeil sans doute déclenché la veille par la prise d'un puissant somnifère.

— Jeremy, c'est Horatio. On m'a dit que tu avais quitté l'hôpital. Désolé de t'appeler si tôt…

— Pas de repos pour les braves.

— Ni pour les blessés, on dirait, répliqua-t-il en s'appuyant contre son Hummer. Comment va ce bras ?

— Je ne me proposerais pas comme lanceur au base-ball, mais, bon… ce n'est qu'une égratignure. Ils m'ont gardé une nuit en observation, voilà tout. Qu'est-ce qui t'amène ? Tu ne m'appelles pas à quatre heures du matin pour avoir des nouvelles de ma santé, j'imagine.

— Si, en quelque sorte… Je voulais savoir si tu serais prêt à reprendre le jeu.

— Comme je viens de te le dire, tant que je n'ai pas à jouer les lanceurs au base-ball.

— Ecoute, je sais que c'est un peu tôt… après Joanna.

Et l'enterrement qui n'a toujours pas eu lieu…

— Justement, ce n'est pas trop tôt, Horatio. Tu as du nouveau ?

— En fait, j'aurai besoin de ton aide. Quelqu'un cherchait à t'éliminer, toi et ton expérience des gangs. C'est de cette expérience que j'aimerais me servir, précisément. On pourrait se retrouver quelque part ?

— Où ? demanda-t-il aussitôt.

Caine lui donna une adresse.

— Oh ! *Là-bas*, tu es sûr ?

— Certain, Jeremy.

Caine devina qu'il s'asseyait sur son lit avant de lui souffler au téléphone :

— Ecoute, j'ai Nickerson avec moi. Il doit rester ici quelques jours en attendant que je… tu sais… que les choses s'apaisent un peu.

Burnett parlait d'un autre agent de la DEA, Gabe Nickerson, un ancien partenaire aujourd'hui à la retraite.

— C'est bien d'avoir des amis fidèles, observa Horatio.

— Ça ne te gêne pas si je lui demande de nous accompagner ? Ça fait un bout de temps qu'il est sur la touche, mais il connaît très bien son affaire.

— Oui, son aide serait appréciable, en effet.

Une demi-heure plus tard, Caine se retrouva une fois de plus sur le trottoir, devant l'hôtel Archer. Il n'y avait pas de pluie, cette nuit, seulement une brise fraîche qui venait de l'océan, rappelant fatalement le vent d'orage qui avait soufflé le soir de la tuerie.

Une rue plus haut, les touristes avaient cessé de déambuler dans un silence recueilli devant la villa de Gianni Versace, le couturier assassiné. Caine revoyait encore le jour où il était arrivé sur le lieu du crime, pour découvrir le corps inanimé du styliste, couché dans une mare de sang sur les marches du perron où il venait d'être abattu d'une balle dans la tête. Non loin de lui, gisaient deux douilles de calibre 40 ainsi qu'une colombe morte. Les recherches qui avaient suivi avaient conduit les enquêteurs jusque dans la cabine d'une péniche, où ils avaient trouvé Andrew Cunanan, le meurtrier, étendu sans vie sur son lit après s'être tiré une balle dans la gorge.

Miami-Dade s'était démené dans cette enquête, mais, une fois que la nouvelle avait fait la une des journaux, le FBI avait joué des coudes pour s'attribuer tout le mérite de la chute du tueur fou.

Voilà pourquoi une affaire comme celle-ci, avec des frontières territoriales aussi floues, soulevait tant de passion.

Jeremy Burnett n'était pas du genre à se mettre en avant, et Caine appréciait cela. L'agent de la DEA ne refusait pas les distinctions quand il les méritait, mais savait accepter tout autant les reproches quand il avait tant soit peu cafouillé dans une enquête. D'autre part, il s'assurait toujours d'attribuer le mérite à celui de Miami-Dade qui avait pu l'aider dans une affaire. A la police, d'ailleurs, Burnett était toujours cité comme un

« sacré bon flic » – un véritable compliment pour un « fed ».

— Je croyais que c'était le tueur qui revenait toujours sur les lieux du crime, lança une voix derrière lui.

Caine se retourna pour apercevoir Burnett, dont le visage affichait l'ombre d'un sourire.

— Disons que, cette nuit, c'est l'exception qui va confirmer la règle, répondit-il.

Jeremy avait une mine lugubre, et sa barbe naissante laissait penser qu'il ne s'était pas rasé depuis le soir de l'attaque de sa maison. Bien sûr, il était correctement coiffé, il avait le regard vif, il portait un impeccable costume gris et une jolie cravate assortie. Mais il était de toute évidence encore sous le choc d'avoir vu sa femme mourir sous ses yeux et d'avoir été lui-même abattu, à peine soixante heures plus tôt.

Caine espérait ne pas avoir fait l'erreur de sa vie en l'appelant.

Celui qui accompagnait Burnett était un grand gaillard de race noire au regard vif et aux cheveux très courts parsemés de gris. Gabe Nickerson avait la cinquantaine solide et saine, et seuls ses quelques kilos en trop trahissaient les effets néfastes de la retraite.

Caine était heureux qu'il soit resté aux côtés de Jeremy. Se rappelant à quel point la mort de Ray l'avait lui-même marqué, il savait que Burnett ne dédaignerait pas un peu de soutien de la part de son ancien partenaire.

— Les gars, leur dit-il alors, je tiens à m'excuser par avance du foin que va faire Matthers en apprenant que je vous ai fait venir ici.

— Quoi ? interrogea Nickerson. On va me fiche à la porte, pour ça ?

Caine eut un petit sourire, puis expliqua :

— C'est que tous les deux… surtout toi, Jeremy… vous avez un conflit d'intérêts. Disons que vous êtes venus, à ma demande, me prodiguer vos conseils.

Lui posant une main sur l'épaule, Burnett lui répondit :

— Et, toi, on ne t'a pas encore coincé pour avoir mis ton nez dans une affaire de meurtre concernant un de tes amis ? C'est de la violation de territoire, que je sache.

— Avec tous ces cadavres qui s'amoncellent et la milice nationale qui nous souffle dans le cou, je ne crois pas que mes supérieurs me reprocheront de mettre mon nez là-dedans, vois-tu.

— J'en conclus qu'on ne se retrouve pas à l'Archer par pure nostalgie ni pour une reconstitution de crime, observa Jeremy.

— Non, reconnut Caine. Il s'est passé quelque chose, ici, cette nuit.

Burnett et Nickerson échangèrent un regard inquiet, puis ce dernier demanda :

— Vous voulez dire que… le tueur serait donc bien retourné sur les lieux du crime ?

— Je vous propose d'aller vérifier ça de nous-mêmes, si vous voulez bien.

— Vous n'êtes pas encore entré, Horatio ?

— Non. J'ai simplement été prévenu d'une nouvelle tuerie entre gangs, avec quatre victimes non identifiées. Voilà pourquoi je vous ai fait venir : pour mettre un nom sur les morts en question et me renseigner peut-être sur ce qui a pu les amener à se rencontrer ici.

— On te suit, lui dit Burnett.

Une nouvelle bande de plastique jaune avait été installée autour de la scène de crime. L'avant de l'hôtel était toujours condamné par des planches, mais de nombreux trous dans le contre-plaqué laissaient filtrer la lumière des spots halogène qui venaient d'être installés à l'intérieur. Le trio dut contourner le bâtiment et emprunter une allée latérale pour pénétrer dans le restaurant.

La porte de derrière ouvrait sur un étroit couloir, qui les conduisit aux cuisines, où, malgré l'obscurité environnante, tout paraissait paisible.

— On n'a pas remis le courant dans l'hôtel ? demanda Nickerson tandis qu'ils passaient devant une série de comptoirs et de placards en acier.

— Les balles ont abîmé beaucoup de choses, lui répondit Caine. Les propriétaires parlent de tout remettre à neuf.

— Où étaient-ils, la nuit de la fusillade ? plaisanta-t-il.

— Et qu'est-ce qu'il va advenir de l'hôtel lui-même ? ajouta Burnett.

— Il devrait rouvrir bientôt... bien que ce genre d'événement ne constitue pas la meilleure des publicités.

Passant devant l'escalier de service, Caine poussa les deux portes battantes qui donnaient sur le bar du lobby, là où avaient été installées les lampes halogène. Toutes les baies vitrées condamnées, il régnait dans la salle une atmosphère de guerre.

Que les traces d'un nouveau carnage ne faisaient qu'accentuer.

Entre deux tables de jeu renversées et criblées d'impacts de balles, gisaient quatre corps inanimés. Et, éparpillées à travers la pièce dans des positions étranges, une huitaine de chaises métalliques présentaient, elles aussi, de multiples trous et de vilaines éraflures.

Caine demanda aux deux hommes de rester un instant en arrière pendant qu'il pénétrait sur la scène du crime.

Son équipe d'investigation était déjà là, chacun s'appliquant à son travail habituel. Calleigh, les yeux cernés de fatigue, s'employait à récolter des douilles autour du bar, Delko photographiait minutieusement les cadavres, et Speedle examinait l'endroit, à la recherche d'empreintes.

Tous les trois paraissaient à peine plus vivants que les morts qui les entouraient, tant ils étaient harassés par le travail supplémentaire que leur imposait cette guerre des gangs naissante.

Les quatre victimes sans vie étaient deux Latino-Américains et deux Noirs, chacun atteint de plusieurs balles mortelles. Caine en reconnut deux instantanément.

L'un d'entre eux se trouvait malencontreusement être Manny Calisto, et Horatio songea alors qu'il avait fait une erreur capitale en demandant à Burnett de venir ici ce soir.

Les rejoignant à l'entrée de la salle, il leva les mains devant lui et dit :

— Jeremy, je vais devoir vous demander de ressortir, tous les deux.

— Mais… pourquoi ? s'enquit-il sans comprendre. Qu'est-ce qu'il y a ?

Caine réfléchit un instant puis décida de tout lui dire.

— On a pu identifier la plaque d'immatriculation

dont tu avais relevé quelques chiffres lors de l'attaque devant ta maison.

— Et… qu'est-ce que vous avez trouvé ?

— Cette plaque correspond en partie à une Lexus appartenant à Manny Calisto.

— Rien d'étonnant à ça. Je vous avais dit que ça ressemblait à un coup de Calisto.

Puis, lentement, la vérité s'imposa à son esprit.

— Oh, merde… Calisto fait partie des victimes ! Tu l'as vu, Horatio, c'est ça ?

— Oui.

— Ce qui fait de moi un individu directement concerné par sa disparition, c'est ça ?

— Plus que ça, je le crains.

Lui saisissant la manche, Nickerson précisa :

— Oui, Jeremy, ça fait de toi un sacré suspect.

Burnett échangea un regard avec Caine, qui déclara :

— A moins que tu ne puisses me fournir un alibi en béton sur ton emploi du temps à l'heure du meurtre, tu es effectivement considéré comme suspect.

— C'est des conneries, vous le savez très bien ! s'insurgea Nickerson.

— Peut-être, mais vous l'avez reconnu vous-même, Gabe. Vous êtes flic, vous savez ce que c'est.

Le voyant prêt à exploser, Burnett lui posa une main sur le bras et lui dit :

— Horatio a raison, Gabe. Et tu avais raison aussi.

Se retournant vers Caine, il ajouta :

— Allez, on discute de tout ça, si tu veux bien. Maintenant.

— D'accord. Mais pas ici.

Il entraîna les deux hommes à l'extérieur, jusqu'à

l'autre côté de la rue, dans l'ombre de la maison de Versace, où ils poursuivirent leur conversation.

Sur un ton grave, Burnett demanda :

— A quelle moment estime-t-on l'heure du meurtre ? On te l'a dit, au téléphone ?

— Oui. Et, à moins que les gars des urgences n'aient changé d'avis entre-temps, ça s'est passé il y a une heure et demie environ – un peu après trois heures.

— Bon, ça simplifie les choses, fit Nickerson. Il était avec moi ! On dormait.

— Oui, renchérit Burnett. Gabe est avec moi depuis qu'il est venu me prendre à l'hôpital.

Caine posa sur Nickerson un regard appuyé. Il connaissait cet homme depuis des lustres et le savait aussi honnête que Burnett. Mais il savait aussi que des amis de longue date comme Jeremy et lui feraient tout pour se couvrir mutuellement – des flics qui avaient travaillé ensemble des années étaient un peu comme des soldats. Ils formaient une véritable famille, et les liens qui les unissaient étaient souvent plus puissants que n'importe quoi.

— D'accord, fit Caine, je veux bien vous croire mais je ne peux pas pour autant vous laisser entrer. Est-ce que vous avez touché quelque chose, ici ?

Tous deux secouèrent négativement la tête.

Les mains sur les hanches, Caine regarda de côté d'un air absent, comme s'il réfléchissait.

Puis il déclara :

— Vous étiez suffisamment loin des corps pour ne pas y avoir laissé de traces ou d'indices quels qu'ils soient…

— Ce n'est pas possible, je rêve ! marmonna Nickerson en marchant de long en large.

Gardant le plus grand calme, Burnett dit à son collègue :

— Attends, Gabe, c'est normal : quand Horatio coincera les tueurs, il ne faudra surtout pas qu'on retrouve la moindre trace de notre présence sur la scène du crime.

— Mais, on est des flics, bon sang !

— Tu n'en es plus un, lui rappela Jeremy. Tu es l'*ami* d'un flic dont la femme a sans doute été tuée par l'une des victimes. Ce n'est pas la même chose ; arrête de t'énerver.

— Oui, je crois que c'est ce que vous auriez de mieux à faire, enchaîna Caine.

— Un avocat de la défense trouverait l'occasion trop belle, continua Burnett. Ma présence ici pourrait créer un doute compréhensible.

— C'est vrai, dit Caine. Jeremy, j'apprécie ta compréhension, d'autant plus que c'est moi qui t'ai fait venir ici.

— Pas de problème, Horatio. Je sais où est ton cœur.

— Bien, fit-il en lui tapotant l'épaule. Mais ma tête doit retourner là-bas, maintenant. Et vous, messieurs, vous n'y êtes pas autorisés.

Toujours aussi contrarié malgré son calme retrouvé, Nickerson lâcha :

— Quoi ? Vous nous mettez dehors ?

— J'apprécierais que vous vous teniez à l'écart pour l'instant. Je reviens dans cinq minutes avec des photos des victimes.

— Oh, vous avez donc toujours besoin de notre aide pour les identifier ? demanda-t-il en bougonnant.

— Oui.

— Pas de problème, reprit Burnett. On attend.

Mais, en voyant Nickerson continuer d'arpenter nerveusement le trottoir, Caine se demandait jusqu'où irait la patience du policier.

De retour dans l'hôtel, il demanda à Speedle de lui prêter son appareil Polaroid et se mit en devoir de photographier le visage des quatre hommes affalés sur le sol. Puis il ressortit dans la rue pour montrer les photos à Burnett et à Nickerson.

— Oui, c'est Calisto, lui confirma Jeremy avant de passer le Polaroid à Nickerson.

— Il n'a jamais été aussi beau, marmonna l'autre.

Caine tendit à Burnett le second cliché – celui d'un visage qu'il avait lui-même reconnu.

— Etre ou ne *plus* être, commenta Jeremy.

— Peter Shakespeare ?

— Lui-même. Le boss des Trenchs… en chair et en os, si j'ose dire.

— Les Trenchs et les Mitus ensemble ? s'étonna Nickerson avec une grimace. Ils se seraient donné rendez-vous ici ?

— C'est ce qu'il semblerait, répondit Caine. Avec peut-être même un troisième gang invité à leur petite réunion : il y a quatre chaises de plus que les corps étendus par terre. Ils devaient attendre quelqu'un d'autre.

— Un fournisseur, sans doute, suggéra Burnett. Peut-être qu'ils cherchaient à s'unir contre Mendoza, après l'assassinat de Wallace par Calisto.

— Peut-être aussi qu'un autre avait invité ces chefs de gang à venir fumer ensemble le calumet de la paix, proposa Caine. Et peut-être ce quelqu'un les a-t-il tous piégés.

Burnett et Nickerson échangèrent un regard lourd de sens.

— Celui-là m'a tout l'air d'être un Faucone, ajouta Horatio en tendant une autre photo à Burnett.

C'était le portrait d'un Noir à la peau assez claire, le visage auréolé de dreadlocks et le front troué d'un impact de balle au-dessus de l'œil droit.

Mais Nickerson et Burnett secouèrent aussitôt la tête.

— Non, c'est le second de Shakespeare, corrigea Jeremy. On l'appelait Peau Jaune, mais son vrai nom, c'était…

Il se tourna vers Gabe.

— Kingsbury, enchaîna celui-ci. Robert Kingsbury.

— Le second de Shakespeare ? s'étonna Caine. Je ne connais pas tous les gangsters du coin, mais, généralement, les chefs de bande restent rarement inconnus. Comment se fait-il que je n'aie jamais entendu parler de lui ?

— Sa promotion est toute récente, expliqua Burnett. Elle date du jour où Marcus Harriot s'est fait virer.

— Eh bien, maintenant, il vient d'avoir une nouvelle promotion, fit Nickerson. Qui l'a envoyé dans l'autre monde…

Caine connaissait le Marcus Harriot en question. Ancien premier lieutenant de Shakespeare, il venait d'écoper de la perpétuité et se trouvait, depuis, derrière les barreaux de la prison fédérale d'Atlanta.

— Et le quatrième ? demanda Caine en leur montrant le dernier Polaroid qu'il avait pris.

— José Valdez, lâcha Burnett sans hésiter. Un des gardes du corps de Calisto. Il a passé le plus clair de sa vie en Colombie sans rien avoir pourtant du petit paysan tranquille avec son âne et ses plants de café.

— On le voyait de plus en plus souvent à Miami, ces derniers temps, précisa Nickerson. C'est un petit excité de la gâchette.

— C'était... corrigea Burnett en haussant un sourcil.

— L'un de vous a-t-il une idée de la raison pour laquelle ces deux groupes auraient décidé de se réunir, ce soir ? Une autre raison que le seul fait d'unir leurs forces contre Mendoza ?

— Mis à part vos suppositions, pas la moindre idée, lui répondit Nickerson.

Burnett réfléchit un instant, puis déclara :

— Et, s'ils avaient déjà uni leurs forces...

— Je t'écoute, Jeremy.

— Peut-être qu'ils étaient tous les deux impliqués dans le meurtre de Wallace et... dans celui de Joanna. Et ce soir, ils se seraient retrouvés dans un endroit neutre, hors du collimateur des flics et des autres gangs...

— Pour préparer leur prochaine attaque, continua Nickerson. Peut-être pour abattre Chevalier et les Faucones, ou peut-être aussi les Culebras.

— Et vous avez une idée de celui qui aurait descendu nos quatre gars, ici ?

— Vous voulez dire, un autre que mon partenaire ? demanda Nickerson non sans sarcasme.

— Gabe... lui dit doucement Jeremy en lui posant une main sur le bras.

Puis, se tournant vers Caine, il ajouta :

— Chevalier ou Mendoza auront très bien pu découvrir ce que mijotaient Calisto et Shakespeare, avant de froidement les descendre. Mais je pencherais plutôt du côté des hommes de Wallace.

— Vraiment ? dit Caine.

— S'ils ont effectivement découvert que Calisto était derrière le meurtre de leur boss, je ne vois pas pourquoi ils auraient sagement attendu l'occasion de lui montrer ce qu'ils en pensaient.

— Merci, Jeremy, dit Caine en hochant la tête. Je sais que c'est pénible pour toi, et j'apprécie vraiment l'aide que tu m'apportes.

Des larmes soudaines montèrent aux yeux de Burnett, quand il déclara :

— Horatio… jamais je ne me suis senti aussi vivant depuis…

Caine lui serra l'épaule avec affection.

Nickerson tendit alors la main au lieutenant, qui l'accepta avec chaleur, puis les deux hommes s'éloignèrent.

Caine retourna ensuite sur la scène de crime, momentanément la plus célèbre de Miami, pour prêter main-forte à son équipe.

Vers midi, les résultats des analyses provenant de l'Archer commencèrent à tomber.

Caine appela son groupe d'enquêteurs pour une réunion dans la salle de briefing. Alexx prit place face à lui de l'autre côté de la table, Delko et Speedle, comme à leur habitude, s'assirent sur le comptoir, et Calleigh alla s'appuyer au chambranle de la porte. Si leurs visages affichaient une certaine fatigue, leurs yeux restaient parfaitement alertes.

— On a quatre corps à ajouter à notre compte,

annonça Alexx. Tous victimes de blessures mortelles par balle. Je crois pouvoir dire, cependant, qu'il s'agit d'une arme différente de celle qui a servi dans les attaques contre Wallace et les Burnett.

Hochant la tête, Calleigh précisa :

— On sait que, pour les attaques contre Wallace et les Burnett, c'est un AK47 qui a été utilisé. Mais, cette fois, il y a eu plus d'un tireur, chacun ayant une arme différente. L'une d'elles semblerait être un HK53, muni d'un chargeur rond de 45 balles calibre 5,56.

— Un Heckler et Koch, précisa Caine.

Ces fabricants d'armes allemands avaient développé le HK53 pour la police et les brigades antiterroristes. Aujourd'hui, c'était la partie adverse qui les utilisait contre la police.

— Les flingues se démocratisent, commenta Calleigh. On laisse n'importe qui jouer avec.

Alexx demanda à Caine l'autorisation de retourner au bloc pour continuer à pratiquer ses autopsies. Tout en la regardant repartir, il se dit que jamais il ne se prendrait à envier son travail. Puis il reporta son attention sur Calleigh et lui demanda :

— Et les autres armes ?

— Peut-être un Ingram, de calibre .45… à moins que notre tueur n'ait préféré la vieille école et nous ait sorti un Thompson de derrière les fagots.

L'Ingram avait aussi été fabriqué pour la police, au Pérou en ce qui concernait cette arme précisément. Ce qui signifiait que les cartels de la drogue n'avaient eu aucune difficulté à les obtenir par le biais du marché noir.

— On peut donc considérer, en conclut Caine,

qu'on n'a pas affaire aux mêmes tireurs que dans les deux premières attaques.

— Si on se base sur les armes employées, non, répondit Calleigh. Ces meurtres sembleraient participer d'une guerre de gangs en pleine escalade.

Souriant tout d'un coup, elle ajouta :

— J'ai toutefois trouvé quelque chose d'assez intéressant à propos de la kalachnikov qu'on avait « empruntée » à LaRussa.

— Je t'écoute, Calleigh.

— J'ai pu établir de façon formelle que c'est bien cette arme qui a tué Wallace et Joanna Burnett.

Lâchant un lourd soupir d'incompréhension, Caine demanda :

— Dans ce cas, comment se fait-il que ce fusil soit retourné dans la pièce des scellés ?

— J'espère que votre question est purement rhétorique, Horatio, parce que je n'en ai pas la moindre idée, rétorqua-t-elle en le gratifiant de son sourire le plus éclatant. Mais je suis sûre que vous trouverez un moyen de l'expliquer.

— Merci…

— Notre pote LaRussa ne serait pas derrière tout ça, par hasard ? interrogea Speedle.

— Trop tôt pour le dire. Le substitut s'est montré coopératif avec nous, même s'il a fallu l'y pousser un peu. Mais je vais avoir une petite discussion avec lui… dès qu'on en aura terminé ici.

— Pendant ce temps, suggéra Tim, peut-être que l'un d'entre nous pourrait avoir aussi une petite discussion avec Andrew Chevalier, non ?

— Le chef des Faucones ? Pourquoi ça ?

— On a découvert ses empreintes sur une des

chaises et sur une table de l'Archer. Un de ses hommes de main, un certain Jean-Claude Navarre, était là, aussi… ou, du moins, ses empreintes.

— Ça sonne de plus en plus comme une rencontre au sommet qui aurait tourné au traquenard, observa Caine. Speed, quand tu auras fini ici, essaie de contacter Tripp et demande-lui de t'accompagner pour une petite visite chez Chevalier… si tu arrives à le localiser.

L'air surpris, Delko remarqua :

— Les quelques chefs de gang survivants doivent être en train de se planquer, en ce moment.

— C'est évident, Eric, on l'a tous compris, sourit Caine. Tu as autre chose ?

— Oui. Calleigh a analysé le pistolet Valor que j'ai trouvé dans l'égout. Il n'a rien à voir avec la tuerie de l'Archer, mais il est sans aucun doute lié à un meurtre vieux d'un mois, à Bayfront Park.

— Intéressant, en effet.

— Une femme a été tuée là-bas au cours d'un vol de sac à l'arraché, à ce qu'il semblerait, précisa Calleigh.

— D'autres indices ?

— Pas grand-chose, répondit Delko. Pas de sac, pas de portefeuille.

— Aucun moyen de l'identifier, donc.

— Aucun, pour le moment.

Caine réfléchit un instant, puis déclara :

— Travaille là-dessus quand tu auras cinq minutes, Eric. Mais, pour l'heure, je voudrais que tu concentres tous tes efforts sur cette affaire de gangs.

— Entendu, patron. Oh, et on a aussi retrouvé la voiture de Calisto dans un parking, sur Collins Avenue.

— Raconte.

— Une Lexus gris métallisé, avec plaque au logo des Dolphins, immatriculée LDX145..., qui correspond à la description donnée par Jeremy Burnett.

— Des éraflures sur la carrosserie ?

— Aucune. Elle avait l'air de sortir tout droit d'un salon d'expo.

— Et on sait que le véhicule qui a servi à l'attaque de l'Archer a accroché une voiture en stationnement.

— Il a eu le temps de la faire réparer, depuis, remarqua Speedle avec un sourire en coin.

— Exact, reprit Caine. Allons faire un tour chez les vendeurs de Lexus puis chez les carrossiers de la marque.

— Et les casses ? suggéra Delko.

— Les casses aussi. Voyez si Calisto se serait trouvé une nouvelle aile, quelque part. Quoi d'autre ?

— On a trouvé la voiture de Shakespeare garée sur Ocean Drive, répondit Delko. On l'a examinée. Rien de spécialement intéressant.

— Bon travail, les gars. Rien de plus ?

Comme tous hochaient la tête, il ajouta :

— Parfait. Maintenant, essayons de voir comment stopper au plus vite cette guerre de gangs.

Les mains jointes sur le plat de son énorme bureau, penché en avant, Ken LaRussa demanda :

— Vous avez du nouveau ?

Assis en face de lui, Horatio répondit :

— Oui, Ken. Ne vous ai-je pas promis de vous tenir au courant de nos moindres pas en avant ?

— C'est vrai, Horatio, et laissez-moi vous dire que j'apprécie.

— Calleigh a trouvé une concordance entre les balles et les douilles. Le AK47 que vous m'avez laissé examiner – celui que Julian Pelitier a utilisé pour tuer ces hommes à Little Haïti – est aussi le fusil qui a tué Kurt Wallace et Joanna Burnett.

LaRussa blêmit.

— Non, c'est… c'est impossible. Je savais bien que votre « Miss Balistique » finirait par se tromper !

— Jugez-en par vous-même, Ken, fit Caine en lui tendant une photo de deux balles côte à côte.

Les marques reçues par les projectiles au moment de leur passage dans le canon brûlant étaient clairement visibles. Et identiques.

Les sourcils froncés, le procureur examina le cliché.

— Toutes les deux… toutes les deux proviennent de l'AK ? interrogea-t-il d'une voix étranglée.

— Oui.

— Comment est-ce possible ?

— Figurez-vous que je n'en ai pas la moindre idée. Mais, vous auriez tout intérêt à trouver un moyen de me l'expliquer, Ken… avant de devenir vous-même le suspect numéro un dans ces multiples homicides.

— Suspect ? répéta-t-il, les yeux exorbités de stupeur.

Caine se contenta de hocher la tête.

Après s'être levé, LaRussa déclara :

— Faites attention à ce que vous dites, Horatio. On ne prononce pas ce genre d'accusation à la légère.

— Je comprends votre réaction, Ken, et, croyez-moi, je ne prononce rien à la légère. Allons droit au but : vous êtes responsable de la pièce des scellés.

— Oui… techniquement, tout du moins.

— Et vous n'aimez pas les dealers.

— Vrai, répondit-il en revenant sans cesse sur la photo des balles qu'il tenait toujours dans sa main. Mais, qui les aime ?

D'une voix calme, Caine continua :

— Vous avez accès à cette pièce. Vous avez des motifs.

— D'accord, d'accord, je vois où vous voulez en venir.

— A moins, bien sûr, que vous ne puissiez expliquer comment Calleigh a pu arriver à produire cette photo que vous tenez entre vos mains.

Le substitut considéra une nouvelle fois le cliché, puis le repoussa dédaigneusement. Appuyé sur un coude, il se posa deux doigts sur le front.

— Je… vous… vous savez que je ne peux pas, lâcha-t-il.

Puis, se redressant, il posa les mains à plat sur son bureau et laissa tomber :

— C'est ma *carrière* qui est en jeu, Horatio !

— Et c'est la vie de neuf personnes, dont Joanna Burnett, qui a été supprimée, Ken. Voilà le réel problème.

— Je… je ne cherchais pas à minimiser l'importance de… des victimes.

— Je voudrais que vous me répondiez franchement, Ken. En me regardant en face.

Lentement, LaRussa leva les yeux vers lui.

— Etes-vous coupable, Ken ?

La question parut le heurter comme un coup de poing. Mais, aussitôt, il se ressaisit et s'écria :

— Bien sûr que non !

— Si vous l'êtes, Ken, on vous aura, d'une façon ou d'une autre. Vous connaissez les compétences de mon équipe.

— Eh bien, tant mieux pour moi, Horatio. Parce que je suis innocent.

— Vous savez que je vous crois.

Une lueur d'espoir illumina le regard du substitut. Levant un doigt vers lui, Caine poursuivit :

— Et si vous dites la vérité, et si je ne me trompe pas sur vous, je suis certain que vous allez coopérer pleinement avec moi et mes hommes.

LaRussa resta un instant pensif, puis déclara :

— Ecoutez, Horatio... je suis aussi avocat. Je connais mes droits, et...

— Bien sûr, vous connaissez vos droits, Ken. Je me disais simplement que vous auriez envie de nous aider à vous innocenter... vous savez, avant que ça ne parvienne aux oreilles de la presse.

— Vous me menacez de tout leur dire... ?

— Non, je ne joue pas ce genre de jeu. Mais, comme vous l'avez dit vous-même, nous travaillons dans de grands immeubles, dans une grande ville. Nous devons avancer discrètement... et vite.

Ravalant sa salive, LaRussa se rassit en avant et affirma :

— Je suis prêt à coopérer, Horatio. Qu'est-ce qu'il vous faut ?

— Pour commencer, une liste de tous les gardiens du local des scellés. Et toutes les vidéos de surveillance se rapportant aux périodes pendant lesquelles ils ne sont pas de service.

— Quoi d'autre ? soupira-t-il.

— Il me faudra interroger ces hommes à propos de ces périodes, précisément. Ils ont peut-être vu quelque chose sans même s'en rendre compte.

— Il va falloir un certain temps pour rassembler toutes ces informations.

— Je vous suggère de le faire dans les prochaines vingt-quatre heures. Oh, et puis, il nous faut aussi un inventaire complet des armes qui se trouvent dans la pièce des scellés.

— C'est contre le règlement…

— Franchement, Ken, ce n'est pas ça qui doit nous arrêter. Regardons les choses en face : non seulement on est venu voler ce fusil ici, mais on est aussi venu le remettre à sa place. Quel meilleur endroit pour trouver une arme que parmi un millier d'autres ? Et quel meilleur endroit pour l'y cacher aussi ?

— C'est vrai, reconnut LaRussa dont le visage marquait au moins dix ans de plus que lorsque Caine était entré un peu plus tôt dans son bureau. Dites-moi, Horatio, je suis dans la merde jusqu'à quel point ?

— Disons que, si vous me mentez et que vous êtes en réalité derrière tout ça, vous êtes dans le pétrin jusqu'à… l'injection mortelle.

— Je vous en prie…

— Si vous n'avez rien fait – et je ne crois pas que vous soyez impliqué là-dedans –, vous n'avez fait preuve que de négligence dans une partie de votre boulot, ce qui veut dire que vous allez vous prendre une sacrée branlée de votre boss.

— Et les médias ?

— Ce n'est pas de mon ressort, Ken. Mais rien de ce qui a été dit ici ne sortira de ma bouche, croyez-le.

LaRussa se mit subitement à rire.

— Vous savez que l'AK47 est en bas, en ce moment. Qu'est-ce qui vous dit que je ne vais pas aller détruire cet indice ? Que je ne vais pas aller balancer ce foutu engin dans l'océan ?

— Je crois que nous en avons assez, maintenant, quoi que vous fassiez. Mais, je vous le répète, je ne pense pas que vous soyez coupable.

Ce qui parut légèrement rassurer le magistrat.

— Qu'est-ce qui vous fait penser ça, Horatio ?

— Vous n'êtes pas Dirty Harry ; vous n'iriez pas faire le tour de la ville pour abattre tous les sales types qui y sévissent. Vous voulez mettre les gangsters derrière les barreaux afin de vous faire un nom et devenir sénateur. Vous n'êtes pas un criminel, Ken… seulement un politicien.

LaRussa laissa échapper un nouveau rire nerveux.

— Hum… merci.

— Attention, entre criminel et politicien, la distinction est subtile.

Cette fois, lorsque Caine quitta le bureau de LaRussa, le substitut du procureur ne lui proposa pas de lui serrer la main.

Englobant certains des plus anciens quartiers de Miami tels que Little River, Lemon City, Buena Vista East et Edison Center, Little Haïti comptait parmi ces zones urbaines en plein développement qui fleurissaient en Floride du Sud.

Avec près de trente-quatre mille habitants, l'endroit palpitait de la même agitation, de la même musique et des mêmes couleurs éclatantes que son homonyme caribéen. Plus au nord, le quartier vibrait d'un rythme un peu différent, de teintes plus tièdes, et d'un désespoir moite qui provenait d'une lutte de tous les instants.

C'était le territoire des Faucones, le fief d'Andrew Chevalier, que Speedle et Tripp avaient arpenté tout l'après-midi sans succès, à bord de leur voiture banalisée. Little Haïti n'était petit que de nom, et ils n'avaient pas réussi jusque-là à mettre la main sur le chef des Faucones.

Ils s'apprêtaient à abandonner lorsque le portable de Speedle sonna. L'arrachant littéralement de sa ceinture, il décrocha et lâcha :

— Speedle…

— Tim, c'est Horatio.

— Désolé, on ne trouve Chevalier nulle part. On a vérifié trois de ses supposées cachettes, et rien. Nada.

— C'est parce qu'il n'est pas à Little Haïti.

— Alors, où est-il ?

— Dans un appartement, près de l'aéroport. Il dit qu'il voudrait nous rencontrer.

Le front de Speedle se plissa et un sourire se dessina sur sa bouche.

— Il se rend, c'est ça ?

— Pas si sûr. Ce n'est pas moi qui ai reçu l'appel, c'est le dispatcher. Va le voir, tu veux ? Tu es plus près de lui que moi. Et, Speed… armé, s'il te plaît.

Caine lui donna l'adresse, et, quelques instants plus tard, Tripp gara sa voiture devant un petit immeuble de style hispanique, à la façade orange criard. Les mains sur les hanches, Tim évalua les lieux, estimant qu'il devait y avoir huit appartements au total.

— Horatio dit que Chevalier est au 8, au premier étage, à l'arrière du bâtiment.

— Très bien, fit Tripp en ôtant son revolver de l'étui qu'il portait à la hanche. Allons voir de quoi il souhaite nous parler, cet aimable citoyen.

— On y va, reprit Speedle avant de sortir son arme à son tour.

La porte d'entrée ouvrait sur un corridor crasseux menant à un escalier à la moquette si usée que le béton apparaissait par endroits au bord des marches. Au premier, ils tombèrent sur un autre couloir, qu'ils longèrent en passant devant des portes derrière lesquelles résonnaient des cris de bébé, des bruits de télévision ou de jeux d'ordinateur. Ils s'arrêtèrent devant le dernier appartement sur la gauche, le numéro 8.

Une odeur de friture flottait autour d'eux, mais Speedle fut incapable de dire d'où elle venait exactement. Leur arme à la main, les deux hommes se placèrent prudemment de chaque côté de la porte, puis, tendant le bras, l'inspecteur tapa trois coups contre le battant.

Un instant plus tard, la porte s'ouvrit sur une femme noire dont ils n'apercevaient que la moitié du visage. Un visage à la fois beau et grave.

— Police de Miami-Dade, annonça alors le policier en lui indiquant son badge de sa main libre. Je suis l'inspecteur Tripp, et voici l'agent Speedle, du CSI. M. Chevalier voudrait nous parler, c'est bien ça ?

— Pas besoin de vos flingues, rétorqua-t-elle simplement.

Tripp et Speedle échangèrent un regard entendu, puis rengainèrent leur arme… non sans garder chacun la main plaquée sur leur étui.

— C'est mieux, fit-elle alors avec un fort accent caribéen.

Puis la porte se referma, ils entendirent le cliquetis de la chaîne de sécurité, et le battant se rouvrit devant eux. Speedle vit alors que le demi-visage qu'il avait aperçu ne mentait pas : la femme qu'il avait en face de lui était une beauté. Longue et mince, la coupe afro, vêtue d'un T-shirt de l'université de Cabrerra et d'un short en jean ultracourt, elle ressemblait à Tyra Banks et avait des gestes si lents qu'elle donnait l'air de s'ennuyer à mourir.

Ils pénétrèrent dans un salon décoré comme celui d'un mobile home, selon Speedle. Un poste de télé solitaire trônait au fond de la pièce, face à un canapé et à deux lourds fauteuils qui semblaient provenir tout droit d'une brocante à domicile. Le coin salle à manger était occupé dans sa plus grande partie par une table en aluminium et quatre chaises pliantes.

— Où est André Chevalier ? demanda Tripp.

Un index levé devant elle, la femme leur fit signe de la suivre dans le couloir.

Tripp s'engagea le premier, sa paume refusant de quitter l'étui de son revolver. Speedle lui emboîta le pas et le vit jeter un coup d'œil prudent dans la salle de bains dont la porte était restée entrebâillée. Puis ils passèrent devant une chambre à coucher vide, au fond de laquelle il remarqua un minuscule cabinet de toilette.

Enfin, leur hôtesse s'arrêta devant une porte, au bout du corridor. Elle frappa discrètement puis entra, non sans refermer le battant sous le nez de ses deux visiteurs.

Ils eurent le temps d'apercevoir une pièce obscure… et de renifler une odeur si nauséabonde qu'elle fit reculer Tripp d'un pas.

— Qu'est-ce que c'est que cette puanteur ? s'étrangla-t-il.

— Du sang de poulet, répondit Speedle.

— Quoi ?!

— Un rite de guérison vaudou, si vous préférez.

— Vaudou ? Comme ces poupées qu'on transperce d'une aiguille ?

— Vaudou, oui, répéta Tim. Comme à Haïti, là où est né Chevalier, rappelez-vous. La où est né aussi le culte du vaudou, comme le croient beaucoup de gens, dans cette hémisphère.

— Racontez-moi, je veux tout savoir…

— Ça a même été reconnu comme une religion officielle par le président Aristide.

— Hum… rappelez-moi de m'abonner à la chaîne Discovery, la prochaine fois.

— Vous aimerez, j'en suis sûr, sourit-il.

La porte se rouvrit alors devant eux, et la femme leur fit signe d'entrer.

Echangeant un regard vaguement inquiet, les deux hommes la suivirent dans la pièce obscure. Cette fois, Speedle passa le premier, en prenant soin de ne pas marcher sur la traînée de sang qui serpentait par terre.

Une faible lumière filtrait à travers les stores clos, et, au milieu de la chambre trônait un énorme lit qui laissait à peine la place de le contourner. Speedle remarqua que le sillage de sang en faisait le tour, et qu'un poulet dont on avait tordu le cou pendait à chaque coin de la pièce, ainsi que devant l'unique fenêtre.

Sur le lit, un drap vaguement remonté sur les hanches, était allongé un homme de race noire au corps nu et puissant, la tête auréolée de longues dreadlocks. Andrew Chevalier, sans le moindre doute.

Le boss des Faucones était aisément reconnaissable malgré les bandages sanguinolents qui lui dissimulaient les yeux et les trois quarts du visage. D'autres pansements lui recouvraient les deux bras, une jambe, et la partie gauche du bassin.

Speedle avait vu assez de blessures par balle dans sa vie de flic pour se rendre compte de la gravité de celles-ci… qui n'allaient certainement pas guérir par la simple pratique du vaudou.

8

La jolie Noire à l'allure toujours aussi maussade s'assit sur le lit aux côtés d'Andrew Chevalier et passa un linge humide sur son front enfiévré.

— Appelez le 911, inspecteur, lui dit Speed.

Mais, déjà, Tripp avait sorti son portable et composait à la hâte le numéro des urgences.

Un soupir rauque racla la gorge du dealer en faisant vibrer son torse de géant. Puis, un léger murmure s'échappa de ses lèvres :

— Qui êtes-vous… ? Qui est là… ?

— Tim Speedle, du CSI, annonça le jeune homme. L'inspecteur Frank Tripp m'accompagne.

— De la Crime, précisa celui-ci.

L'esquisse d'un sourire se dessina sur son visage sombre, baigné de sueur.

— Vous arrivez juste… un peu… trop tôt.

Tripp ne répondit rien ; il avait le 911 en ligne. Il s'éclipsa dans le couloir pour achever sa conversation, pendant que Speedle restait prudemment près du lit où la compagne de l'Haïtien continuait de le soigner.

— Les secours arrivent, annonça-t-il.

Un autre soupir rocailleux puis l'homme souffla :

— Vous… vous avez l'air d'un jeune garçon. C'est… Horatio que j'ai appelé.

— Je suis un grand garçon, corrigea Speedle. Je travaille pour Caine. Il est un peu occupé en ce moment… à essayer de mettre un frein à cette guerre des gangs.

— Moi… moi aussi, j'essayais de…

Tim s'assit alors au bord du lit et se pencha vers lui.

— C'était ce que vous faisiez à l'Archer ?

— Oui… Et… voilà ce qui m'est arrivé.

— C'est sûr que ce n'est pas le prix Nobel de la Paix, avoua Speedle.

— Ne le stressez pas un peu plus, fit alors la femme à côté de lui.

— On va l'emmener à l'hôpital, rassurez-vous.

Mais ce fut Chevalier qui rétorqua, dans un mélange de rire et de grognement :

— Trop tard… vous le savez aussi bien que moi… Tim, n'est-ce pas ?

— Oui, c'est Tim. Ecoutez, on va tout faire pour vous tirer de là. Vous me parlez. Vous êtes en vie. Vous tiendrez le coup.

Chevalier fit un geste, qui tenait plus du tremblement qu'autre chose.

— Si je meurs ici… je meurs en sécurité… au sein de… de mon clan. Vous comprenez ?

— Bien sûr.

— Si vous… m'emmenez à l'hôpital… et qu'on me rafistole pour… disons, vingt-quatre heures… vous ne croyez pas que les autres vont venir… achever leur boulot ?

Tripp rentra dans la chambre et fit un petit signe à Speedle avant de sortir son calepin.

Autant Tim détestait forcer ainsi un homme au bout

du rouleau, autant il savait que son interrogatoire était indispensable… et peut-être dans son intérêt, finalement. Car, que lui restait-il, sinon à aider la police à retrouver celui qui l'avait abattu ?

— Monsieur Chevalier, qui vous a fait ça ?

— Si je savais, bon Dieu… Mendoza, peut-être… Ou alors, Wallace… quelqu'un qui aurait eu vent de ce qu'on préparait.

— De ce que vous prépariez ?

Chevalier fit un geste de la tête, jetant un regard aveugle à sa jolie infirmière, qui, aussitôt, saisit un verre d'eau dans lequel flottait une paille et l'approcha de ses lèvres.

Le seul fait d'avaler semblait pénible à Andrew, et il lui fallut un moment avant de se remettre à parler. Mais Speedle ne cherchait surtout pas à le presser, même si chaque seconde comptait, à présent.

— Monsieur, fit-il doucement pour l'encourager.

— Ce… c'était mon idée, en fait. Je pensais que, si je pouvais rassembler les Faucones, les Mitus, les Trenchs et les Culebras pour… une discussion autour de la table… on pourrait stopper cette foutue guerre. Si le gouverneur déclare la loi martiale, on est tous perdants… dans la bagarre.

— Mais quelqu'un a transformé ce sommet de la paix en un bain de sang.

Le chef de gang esquissa un bref hochement de tête. Son souffle se faisait de plus en plus rauque.

— Où est votre ami Jean-Claude ? demanda Speedle. On a trouvé ses empreintes un peu partout à l'Archer.

Chevalier se tourna légèrement vers la femme et murmura :

— Le Jean-Claude, où il est ?

— Dans le Hummer.

Les yeux fiévreux se posèrent à nouveau sur Speedle.

— Il y a quatre garages… derrière l'immeuble. Il y a mon Hummer, dans l'un d'eux. Jean-Claude… vous le trouverez là.

— Votre ami est mort ? interrogea Tim.

— Plus que mort… J'étais aveuglé mais Jean-Claude… il m'a tiré de là… et m'a traîné vers la voiture. On s'est échappés, mais je sentais bien… à sa respiration, qu'il était salement blessé. Il ne pouvait pas parler… Je lui ai demandé de m'emmener jusqu'ici… Sareena est une amie. Je savais qu'elle m'aiderait…

La femme, dont l'air maussade traduisait en fait un immense désarroi, lui tapota de nouveau le front avec le linge humide.

— Pouvez-vous me dire comment c'est arrivé ? demanda Speedle.

Après un autre petit signe de Chevalier, Sareena lui offrit une nouvelle fois à boire à la paille. Il avala un peu d'eau, se mit à tousser avec un raclement sinistre, et Tim estima alors qu'il touchait vraiment le fond.

Mais, un instant plus tard, il parut s'apaiser et murmura :

— J'ai négocié toute la journée, avec les trois autres… On était d'accord pour se retrouver à l'Archer. Personne ne viendrait nous embêter dans cet endroit fermé à tous…

— Et pourtant, quelqu'un l'a fait.

— Quelqu'un, oui… Jean-Claude et moi, on est arrivés les premiers. Après tout, c'était mon idée d'organiser cette rencontre. Il a vérifié que l'étage était sûr, le restaurant, le bar, la réception… Il n'a rien vu, personne… Aucun signe que quelqu'un ait pu y pénétrer avant nous.

— Et les escaliers ? Les chambres vides, aux étages ?

— On… on était tous d'accord pour amener… un seul homme avec nous. Je n'avais pas envie de laisser Jean-Claude en haut… pendant que j'étais tout seul en bas.

— Pourquoi ne pas être monté avec lui, alors ?

— Vous avez vu ma taille ? Les ascenseurs étaient hors service… je n'aime pas les escaliers… j'ai du mal à respirer.

Certainement pas plus que maintenant, songea Tim malgré lui avant de demander :

— Qui est arrivé, ensuite ?

— Shakespeare… avec son gorille, ils se sont pointés après nous. Pendant que les Trenchs et moi, on restait en bas, Jean-Claude et le gars de Shakespeare sont montés jeter un rapide coup d'œil en haut. Je sais qu'ils ont fait le premier étage… mais je ne sais pas s'ils ont eu le temps d'arriver au deuxième.

— Manny Calisto a donc été le dernier à se montrer ?

— Oui. Il est entré, il s'est assis… et avant même qu'on ait pu ouvrir la bouche… ça nous est tombé dessus.

— Ce qui fait que Mendoza n'a jamais eu le temps de se joindre à votre petite fête, en conclut Speedle.

— Non… il a raté le meilleur moment.

— Ou alors, c'est lui qui l'a déclenché, suggéra-t-il.

— Peut-être bien… C'est lui qui avait décidé de l'endroit, de la date et de l'heure.

— Pourquoi ?

— Ça faisait partie de nos arrangements. On s'était partagé les rôles… pour plus de sécurité…

Le rire amer qu'il lâcha alors le fit grimacer de douleur. Son souffle se faisait de plus en plus pénible, et il était clair que sa fin était proche.

— Et le groupe de Wallace ?

— Ils n'étaient pas invités… Ils n'étaient pas assez… comment dire… ?

— Fiables ?

— Oui, c'est ça… pas assez fiables. C'est bien possible qu'ils soient dans le coup. Surtout s'ils croient que Calisto est derrière le meurtre de leur boss.

— Alors, ils vous ont tiré dessus. Combien y en avait-il, d'après vous ?

Chevalier lui montra deux doigts.

— Deux ?

— Oui.

Speedle et Tripp échangèrent un regard surpris.

— Et vous étiez six, remarqua l'inspecteur. Ils devaient être sacrément bons.

Il répondit avec un faible hochement de tête, réclama une autre gorgée d'eau à son infirmière, toussa puis lâcha :

— Ils ont déboulé comme des bombes dans le bar… après être entrés par-derrière, j'imagine.

Ce qui signifiait que le commando avait pu surgir des cuisines de l'hôtel… ou de l'escalier de service, en venant d'un étage supérieur.

— Il y en a un qui a bondi à droite, continua Chevalier, l'autre à gauche, et… Calisto et son gars sont tombés raides morts. Ils n'ont peut-être même pas vu la tête de leurs meurtriers. C'est allé trop vite… Trop vite…

— Mais vous, vous les avez vus ?

— Oui… Jean-Claude, il a sauté devant moi pour me protéger… on a été tous les deux touchés… et on a roulé par terre.

— Vous avez vu Shakespeare se faire descendre ?

— Oui, mais son gorille a réussi à sortir son flingue… et il a tiré un peu partout autour de lui… avant de se faire tuer.

— Est-ce qu'il a atteint l'un des tireurs ?

— Je ne crois pas… mais je n'ai rien vu, en fait. J'avais le corps de Jean-Claude sur moi… et, comme je m'étais pris une prune en pleine figure, je ne voyais plus rien…

— Vous avez pu apercevoir le visage de l'un d'eux avant d'être abattu ?

— Ils étaient tout en noir, avec des masques, et des gants, aussi…

— Des pros, vous croyez ?

— Ouais… Très pros…

— Comment vous et Jean-Claude avez-vous pu éviter de vous faire achever par ces deux gars ?

— Ils nous croyaient morts. Ils sont venus nous tâter… m'a dit Jean-Claude. Ensuite, il y a eu des sirènes – quelqu'un dans la rue a dû entendre les coups de feu et il aura appelé la police… je ne sais pas. Enfin… ils se sont tirés… aussi vite qu'ils étaient venus… en nous laissant pour morts.

— Ils vous ont parlé ? Ou bien, ils se sont parlé entre eux ?

— Rien, d'abord… Et puis, quand ils ont cru qu'on était morts… qu'ils nous palpaient les uns après les autres, Jean-Claude m'a dit qu'il les avait vus communiquer par signes.

— Vous n'aviez personne, dehors ?

— Personne. On n'avait chacun amené qu'un gars. Faire autrement, c'était montrer qu'on n'avait pas confiance… Mais, enfin, qui est-ce qui pouvait savoir qu'on était là ?

— Bonne question, Andrew.

— Mendoza ! lâcha-t-il soudain dans un souffle. C'est lui qui doit être derrière tout ça… et, à mon avis, Wallace avait dû piger quelque chose… Mes hommes, je peux me fier à eux, mais les autres…

Sa voix s'étrangla dans un subit accès de toux.

Alors que Sareena tentait de lui essuyer le front, il la repoussa comme si elle était subitement devenue un ennemi. Au loin, la sirène d'une ambulance qui approchait rassura quelque peu Speedle, qui dit au blessé :

— Tranquillisez-vous, maintenant. On s'occupe de vous.

Mais c'était trop tard, déjà.

Chevalier cessa subitement de tousser, puis s'immobilisa.

Speedle lui tâta le pouls, et, d'un signe de tête, indiqua à Tripp que tout était fini.

La jolie femme au regard sombre se mit à gémir.

— Vous vous appelez Sareena ? lui demanda Tim d'une voix douce.

Elle acquiesça en silence.

— C'est votre appartement ?

Elle secoua la tête puis lâcha :

— Arrêtez ces questions, s'il vous plaît. Maintenant, je dois pleurer cet homme.

Passant un bras autour des épaules de Chevalier, elle attira son corps contre le sien.

— On trouvera bien la voiture sans elle, murmura Tripp.

— Oui, mais je ne vais pas pour autant la laisser seule avec lui.

Il s'approcha de Sareena et lui dit :

— Madame, je vais devoir vous demander de passer dans l'autre pièce.

Elle le fixa d'un regard dur, telle une tigresse prête à bondir sur sa proie.

— Nous devons élucider la mort de votre ami, continua-t-il. Il représente d'importants indices – tout ce qu'il porte, et… et sa dépouille elle-même. C'est une scène de crime secondaire, et je suis dans l'obligation de vous demander de l'évacuer.

Elle s'arracha donc à celui qu'elle aimait, l'embrassa sur le front, s'écarta, passa devant Speedle et dit :

— Allez vous faire foutre.

Puis, avec beaucoup de dignité, elle quitta la pièce.

— On dirait qu'elle parle anglais, finalement, commenta Tripp avec un demi-sourire.

— Hum… oui, sourit Speedle avant de sortir à son tour.

Ils accueillirent les hommes des urgences à l'entrée de l'appartement, deux grands gaillards dont les badges annonçaient respectivement Joe et Bob. Tous deux portaient des lunettes à monture noire et ressemblaient à des jumeaux que l'on venait de séparer.

— Il s'est pris au moins six balles, il y a une douzaine d'heures environ, leur expliqua Speedle. C'est un miracle qu'il ait tenu le coup si longtemps. Au fait, essayez de tenir cette femme à l'écart, d'accord ?

Assise à la table de la cuisine, Sareena fumait une cigarette.

— De quoi est-ce qu'on a l'air ? demanda Joe avec un sourire stupide.

— D'imbéciles ? lui rétorqua Bob.

Speedle, quant à lui, préféra ne pas répondre.

Comme ils se dirigeaient vers la chambre de Chevalier, il leur lança :

— On va jeter un coup d'œil dehors. On pense avoir un autre cadavre, quelque part en bas.

Tripp descendit l'escalier devant Speedle, et tous deux se dirigèrent vers l'arrière de l'immeuble. Ils débouchèrent sur un petit parking de cinq places, en face duquel apparaissait une série de quatre garages fermés. Ils essayèrent d'ouvrir les deux premières portes, qu'ils trouvèrent évidemment verrouillées.

— On appelle un serrurier ? demanda Tripp.

— Attendez, laissez-moi essayer quelque chose.

De sa poche arrière, Speedle sortit un étui de cuir et l'ouvrit devant l'inspecteur.

— Des crochets à serrure ?

— Je n'ai pas qu'un seul talent, qu'est-ce que vous croyez ?

Puis, choisissant deux petits pics, il remit l'étui dans sa poche et s'attaqua à la première serrure.

Six minutes plus tard, Tripp, qui était connu pour sa patience légendaire, demanda :

— Vous ne voulez vraiment pas que j'appelle un serrurier ?

— Allez-y, si vous voulez. Appelez un serrurier.

Sur ces mots, il fit pivoter la poignée puis souleva tranquillement la lourde porte métallique.

Le garage était vide.

Tripp jeta un regard à l'intérieur et déclara :

— Ils n'ont pas l'air de communiquer.

Le laissant décider tout seul s'il devait se vexer ou non, Speedle referma le garage, en verrouilla la serrure et s'approcha du suivant.

Qui s'avéra abriter une Volkswagen.

Ce ne fut que dans le troisième qu'il découvrit le Hummer.

Avec, à l'intérieur, un Jean-Claude bel et bien mort, affalé en avant du siège passager… manifestement poussé de côté pour laisser la place à quelqu'un d'autre. Quelqu'un de bien vivant, qui avait dû prendre le volant après lui.

Pour venir garer le Hummer ici ? Sareena, sans doute… Elle avait dû ranger le véhicule dans le garage avec son occupant – peut-être encore en vie – après avoir aidé Andrew Chevalier à monter jusqu'à l'appartement. Mais il était puissant et massif, aveuglé par ses blessures, et avait perdu une grande quantité de sang. La longue et mince Sereena avait dû avoir un mal fou à le soutenir dans l'escalier, puis le long du couloir jusqu'à la chambre.

Comment avait-elle réussi un pareil tour de force ? se demanda Speedle. Les rites vaudou, peut-être…

Se tournant vers Tripp, il lui dit :

— J'examine cette scène de crime.

— O.K. Moi, je vais discuter le bout de gras avec Sareena.

— Essayez de savoir comment elle a réussi à lui faire grimper l'escalier, en même temps ! lui lança-t-il. A mon avis, elle s'est fait aider.

— Ah, quel sacré détective vous faites, Tim, ironisa-t-il avant de s'éloigner.

Speedle commença par ouvrir le clapet de son portable pour appeler son boss.

— Horatio… répondit une voix.

— Oui, c'est Speed. On a retrouvé nos deux gars. Hors d'état de nuire, comme on aurait pu s'y attendre. Chevalier est mort devant nous ; quant à Jean-Claude, son compte avait été réglé quelques heures plus tôt.

— Raconte-moi ça dans le détail, s'il te plaît.

Une fois au courant, Caine lui dit :

— Parfait, Speed, tu t'attelles à la scène du crime, et moi, je retourne à l'Archer pour essayer de repérer un détail qui nous aurait échappé.

— Vous croyez que quelque chose nous a échappé ?

— On a découvert ce qui s'était passé, Tim ?

— Heu… pas encore.

— Donc, quelque chose nous a échappé. Est-ce que quelqu'un de l'équipe s'est aventuré plus loin qu'au premier étage ?

— Non. Il n'y avait pas vraiment de raison pour ça puisque l'attaque a eu lieu dans le bar du rez-de-chaussée. Les tueurs ont bien fait irruption par l'arrière de l'hôtel avant de se mettre à tirer, non ?

— On en est sûrs ? Qui nous dit qu'ils n'étaient pas déjà là, en train d'attendre ?

— Dans l'escalier de service, derrière la cuisine, vous voulez dire ?

— Oui… après s'être cachés dans une des chambres, par exemple.

— Effectivement, Horatio. Bien vu.

— Merci, Tim. On reste en contact.

Assis à son bureau, Horatio Caine raccrocha. Il s'apprêtait à aller embaucher Delko pour l'emmener sur la scène de crime de l'hôtel Archer, lorsqu'il aperçut Ken LaRussa sur le pas de la porte.

Contrairement à son costume qui avait, comme d'habitude, l'air frais et flambant neuf, le magistrat avait une mine de papier mâché.

— Vous avez deux minutes ? demanda-t-il à Caine sur un ton hagard.

Le lieutenant hocha la tête et lui fit signe d'entrer. Le nœud de cravate défait, la chemise ouverte au niveau du col, Kenneth s'approcha et se laissa tomber dans un fauteuil en face de Caine. Les yeux rouges, les traits tirés, il déclara :

— J'ai fait l'inventaire des armes, comme vous me l'avez demandé.

— Alors, combien de fusils manque-t-il ?

LaRussa regarda dans le vague, puis lâcha d'une voix blanche :

— Une demi-douzaine.

— Dont un HK53, un Ingram… Quels sont les autres ?

— Comment… ?!

— Vous êtes au courant de la tuerie de la nuit dernière, à l'hôtel Archer ? coupa-t-il. Calisto, Shakespeare, Chevalier et compagnie ?

— Bien sûr.

— Les deux armes que je vous ai citées faisaient vraisemblablement partie de celles qui ont servi à l'attaque d'hier soir.

— Oh, merde…

— Ça résume tout, non ?

Le substitut se pencha en avant et serra convulsivement les mains avant de dire :

— Je vous ai fourni tout ce que vous m'avez demandé – les vidéos de surveillance, la liste des gardes et les périodes de services qu'ils ont effectuées le mois dernier – vous avez tout. Et j'ai apporté tout ça dans ma propre voiture. L'un de vos gars – il s'appelle Delko, je crois – est en train de les déballer.

Qu'est-ce qu'il veut ? Que je le félicite, en plus ?

— Merci, Ken. J'espère que ça nous servira.

Avec un profond soupir, il répondit :

— Ce que je ne comprends pas très bien, Horatio, c'est comment vous allez vous dépatouiller de tout ça ?

— Ça prendra le temps que ça prendra, Ken.

— Justement, le temps presse.

— Au CSI, on s'efforce d'être rapides… sans jamais se hâter. Vous devriez le savoir.

— Euh… encore une chose…

— Oui, Ken ?

— Est-ce que je suis… en état d'arrestation ?

— Non. Mais, à votre place, je ne me lancerais pas tout de suite dans les sénatoriales.

— Quelle ironie, vous ne trouvez pas ?

— Quoi, Ken ?

L'air groggy, il se leva et lâcha :

— La façon dont vos priorités peuvent changer du tout au tout, en une seule nuit.

— Et vous n'avez encore jamais vu aucun de vos parents ou amis se faire assassiner. Vous ne réalisez pas la chance que vous avez.

— La chance, Horatio… Je ne sais pas si on peut parler de chance, pour moi, pour le moment. De quoi d'autre avez-vous besoin, pour en revenir à nos affaires ?

— Je vous le dirai en temps utile, Ken.

D'un pas traînant, le substitut quitta le bureau de Caine... qui ne pouvait s'empêcher d'éprouver un sentiment de sympathie pour cet homme. Un homme qui, tout coopératif qu'il soit, restait néanmoins un suspect de premier ordre.

En traversant le labo, Caine trouva Calleigh plongée dans l'ennuyeuse comparaison des balles et des douilles retrouvées sur la dernière scène de crime. Un peu plus loin, il tomba sur Delko planté devant un moniteur, en train de visionner les bandes vidéo de surveillance du sous-sol du King Building. Ne voulant surtout pas les perturber dans leur travail, le lieutenant décida de retourner seul à l'hôtel Archer.

Quelques minutes plus tard, il gara son Hummer devant le bâtiment, saisit sa mallette métallique, présenta son badge à l'un des agents en faction, passa sous la bande de plastique jaune et se dirigea vers l'arrière de l'établissement. Comme il en contournait le coin, un policier en uniforme s'approcha de lui, et, de nouveau, Caine lui tendit son badge.

L'homme lui ouvrit la porte arrière, et il se glissa dans le corridor sombre, laissant le temps à ses yeux de s'habituer à l'obscurité. Le courant étant toujours coupé, il saisit sa minilampe de poche, l'alluma, pénétra dans la cuisine et la posa sur un comptoir près de lui. Puis il ouvrit sa mallette et en sortit ses gants de latex qu'il enfila.

Balayant la pièce de sa lampe, il n'y trouva rien de plus que lors de sa première inspection. Mais, ce n'était pas cet étage qui le préoccupait – lui et son équipe l'avaient déjà passé au peigne fin.

Une fois encore, il longea les placards en métal et les fourneaux alignés contre le mur, mais il ne franchit pas les portes battantes qui donnaient sur le bar et le restaurant. Au lieu de cela, il tourna à droite et se dirigea vers l'escalier de service qui grimpait au premier.

Les marches étaient étroites, et il y promena soigneusement le faisceau de sa lampe pour y chercher le moindre indice. Un relevé d'empreintes électrostatiques n'aurait pas eu beaucoup d'effet sur cette moquette ultraneuve, et si – comme Speedle l'avait spécifié après sa conversation avec Chevalier – les tueurs avaient porté des gants, les chances d'obtenir des empreintes sur la rampe étaient très minces.

Lentement, Caine monta au premier.

Il émergea sur un petit palier d'où partait un corridor sur la droite, qui menait vers l'avant de l'hôtel. Il l'emprunta, sa lampe toujours dirigée vers le sol à la recherche de traces éventuelles, et vérifia le verrouillage de chaque porte devant laquelle il passait : toutes étaient fermées. Il y avait huit chambres à cet étage, quatre de chaque côté du couloir. A l'extrémité, il trouva un bureau exigu ainsi qu'un présentoir bourré de dépliants vantant le Sud de la Floride.

L'Archer était un de ces hôtels d'Ocean Drive qui faisaient pratiquement plus d'argent sur leur bar et leur restaurant que sur le nombre – assez limité – de leurs chambres. C'est pourquoi le bureau de réception avait été relégué au premier. Derrière le meuble, on apercevait un moniteur, un clavier et une imprimante, et, fixé au mur, le classique casier à clés.

Caine passa sa lampe autour du comptoir. Sans électricité, il ne pouvait pas mettre l'ordinateur en route mais peut-être pourrait-il dénicher quelque chose qui le mettrait sur une piste.

Dans un tiroir, il trouva un petit morceau de plastique, de la taille d'une carte de crédit. Le passe de l'hôtel. Exactement ce qu'il cherchait.

Sans attendre, il retourna à l'autre bout du couloir. Si, par mesure de sécurité avant la grande assemblée avortée, les chiens de garde des gangs étaient montés à l'étage, ils avaient probablement imaginé comme lui, puisque les portes étaient fermées, que personne ne se trouvait dans les chambres.

Conclusion parfaitement irréfléchie, les gars. Ça vous a coûté la vie.

Car, si les tueurs s'étaient cachés au premier étage, il y avait des chances qu'ils se soient dissimulés derrière une de ces portes closes, justement. Et il était logique que, puisqu'ils étaient entrés par l'arrière du bâtiment, ils soient restés se planquer dans les chambres du fond.

S'il avait lui-même projeté une attaque de ce genre, Caine aurait choisi la pièce qui se trouvait immédiatement sur sa droite. Au cas où quelque chose devait aller de travers, les tueurs disposaient en effet d'une ligne de tir vers l'escalier de service. L'angle n'était pas idéal, bien sûr, mais c'était toujours mieux que de ne pas pouvoir tirer du tout en direction du palier, là où se trouvait le petit bureau de la réception.

Braquant le faisceau de sa lampe sur la serrure, Caine y glissa le passe puis le retira. En temps normal, une petite lumière verte indiquait que l'on pouvait ouvrir la porte. Toutefois, sans le courant, le lieutenant ne savait pas si cela marcherait.

Mais le témoin vert s'alluma au moment même où un léger déclic se faisait entendre. Caine tourna la poignée, poussa sur le battant et se plaqua prudemment contre celui-ci avant d'entrer.

Après un rapide coup d'œil dans la pièce, il bloqua la porte de la pointe de son pied, ramassa la mallette qu'il avait posée à côté de lui dans le couloir, et pénétra dans la chambre.

Son premier geste fut d'aller ouvrir les rideaux. Bien que le soleil soit déjà en train de descendre à l'horizon, les lumières de la ville seraient suffisantes pour l'éclairer en plus de sa lampe torche.

Puis Caine balaya la chambre du regard : un lit double se trouvait sur sa gauche, flanqué d'une table de chevet ; sur la droite, près de la fenêtre, se dressait une petite table ronde avec deux chaises ; et, face au lit, se tenait une commode sur laquelle était posé un poste de télévision.

Faisant un pas en arrière, il braqua sa lampe dans la salle de bains.

Un sol carrelé... Bingo !

Il avait des chances de récupérer quelques empreintes de pied. Son faisceau se dirigea sur la cuvette des toilettes, dont l'abattant était relevé.

Il y a au moins un homme qui est passé par là...

Pour la première fois dans cette affaire, Horatio songea qu'ils avaient peut-être... la trace d'une piste. Afin de relever d'éventuelles empreintes, il commença avec l'appareil électrostatique. Il colla une par une les feuilles de plastique transparent sur le sol, y lâcha une petite décharge électrique, puis les récupéra et les glissa séparément dans un sac d'indices, avant d'en établir la liste exacte. Au bout du compte, il se retrouva avec une demi-douzaine de feuilles de Mylar, faisant chacune la taille d'un journal plié en deux.

Ensuite, il retourna à la salle de bains, mais à quatre pattes, cette fois, pour y récolter tous les poils, cheveux, et fibres qu'il pouvait trouver. Chaque échantillon fut répertorié et trouva sa place, comme les autres, dans un sachet de plastique individuel.

Enfin, Caine arriva devant la cuvette des W.-C. Un sale boulot, mais qu'il fallait bien accomplir ; et c'était à lui qu'incombait cet honneur.

Tu parles d'un privilège de boss, songea-t-il, désabusé.

Mais, si cela devait aider à mettre la main sur le tueur... Bien sûr, cela pouvait aussi mener à identifier un touriste innocent.

Toujours à quatre pattes, Caine se pencha au-dessus de la cuvette, y braqua sa lampe et, là, près du bord, il l'aperçut... une perle liquide, jaune et brillante. A l'aide d'un Coton-tige, il préleva l'échantillon d'urine sur la surface de porcelaine et le glissa dans un nouveau sachet.

A présent, il était prêt à s'attaquer à la chambre à coucher.

Il commença par le lit. A l'aide du Ruvis, son appareil à ultraviolets, il se lança à la recherche de fluides corporels : sueur, urine, sperme, matières fécales, rien n'échapperait aux rayons du Ruvis. Et, Caine le savait, chaque chambre d'hôtel constituait un foyer magique d'échantillons d'ADN. Découvrant quelques cheveux sur un oreiller, il les emballa dans un sachet qu'il glissa dans sa poche.

Comme il passait un plumeau plein de poudre sur la

commode, la table et les chaises pour y relever des empreintes, le scénario de l'attaque commença à se dérouler dans son esprit.

Il y a deux hommes dans la chambre. Un troisième et un quatrième larron sont peut-être en train d'attendre dans une voiture, dans l'avenue devant l'hôtel, prêts à décamper en vitesse, en cas de besoin.

Les deux autres guettent par la fenêtre l'arrivée de leurs invités : Chevalier, Calisto, Shakespeare.

Les trois chefs de gang et leur homme de main sont entrés, maintenant, et se trouvent en bas, à quelques mètres de l'escalier de service. Les deux qui attendent à l'étage savent que Mendoza ne viendra pas... car c'est pour lui qu'ils accomplissent cette petite besogne.

L'un d'eux se trouve dans la salle de bains. Il se soulage, se débarrasse des dernières gouttes, remonte sa braguette et rejoint son complice dans la chambre.

Ils sont prêts, maintenant.

Chacun d'eux possède une arme automatique – l'un, un HK53, l'autre un Ingram. Après l'avoir chargée, ils se dirigent en silence vers la porte. En s'exprimant par signes, l'un avertit l'autre que deux subordonnés sont en train de surveiller le corridor.

Les tueurs attendent, leur fusil dirigé vers la porte, prêts à tirer si la bagarre se déclenche à cet étage au lieu du rez-de-chaussée. Ils n'en sont pas à leur premier rodéo...

La poignée tourne légèrement, un des deux gars venus en reconnaissance cherchant à savoir s'il y a quelqu'un derrière la porte fermée. Les doigts se resserrent sur la gâchette et le tueur se raidit...

Mais la poignée résiste, la porte est fermée, les éclaireurs sont satisfaits.

Les imbéciles…

Les tueurs tendent l'oreille, entendent les deux abrutis continuer le long du couloir, en essayant les portes les unes après les autres, avant de rebrousser chemin et de redescendre l'escalier… précisément le geste qu'eux-mêmes feront dans quelques secondes.

Ils n'attendent pas longtemps, juste le temps de laisser s'estomper le flux d'adrénaline qui les avait un instant submergés. Bientôt, elle les envahirait de nouveau, mais, avant, ils devaient rester calmes, détendus… et, surtout, silencieux.

Dès que la voie est libre, l'un d'eux ouvre lentement la porte et ils se glissent sans bruit dans le corridor.

Ils gagnent l'escalier, le descendent à pas feutrés. D'en bas, leur parviennent les voix étouffées de leurs proies qui s'entretiennent nerveusement, en se demandant sans doute où peut bien se trouver Mendoza.

Les tueurs atteignent le bas des marches. La cuisine est plongée dans l'obscurité, la seule lueur provenant d'une petite lanterne que Chevalier a apportée et posée sur le comptoir du bar.

Continuant de communiquer par signes, ils décident de lancer l'assaut. Ils font alors irruption dans la salle où attendent les autres, l'un se ruant à gauche, l'autre à droite, en direction du bar. Leurs armes crachent le feu, les balles sifflent avant de porter à leur cible un coup fatal, les douilles sont éjectées et atterrissent en rebondissant avec un bruit métallique sur le sol carrelé, une puissante odeur de cordite flotte dans l'air humide.

L'un des assaillants explose Calisto et son lieutenant Mitu. Aucun des deux hommes ne sait ce qui l'a frappé ; ils sont morts avant même de toucher le sol.

Le second tueur n'a qu'un millième de seconde de retard sur son partenaire, mais c'est assez pour abattre simultanément le chef des Faucones et son garde du corps. Celui-ci reçoit un projectile en pleine poitrine, pendant que Chevalier se prend une balle au visage, ainsi que plusieurs autres à l'instant où il s'effondre.

Le premier sbire dirige alors son HK53 sur Shakespeare, mais le garde Trench a eu le temps de sortir son arme et tire comme un malade autour de lui. En vain, car son agresseur lui assène une décharge meurtrière qui le précipite par terre dans un jaillissement écarlate.

Puis, après s'être fait signe, les deux complices vont vérifier les corps l'un après l'autre. Mais, ils n'ont pas le temps de continuer car le bruit des sirènes, au loin, les arrête brusquement dans leur élan.

Quelle importance, d'ailleurs ? Aucune des victimes ne bouge.

Quelques instants plus tard, ils sont dehors.

Caine se surprit à sourire, malgré lui. Il n'avait pas fallu aux deux hommes plus de trente secondes pour accomplir leur carnage…

Une fois les empreintes relevées, il rangea son matériel dans sa mallette. Puis, l'air sombre, il s'assit sur une des chaises devant la table ronde et tenta de réunir quelques pièces du puzzle. Au bout d'un moment, incapable de trouver une logique quelconque à cette attaque sanglante, il appela Burnett sur son portable.

— Tu fais quelque chose, en ce moment ? lui demanda-t-il.

— Non. Je viens de rentrer ; j'étais à l'église, pour organiser l'enterrement de Joanna. Ecoute, accepterais-tu d'être un des porteurs de cercueil, Horatio ?

— Jeremy, j'en serai très honoré…

— Non, tout l'honneur sera pour moi… Mais, au fait, quelle est la raison de ton appel ?

— J'aurais encore besoin de tes conseils.

— Pas de problème. Tu avances un peu dans la tuerie d'hier soir ?

— Oui.

— Parfait.

— Pour commencer, on a retrouvé Andrew Chevalier vivant. Il est mort, maintenant, mais il a pu parler avant de disparaître.

— Oh, on aura au moins ça.

Caine lui résuma en quelques mots ce qu'ils avaient appris du chef des Faucones.

— On dirait que tu penses à Mendoza, je me trompe ? lui dit Burnett quand il eut fini.

— En fait, c'est le seul qui ne s'est pas montré à leur assemblée. C'est sûr que ça fait de lui le principal suspect. Evidemment, ça pourrait aussi être quelqu'un d'un des autres gangs.

— Ce serait un coup de force de l'intérieur, tu veux dire ?

— Oui. Comme tu l'as remarqué toi-même, c'est la politique des républiques bananières. Tu aurais quelques idées là-dessus ?

— Hum… Les hommes de Chevalier étaient tous

loyaux envers leur chef – du moins, jusqu'à maintenant. Ils formaient une véritable famille. Beaucoup d'entre eux ont encore de puissants liens avec Haïti.

— Et l'équipe de Shakespeare ?

— En fait, celui-là ne faisait confiance à personne, et sans doute avait-il de bonnes raisons pour ça. Les Trenchs étaient capables de s'entretuer aussi bien que d'aller descendre leurs rivaux.

— Alors, il y aurait une possibilité de ce côté ?

— Bien sûr, seulement je doute que Shakespeare ait dit à qui que ce soit de son organisation ce qu'il allait faire et où il se rendait. Il était tellement parano qu'il n'avait peut-être même pas avoué à son lieutenant la véritable raison de cette réunion à l'Archer.

— Ça nous laisse le gang de Calisto.

— Avec les Mitus, tout tourne autour du pognon. Ils arrivent avec le fric – en liquide. Pour autant que je sache, le cercle intime de Calisto était fiable… mais – toujours pareil – selon ce qu'on sait d'eux. Et ceux qui ne faisaient pas partie de ce cercle n'étaient certainement pas au courant d'une telle réunion entre chefs de gang.

— Ce qui nous ramène à…

— Mendoza, acheva Burnett. C'est lui qui a choisi la date, l'heure et l'endroit.

— C'est vrai.

— Il aura très bien pu placer ses gars dans l'hôtel aussitôt après avoir été prévenu de cette assemblée.

— Oui… Ça ne peut être que lui.

— Qu'est-ce qui te fait dire ça ?

— Qu'on n'ait pas trouvé comment les autres – à part chaque chef et son lieutenant – auraient pu être mis au courant de cette fameuse réunion, Jeremy.

— Oui… Ce serait bien du Mendoza, en effet. Tu as une idée de l'endroit où il se planquerait ?

— Non, répondit Caine. Pas la moindre.

Burnett laissa échapper un petit rire puis déclara :

— J'ai déjà mis les pieds là-bas… Donne-moi quelques jours. Peut-être que je peux lui faire assez peur pour qu'il se montre.

— Et Matthers, qu'est-ce qu'il va dire ?

— Je n'ai pas l'intention de lui en parler.

— Je n'aime pas trop que tu te mouilles comme ça, Jeremy. Mais j'accepte ton aide avec plaisir.

— Horatio, je suis passé par là aussi.

Après avoir raccroché, le responsable du CSI réunit son équipement – et ses indices – et partit pour l'hôtel Archer.

9

Sans vraiment être frais et dispos, tout le monde se retrouva néanmoins sur le pont dès l'aube, ce samedi matin.

Avec la soixantaine de victimes que totalisaient les trois scènes de crime, les heures de travail supplémentaire s'accumulaient allègrement. Les coéquipiers de Caine prenaient de plus en plus une allure de zombies, et leur boss commençait à se demander si cela n'allait pas finir par avoir une influence négative sur leur boulot.

Cependant, personne n'avait le choix.

Le chef de la police de Miami-Dade avait, après tout, fait clairement passer le message : cette guerre devait être stoppée avant la fin du week-end ou au plus tard lundi matin, sinon c'étaient les Fédéraux qui déboulaient à Miami pour occuper la ville et y déclarer la loi martiale.

Et, ni la police, ni le maire, ni les commerçants et les hôtels dont les revenus dépendaient tellement du tourisme, ne souhaitaient une telle chose. Décréter la loi martiale ne signifierait qu'une seule chose aux yeux des habitants : la police de Miami-Dade avait failli à sa mission de protéger et servir la population.

Et, selon son chef – et selon Caine, aussi –, c'était une chose parfaitement impensable.

Depuis une vingtaine d'années, Miami luttait contre une réputation fluctuante : celle d'une ville aux prises avec les gangs et le trafic de drogue. Une guerre qu'ils maîtrisaient de mieux en mieux, ces dernières années, et cela, grâce à l'excellence de sa police, dont l'équipe du CSI n'était pas le dernier des éléments.

Si les touristes commençaient à hésiter à se rendre à Miami, les attirer de nouveau dans la cité relèverait d'une entreprise aussi hasardeuse que difficile. Et qui pourrait les en blâmer ? Si la ville n'était pas capable de protéger ses citoyens, elle ne serait pas en mesure non plus de protéger ses touristes. L'impact économique de cette guerre des gangs pourrait causer à court terme une catastrophe, et, à long terme, des dommages extrêmes, et sans doute irréversibles.

Même s'il abhorrait la politique et le commerce qui régnaient en maîtres à Miami, Caine mettait un point d'honneur à tout faire pour que cette ville reste sécurisante et sans risque aux yeux de ses habitants et de ses visiteurs. Il arrivait parfois que les membres du CSI aient un coup de déprime après un crime violent survenu ici ou là dans la cité, mais leur boss continuait néanmoins de leur assurer :

— Notre but, c'est de faire justice aux victimes, en appréhendant leurs agresseurs et en les empêchant ainsi de faire d'autres victimes.

Une crise telle que cette guerre de gangs avait souvent d'inévitables répercussions secondaires : d'autres crimes, sans relation avec les meurtres entre gangs, risquaient d'être perpétrés un peu partout.

Assis à son bureau, Caine feuilletait une pile de

dossiers relatifs à de telles affaires survenues au cours des cinq dernières années. Le problème avec ce genre de meurtres était qu'on ne savait jamais quel indice constituerait la preuve irrécusable dans une enquête. Aussi les membres du CSI s'acharnaient-ils à relever toutes les traces, à réunir tous les signes qui pourraient conduire à une piste.

L'équipe travaillait jour et nuit à enquêter sur les différentes scènes de crime. Et pourtant, il semblait que les victimes s'additionnaient plus vite que les résultats obtenus dans les labos. Bien sûr, il y avait des priorités à respecter, mais il arrivait que la chaîne des indices se heurte à un obstacle, et l'on se retrouvait alors dans le genre de situation que Caine était précisément en train d'étudier.

Selon le rapport fourni par le labo des empreintes, il avait été établi que le pistolet Valor n'avait apparemment aucun lien avec la première tuerie de l'hôtel Archer. Des deux séries d'empreintes récoltées sur l'arme, l'une appartenait à un jeune homme du nom de Jimmy Hamilton, et datait de l'époque où il travaillait comme gardien au Palace Fronton. L'autre série n'avait pas été identifiée. Guerre des gangs ou pas, c'était une piste bien trop alléchante pour la laisser passer…

La responsable des archives criminelles était Yelina Salas, un des meilleurs inspecteurs de Miami. C'était aussi la belle-sœur de Caine… ou son ex-belle-sœur, car elle était la veuve de son frère Raymond.

Ils travaillaient souvent ensemble et s'entendaient à merveille, mais une certaine gêne demeurait entre eux. En réalité, même lors du vivant de Ray, ce malaise existait déjà, par le simple fait que Horatio et Yelina avaient entretenu une relation avant que celle-ci n'épouse son frère. Aujourd'hui, encore, trois ans plus tard, tous deux se débattaient entre la douleur d'avoir perdu cet homme et l'attirance qu'ils éprouvaient à nouveau l'un pour l'autre.

Caine donna un rapide coup de fil à la jeune femme, et celle-ci reconnut qu'un entretien avec Jimmy Hamilton était nécessaire.

— Tu devrais y assister, lui conseilla-t-elle. Si tu arrives à t'arracher cinq minutes à cette guerre des gangs.

— Tu crois vraiment que j'avais l'intention de négliger ce meurtre non identifié ?

— Non.

— Bien. Tu passes me prendre.

— Oui. A tout de suite, Horatio.

Quelques minutes plus tard, Yelina s'arrêtait devant le bâtiment du CSI, et Caine grimpait dans sa voiture. Il portait une veste et une cravate, et avait sur le nez les lunettes noires qu'il ne manquait jamais d'emporter quand il travaillait à l'extérieur. Tous deux échangèrent un sourire et un bonjour affectueux.

— Adieu, mon jour de congé, fit la jeune femme en redémarrant.

Sa tenue d'aujourd'hui ne trahissait d'ailleurs en rien ses intentions de se la couler douce, ce samedi : un jean et un haut noir à col roulé, sans manches.

Horatio s'efforçait toujours de regarder de côté quand il la rencontrait, comme si les yeux de sa belle-sœur risquaient de le transpercer. Yelina, elle, s'arrangeait toujours pour paraître à la fois mince et voluptueuse, avec son port de reine et sa crinière d'ébène. Ses immenses yeux noirs, son nez long et droit, ses lèvres pleines, son beau visage au teint mat, tout chez elle respirait la sensualité et l'exotisme.

— Tu es prêt pour cette confrontation ? demanda-t-elle à son beau-frère.

— Oui, j'ai passé tous les indices en revue.

Elle eut un sourire léger. Parfois, Caine la soupçonnait de trouver sa réserve vis-à-vis d'elle quelque peu amusante.

Le trajet vers la maison des Hamilton fut heureusement assez rapide, d'autant qu'ils comblèrent les éventuels silences gênés en parlant de Ray junior, le neveu de Caine.

Au coin de Galloway et de Southwest Fourth, la villa à la façade beige rosé était typique de ce quartier bourgeois de Miami. De plain-pied, la maison avait un toit de tuiles et un double garage latéral. Les portes en étaient fermées, mais une Vibe Pontiac blanche était garée dans l'allée de gravier.

Ils se dirigèrent vers l'entrée, Caine laissant poliment Yelina le précéder, même si son statut de responsable du CSI lui donnait le droit de passer devant elle.

Quelques secondes à peine après le coup de sonnette, la porte s'ouvrit sur un jeune homme qui ne devait pas avoir plus de vingt et un ans – l'âge minimum requis pour travailler au Palace Fronton. L'air plaisant avec ses cheveux courts et bruns, ses sourcils en bataille et son menton marqué d'une fossette, il avait le regard innocent et portait un jean, un T-shirt noir au logo du Palace, et de simples chaussettes.

En apercevant Yelina dans sa tenue sexy et décontractée, il sourit puis lâcha :

— Waouh ! Bonjour…

— Bonjour, lui répliqua-t-elle en exhibant son

badge. Police de Miami-Dade. Vous êtes Jimmy Hamilton ?

Pâlissant subitement, il lâcha :

— Oui…

— Je suis l'inspecteur Salas, et voici le lieutenant Caine. On peut entrer ?

— Il ne vous faut pas… un mandat, ou quelque chose ?

Les mains sur les hanches, Caine lui assena un sourire sec.

— Pourquoi ? Tu as quelque chose à te reprocher ?

— Euh, non… je… euh… allez-y.

Il ouvrit la porte moustiquaire, les laissa entrer et les introduisit dans le salon. La maison semblait propre et nette, avec une décoration à la fois de bon goût et bon marché, et des meubles vraisemblablement en location vente.

Même s'il ne régnait pas chez lui une chaleur suffocante, Jimmy transpirait à grosses gouttes, maintenant, et considérait les deux policiers d'un regard inquiet.

Caine échangea un regard avec Yelina, qui en disait long sur la triste facilité avec laquelle allait se passer cet interrogatoire. D'un seul coup d'œil, elle lui fit comprendre qu'elle souhaitait l'entendre poser lui-même les premières questions.

— Est-ce qu'on peut s'asseoir ? interrogea-t-il donc sur un ton poli.

— Euh… oui, bien sûr… asseyez-vous.

Il prit place sur l'accoudoir d'un fauteuil tandis que ses hôtes s'installaient sur le divan. Se penchant en avant, Caine demanda avec un sourire sévère :

— Jimmy, on est tous très occupés en ce moment. Tu as lu les journaux, peut-être. On est en pleine crise.

La gorge serrée, il répondit :

— Oui… ces gangs qui s'entretuent.

— Exactement. C'est pour ça qu'on n'a pas de temps à perdre. On ne va pas tourner autour du pot, tu sais.

Plongeant son regard dans le sien, Caine articula lentement :

— Il se trouve qu'on a… tes empreintes… sur un revolver qu'on vient de découvrir.

Aussitôt, il se prit la tête entre les mains et se mit à pleurer.

Yelina et Caine se regardèrent de nouveau. Tous deux avaient beau être d'une nature compréhensive, il était encore trop tôt pour jouer au jeu de la compassion.

— Ce revolver, poursuivit Caine, a servi à tuer une femme à Bayfront Park.

Levant les yeux, Hamilton leur montra un visage plein de larmes.

— Je… je sais, balbutia-t-il.

— As-tu tué cette femme, Jimmy ?

Du pan de son T-shirt, il s'essuya les paupières et s'exclama :

— Non ! Non… évidemment que non !

Nouveau regard de Caine en direction de l'inspecteur Salas, qui paraissait aussi confuse que lui.

Pourquoi ces larmes, alors ? se demanda-t-il.

Au lieu de cela, il déclara :

— Jimmy, si tu n'as pas tué cette femme, comment se fait-il qu'on ait trouvé tes empreintes sur ce revolver ?

Il lâcha un long et profond soupir, sa lèvre trembla mais il parvint néanmoins à ravaler ses larmes. Pour l'instant.

— Je savais bien que vous alliez finir par débouler ici, laissa-t-il alors tomber.

— Vraiment ?

— Je… je ne sais pas pourquoi mais… je m'en doutais. Et je m'étais promis de vous dire la vérité, quoi que vous me posiez comme questions.

— C'est bien, Jimmy.

— Je n'étais pas… je n'ai pas eu le courage de venir vous le dire moi-même. J'avais les boules.

De nouveau, Caine et Yelina se regardèrent.

— Mais, en vous voyant à la porte, poursuivit le jeune homme, je me suis juré de tout vous dire.

— Alors, Jimmy, si tu es prêt, on t'écoute.

— D'abord, comme je vous l'ai dit… je n'ai pas tué cette femme.

— Mais, tu sais qui l'a fait ?

— Oui. Mike Garner.

Un autre regard en direction de Salas, puis Caine déclara :

— Jimmy, ce nom ne nous dit absolument rien. Tu vas devoir nous en raconter un peu plus.

De nouveau, il se mit à pleurer.

Yelina se leva alors et lui tendit un kleenex qu'elle venait de sortir de son sac. Puis, comme elle lui posait une main sur l'épaule, il leva les yeux vers elle, lui adressa un sourire tremblant et la remercia. Enfin, il se moucha, et elle alla se rasseoir.

— Garner, c'est ce… cette espèce de salaud qui en a toujours après moi. Il est comme mon… ma mauvaise conscience. Il ne me lâche pas. C'est une vraie brute.

Il hésita, ravala ses larmes et continua :

— Alors, j'ai commencé à en avoir vraiment ras le bol de sa tyrannie, et je… j'ai décidé de… de le tuer.

— Jimmy, attends, lui dit Caine en levant une main. On va prendre une minute et te réciter tes droits, si tu veux bien.

— Hum… comme à la télé, c'est ça ?

— Comme à la télé, exactement. Inspecteur ?

Yelina lut donc ses droits à Hamilton, qui annonça ensuite les avoir compris.

Puis, d'une voix douce, Caine lui demanda :

— Tu te sens prêt à poursuivre, Jimmy ?

— Oui, oui… ou est-ce que je dois attendre d'avoir un avocat ?

— Libre à toi. Mais, si tu n'as pas tué cette femme, tu as peut-être intérêt à dire tout de suite ce que tu sais.

— Oui… c'est ce que j'aimerais, lieutenant.

— Alors, ce Mike Garner était une petite brute. Mais est-ce que ce n'était pas un peu excessif de décider de l'éliminer ?

— Pas quand on se fait humilier et taper dessus par la même personne pendant cinq ou six ans.

— Raconte-nous ça.

Hamilton s'essuya le nez avec son kleenex, hésita un instant puis lâcha tout en bloc :

— Mike Garner, c'est depuis le lycée qu'il ne me lâche pas les baskets. On avait cours ensemble, il passait son temps à se foutre de moi et à raconter à tout le monde que j'étais nul. J'ai cru que ça s'arrêterait après l'école, mais, que dalle. Je me suis inscrit à la fac de Dade County et, devinez qui j'ai retrouvé là-bas : Mike Garner. Deux années encore à le voir me racketter, bousiller ma voiture, faire fuir les filles qui commençaient à s'intéresser à moi... Je ne le supportais plus.

— Jimmy, dit doucement Yelina, pourquoi n'as-tu pas prévenu la police ?

— Il disait qu'il me tuerait si je racontais ça.

— Et tu le croyais ? demanda Caine.

— Je l'ai vu tuer un chien, une fois – à coups de marteau.

— Alors, tu as préféré la fermer...

— Oui. Et puis, quand j'ai eu ce boulot, au Palace, je me suis dit que j'étais enfin débarrassé de lui.

— Et tu te trompais, c'est ça ?

— Oui... Il a commencé à y venir en tant que client. Après ça, il s'est mis à surveiller ma voiture, et, un soir, je l'ai trouvé en train de m'attendre à la sortie de mon boulot. Il semblait prendre son pied en me polluant la vie. Un vrai malade, quoi. A la longue, ça m'a fait peur, et j'ai trouvé un flingue.

— Le Valor ? interrogea Caine.

Jimmy hocha la tête.

— Oui... Mon oncle l'avait donné à mon père, pour qu'il se protège – vous savez, au cas où quelqu'un s'introduirait dans la maison. Mais mon père, il n'a jamais voulu y toucher. Il n'aime pas les armes à feu. Alors, le flingue est resté dans son placard ; je n'avais plus qu'à le prendre. C'est ce que j'ai fait.

— Où sont tes parents, maintenant ?

— Ils sont missionnaires au Mexique. Pour essayer de sauver des gens, vous voyez... En leur parlant de Dieu, des trucs comme ça. Ils doivent rentrer dans un mois ou deux.

Caine se demanda un instant quel genre d'attention ces gens-là prêtaient à leur fils.

— Alors, tu es seul ici ?

— Oui.

— Il t'est arrivé de craindre que Garner vienne jusqu'ici et tente quelque chose contre toi ? lui demanda Yelina.

— Tout était possible, reconnut-il. C'est un vrai malade.

— Alors, reprit Caine, tu avais peur de lui, tu avais ce revolver…

— Oui, et grâce à ça, j'ai renversé les rôles. Je l'ai suivi, un soir, à pied, quand il rentrait d'un match de foot. En arrivant à Bayfront Park, j'avais l'intention de le rejoindre, de l'appeler et, quand il se retournerait, de… de le descendre.

— Mais, ton plan n'a pas marché ?

Avec une moue, il expliqua :

— Pas vraiment. Quand je l'ai appelé, il s'est retourné, m'a vu et s'est mis à rigoler. Il était un peu bourré, après toutes les bières qu'il s'était enfilées pendant le match, et je… ça m'a cloué sur place. J'étais incapable de faire un geste. J'avais la trouille. Ça n'a duré que quelques secondes, mais assez pour qu'il m'arrache le revolver.

Une main sur le visage, il baissa la tête.

— Jimmy, lui dit aussitôt Caine.

Il leva vers lui des yeux rougis et continua :

— Et là… là, il m'a giflé. Plusieurs fois, jusqu'à ce que je tombe à genoux. Il a crié qu'il allait me le faire payer. Et puis, une femme s'est approchée… une SDF, je crois ; elle trimballait un sac plein de cannettes vides. Mais elle n'était pas sale, comme tous les autres – elle avait aussi une sorte de vieille besace sur l'épaule. Alors, Mike a lancé : « Hé, Jimbo, regarde ça ! » Et il a tiré sur elle…

De nouveau, il se mit à pleurer.

Yelina se leva, lui offrit un autre mouchoir et lui posa une main sur le bras.

Il s'essuya les yeux puis continua son récit, en regardant de temps à autre le lieutenant puis l'inspecteur.

— Il… l'a tuée. Là, devant moi. C'est Mike Garner qui a tué cette pauvre bonne femme. Mais… il avait l'air un peu surpris, quand même, d'avoir fait ça. Et puis, c'est sûr qu'il avait les jetons quand il m'a dit que, si je le cherchais ou si je caftais, il tuerait quelqu'un que j'aimais vraiment bien – pas seulement mon chien, mais… mes parents, il voulait dire.

— Jimmy, lui demanda Yelina, est-ce que tu as des preuves de tout ça ?

— Non. Il n'y avait personne dans le parc, à ce moment-là.

C'est alors qu'une lueur d'espoir surgit dans son regard.

— Mais si, il doit y avoir les empreintes de Mike, sur le revolver ! Ça prouve tout !

— Ça prouve seulement que toi aussi, tu as touché cette arme, Jimmy, lui précisa Caine. Est-ce que quelqu'un vous aura vus ensemble, ce soir-là ?

— Non. Je savais qu'il allait au match. Je n'étais pas assis à côté de lui – on n'était pas vraiment potes, vous savez. Et puis, quand il a tué cette femme, j'ai essayé de me tirer en courant… mais il m'a rattrapé et m'a lancé toutes ces menaces.

— Ce sac dont tu parles, cette espèce de besace… la femme qu'on a retrouvée morte ne l'avait pas sur elle, Jimmy.

— Oh, c'est parce que Mike la lui a arrachée, après l'avoir descendue. Il voulait peut-être que ça passe pour un vol, je ne sais pas. Mais je crois que, tout ce qu'il a réussi, c'était de la faire paraître encore plus SDF.

— Jimmy, reprit Caine, tu vas devoir venir avec nous.

— Mais... je vous ai dit la vérité.

— Et je te crois.

— Ce n'est pas pour... meurtre que vous m'emmenez ? interrogea-t-il d'une voix étranglée.

— Si ce que tu viens de nous dire peut être vérifié par une enquête, non. Mais tu as aidé à dissimuler un meurtre.

— Je sais, et je m'en veux tellement pour ça...

Yelina lui dit alors :

— L'intimidation, la terreur que Garner a utilisées contre toi... si on peut le confirmer, ça pourra atténuer les circonstances, tu sais.

— Alors, il y a des chances que je ne sois pas trop dans la merde ?

— Continue à coopérer, Jimmy, c'est tout ce qu'on te demande, l'encouragea Caine.

Yelina s'approcha, lui passa les menottes, et tous deux conduisirent le jeune homme vers la voiture de l'inspecteur. Lorsqu'il fut installé à l'arrière, Caine, encore debout dehors, lança à Yelina par-dessus le toit du véhicule :

— J'ai bien peur de devoir retourner à ma guerre de gangs.

— Je sais, Horatio. De mon côté, je me procure un mandat pour la maison de Garner, et je vais perquisitionner chez lui avec un flic.

— Bien. Je t'envoie un CSI, également. Je vais aussi essayer d'obtenir une autorisation du juge pour les empreintes de Garner.

— Appelle-moi dès que tu l'auras.

— Je n'y manquerai pas, Yelina.

Il savait qu'il pouvait la laisser se dépatouiller sans problème de la situation. Le jeune homme assis à l'arrière ne pleurait plus. Il semblait soulagé, plus qu'autre chose. Peut-être qu'aujourd'hui ne serait pas une journée totalement négative, finalement.

En chemin vers le labo, Caine appela Jeremy Burnett, à la DEA.

— Tu as du nouveau sur Mendoza ? interrogea-t-il.

— Rien, Horatio. Le problème, c'est qu'il a dû se rendre compte qu'on le cherchait, et il se planque, à présent. Mais on continue – on a notre méthode.

De retour au CSI, Caine ne trouva pas les nouvelles plus encourageantes.

— Quoi de neuf ? demanda-t-il à Speedle, assis devant une table de son labo.

Avec un sourire dégoûté, il lui répondit :

— Le Hummer de Chevalier ne nous a dit guère plus que ce qu'on savait déjà. Lui et Jean-Claude ont été mortellement blessés, ce qui paraît l'évidence même.

— Comment est-il arrivé jusqu'à l'appartement ?

— C'était un grand costaud, qui ne se laissait pas abattre comme ça.

— Et, pourtant…

— Oui, c'est vrai, reconnut Tim.

A la morgue, Alexx se montra d'accord avec Speedle sur les causes de la mort.

— Je n'ai pas grand-chose pour vous, Horatio, lui

dit-elle. On baigne encore dans le monde merveilleux de la fatalité.

Delko, lui, travaillait sur les indices de la seconde tuerie à l'Archer.

— Cette chambre est restée inutilisée pendant toute la semaine qui a précédé le meurtre de Wallace, annonça-t-il à Caine. Les affaires n'allaient pas très fort à l'Archer, on dirait. Mais, la bonne nouvelle, c'est que, si on peut retrouver notre meurtrier, on pourra comparer son ADN avec ce que vous avez récolté dans la chambre. Cette petite goutte est une véritable aubaine.

Enfin un léger progrès…

— Est-ce que le labo ADN t'a donné une idée du temps que ça prendrait ?

— Ils sont dessus en permanence, mais vous savez le retard qu'ils prennent, en général. On aura de la chance si des résultats nous parviennent avant la semaine prochaine.

Un pas en avant, deux pas en arrière.

— O.K., continue, Eric.

Calleigh souriait quand il réussit enfin à mettre la main sur elle, non pas dans le labo de balistique mais assise devant l'ordinateur du fichier national, travaillant sur des empreintes.

L'AFIS, un système d'identification automatique, leur fournissait une base de données massive d'empreintes à comparer, et, à en juger par son sourire, la jeune femme venait juste de relever une concordance.

Les mains sur les hanches, Caine lui dit :

— Tu as trouvé quelque chose, on dirait.

— Oui. Je viens d'identifier Pablo Santoya.

— Génial. Qui est-ce ?

Lui indiquant une photo sur le moniteur, elle répondit :

— Un petit escroc qui bosse en free-lance. Il touche un peu à tout, mais il a toujours évité la prison.

Caine étudia le visage de ce Latino-Américain qui devait avoir entre vingt-cinq et trente-cinq ans. Les cheveux noirs et bouclés, il portait une épaisse moustache. Il n'était pas impossible qu'il y ait un lien entre lui et le tueur de l'Archer et de la maison des Burnett.

— M. Santoya ne portait pas de gants quand il a glissé les vingt dernières balles dans le chargeur de son fusil, annonça Calleigh.

— Et, pourquoi ça ?

— Difficile à dire, Horatio. Peut-être avait-il commencé à remplir son chargeur en portant des gants, comme un bon garçon… puis il aura été distrait par quelque chose qui lui demandait d'ôter ses gants.

— Et, quand il a repris ce qu'il faisait, il a oublié de les remettre.

— Une théorie comme une autre. De toute façon, on n'a obtenu que trois empreintes intéressantes sur ces vingt douilles, et rien d'autre, bien sûr, sur celles qui ont été mises avant.

Caine rappela alors Burnett sur son portable. L'agent de la DEA décrocha dès la première sonnerie.

— Oui, Jeremy, c'est Horatio. Tu saurais quelque chose sur un escroc à la petite semaine, un certain Pablo Santoya ?

— Je n'ai jamais eu l'honneur de le rencontrer, mais je le connais. Un vrai salaud. Pourquoi ? Il apparaît dans vos recherches ?

Caine hésita. Santoya pouvait bien être celui qui avait tué la femme de Jeremy, et il ne voulait certainement pas que celui-ci se mette dans la tête de lancer contre lui un assaut vengeur.

— Il fait partie de ceux qu'on aimerait bien interroger, se contenta de lui répondre Caine.

— Alors, fais gaffe, Horatio. Tu as affaire à un sale type, là.

— Merci du conseil, Jeremy.

Il raccrocha puis reporta son attention sur Calleigh.

— Est-ce qu'on sait où crèche Santoya ?

Lui tendant un morceau de papier, elle lui répondit :

— Voici sa dernière adresse connue.

— Ces gars-là changent souvent de terrier.

— Peut-être, mais c'est tout ce qu'on a.

— Parfait. Je vais vérifier ça.

— Horatio… ce n'est pas un tendre, vous le savez.

— Merci, Calleigh. J'apprécie ta préoccupation.

— Pas de problème, lâcha-t-elle d'une voix légère.

L'adresse était celle d'une maisonnette en bois peu avenante, près de Calle Ocho, à Little Havana, qui aurait pu appartenir à une famille tranquille ou à une gentille vieille dame. En fait, c'était celle d'un homme suspecté de meurtre, un tueur free-lance, qui accomplissait un sale boulot mais pas pour des prunes.

L'endroit était déjà cerné par la police lorsque Caine et Tripp arrivèrent sur les lieux. Comme ils montaient les quatre marches du perron, trois hommes en tenue d'assaut les suivaient de près. Tous, y compris Horatio et son équipe, portaient une oreillette afin de pouvoir communiquer entre eux.

A voir le visage de Tripp inondé de sueur, ses yeux de bouledogue et sa mâchoire crispée, il était manifeste que l'inspecteur savait qu'il allait affronter ici le meurtrier de l'hôtel Archer.

Son arme à la main, il atteignit le haut des marches au moment où Caine se décidait à sortir aussi son pistolet. Après s'être assuré que ses renforts étaient en place, Tripp frappa quelques coups à la porte.

Pas de réponse.

Les fenêtres de chaque côté de l'entrée étaient fermées par des rideaux. A l'intérieur, pouvait se cacher un gang… ou personne. Tripp frappa de nouveau.

Toujours pas de réponse.

La voix du responsable de ses hommes résonna alors dans son oreillette :

— On a introduit une caméra sous la porte de derrière. Aucun signe de vie, à l'intérieur.

— O.K., répondit l'inspecteur. Amenez le bélier.

— Message reçu, s'entendit-il répondre.

Puis ce fut Delko qui parla :

— Horatio, il y a un garage à l'arrière, avec une Lexus gris métallisé à l'intérieur, dont l'avant droit paraît endommagé.

— Ne bouge plus, Eric ! Ne t'approche pas de cette voiture tant qu'on n'a pas localisé notre suspect.

— O.K., patron.

Deux hommes du commando grimpèrent sur le perron en brandissant devant eux un bélier muni de deux poignées. Lentement, ils l'amenèrent en arrière puis le précipitèrent en avant, faisant voler la serrure en éclats en arrachant un pan du bois qui l'entourait.

Quelle ne fut pas la surprise de Tripp et de Caine quand ils firent irruption dans un salon totalement différent de ce que laissait croire l'aspect extérieur de la maison. Des peintures de nus étaient accrochées aux murs, un énorme projecteur de télévision trônait au fond de la pièce, face à un canapé de cuir et deux fauteuils assortis entourant une table basse en verre.

Leur arme braquée devant eux, les hommes se mirent à chercher fébrilement une cible éventuelle.

Un autre fracas indiqua à Caine qu'une équipe venait de forcer la porte de la cuisine, à l'arrière de la maison. Se déplaçant en silence, les deux groupes se rejoignirent bientôt dans la salle à manger. Deux hommes furent envoyés dans la cave, de laquelle ils remontèrent quelques secondes plus tard en annonçant que la place était nette. Deux policiers montèrent à l'étage pour inspecter les autres pièces.

— Notre suspect est là-haut, articula une voix dans l'oreillette de Caine. Avec deux balles dans la nuque.

Puis une voix différente résonna :

— On en a un autre dans la baignoire ! Deux balles dans la nuque, aussi.

Non… songea Caine en fermant les yeux.

Il avait le sentiment qu'ils venaient de mettre la main sur le gang de tueurs mais que celui qui les dirigeait avait décidé de couper tout lien avec eux… tout lien physique.

Glissant son arme dans son étui, il lança :

— O.K., tout le monde dehors, et faites gaffe où vous mettez les pieds ! Vous êtes au milieu d'une scène de crime.

Lentement, les hommes du commando se retirèrent vers la porte d'entrée puis sortirent de la maison.

Caine les suivit sur le perron et appela :

— Hé, les gars !

Tous les visages se tournèrent vers lui.

— Ceux d'entre vous qui se trouvaient au premier,

et ceux qui étaient dans la cuisine, laissez-moi vos bottes.

L'un d'eux, apparemment nouveau, lui demanda d'un air étonné :

— Pourquoi, lieutenant ?

— Parce que, répondit-il sur un ton professoral, vos empreintes sont restées sur la scène du crime. Et il me faut vos chaussures pour les différencier de celles du ou des tueurs. Vous saisissez ?

L'homme allait lui répondre quelque chose quand son chef s'approcha, lui posa une main sur l'épaule et lui dit :

— Donne-lui ces foutues pompes ; il te les rendra dès qu'il n'en aura plus besoin.

— Mais, sergent, c'est la seule paire que j'ai !

— C'est pour ça que le bon Dieu a créé les chaussettes, mon grand. Tu n'as pas fini d'apprendre, dans la vie.

Amusé par ce dialogue, Speedle s'avança et s'empara des bottes, laissant Caine retourner dans la maison et commencer son travail. Pendant que Delko et Calleigh s'occupaient de la voiture, Tim suivit son boss à l'intérieur avec sa collection de chaussures et se lança dans une patiente recherche. Tant de personnes avaient piétiné le rez-de-chaussée et l'escalier, que le fait d'y trouver des empreintes lisibles relevait du tour de force.

Au premier étage se trouvaient deux chambres à coucher et une salle de bains. Caine s'arrêta sur le seuil de celle-ci et regarda dans la baignoire. Le corps qui y gisait était celui d'un Hispanique torse nu.

Il n'y avait pas beaucoup de sang, contrairement à ce qu'on voyait le plus souvent dans les films. La victime avait été tuée avec des balles de petit calibre, sans doute du 22, qui avaient rebondi à l'intérieur de son crâne comme dans un flipper. Le 22 ne faisait jamais gicler beaucoup de sang, mais il se révélait toujours fatal.

Passant dans la chambre en face, Caine y aperçut un corps allongé par terre sur le ventre. Les mains étaient nouées dans le dos avec du fil électrique, et lui aussi avait deux balles dans le crâne. Il portait une chemise déboutonnée, un pantalon kaki, et était pieds nus.

Sur son visage, le lieutenant distingua une épaisse moustache, indiquant qu'il s'agissait sans doute de Santoya, celui qui avait tiré sur Wallace et les Burnett. Le gars dans la baignoire devait donc être celui qui conduisait.

— Bon, lança Caine à Speedle, tu prends la salle de bains, et je prends la chambre. Les empreintes d'abord, au cas où…

Tim acquiesça, pénétra dans la petite pièce et se mit au travail. Tout en enfilant ses gants de latex, Caine espérait un petit miracle. Il lui fallait absolument trouver quelque chose qui relie Antonio Mendoza à ces deux hommes, sinon il aurait les plus grandes difficultés à établir un rapport entre lui et les attaques de la semaine passée.

Fort heureusement, ces deux cadavres allaient lui permettre de comparer leur ADN à celui des cheveux et de la goutte d'urine retrouvés à l'hôtel Archer. D'autre part, il était sûr de trouver dans les placards des bottes qui concorderaient avec les empreintes relevées sur le carrelage de la salle de bains de l'hôtel.

Dans ce cas, Caine aurait tous les éléments lui permettant d'attribuer ces meurtres à ces deux hommes.

Mais, prouver leur lien avec Mendoza (ou avec l'un des autres chefs de gang) allait être une autre paire de manches.

Le sol était un plancher usé et mal entretenu, ce qui avait l'avantage de fournir des empreintes solides. Il commença par utiliser l'appareil électrostatique sur les zones de passages fréquents. Comme il l'espérait, il releva une tonne de traces qui se chevauchaient, ce qui exigerait de l'ordinateur pas mal de temps pour en faire le tri.

Quand il eut fini avec le plancher, Caine retourna près du corps pour s'assurer qu'il avait relevé sur lui toute trace d'indice. En coupant soigneusement le fil électrique qui nouait les poignets de l'homme, il n'espérait pas vraiment trouver des empreintes sur une surface aussi étroite – ces gens étaient tout de même des pros du crime – mais deux précautions valaient mieux qu'une. La moindre négligence était impardonnable, en la situation actuelle.

Il passa en revue chaque centimètre de la chambre sans rien y découvrir de spécialement significatif. Il fut contrarié de ne pas trouver de bottes dans le placard ou sous le lit, comme il l'espérait, mais il mit néanmoins la main sur une paire de baskets ainsi qu'une paire de sandales.

D'autres objets qu'il récolta ici et là pourraient porter quelques fruits au labo, mais, pour cela, Caine devrait attendre. La science se moquait pas mal du calendrier et des crises.

Pendant ce temps, Speedle, qui en avait fini avec la salle de bains, s'était attaqué à l'autre chambre… sans dégoter non plus quoi que ce soit d'intéressant.

Grimaçant de dépit, il lança à Caine :

— Ces types n'ont pas du tout l'air de s'être débattus.

— C'est vrai ; il n'y a rien sous leurs ongles, pas d'arme dans la maison. Et ils ne ressemblent pas non plus à des victimes complaisantes.

— Non plus…

— Tu as trouvé des bottes dans l'autre chambre ?

— Non. Plusieurs paires de pompes, mais pas de bottes.

— Le gars de la baignoire, il a des chaussures ?

— Il était pieds nus.

— Hum… Si ces types ont tué les trois boss de l'Archer, l'autre soir, où sont leurs bottes ?

— Si ce sont des elfes qui ont fait ça, on pourra s'en assurer dès demain matin.

— Ça m'aide beaucoup, ce que tu me dis là, Tim, sourit Caine malgré lui.

— Mais, au fait, comment sait-on que ces empreintes de chaussures n'appartiennent pas à un client de l'Archer ?

— Sans les bottes de ces deux victimes, on ne pourra jamais le savoir, effectivement.

Ils rejoignirent Calleigh et Delko derrière la maison, près du garage délabré où se tenait la Lexus. La jeune femme tendit à Caine un sachet où apparaissaient trois douilles.

— Ça vient d'un AK47, annonça-t-elle fièrement.

Delko lui montra alors un autre sac.

— Des éclats de peinture qui concorderont certainement avec ceux de la voiture garée devant l'Archer.

— Aucun de vous n'a trouvé des bottes dans la voiture ou dans le garage ? hasarda Caine.

— Non, répondit Calleigh avant d'échanger un regard avec Delko.

— Non, enchaîna celui-ci. Pourquoi ?

— Il y a quelque chose… qui cloche.

— Comment ça ? interrogea-t-elle.

— Je ne sais pas encore. Ce sont bien nos victimes qui ont tué Wallace et Joanna Burnett, mais, pour l'assemblée à l'Archer… je me pose des questions.

— Pourquoi ? insista Delko.

— Vous avez trouvé des armes, ici ?

— Non, répliquèrent-ils d'une seule voix.

— Alors, dites-moi… comment nos deux macchabées, là-haut, ont-ils sorti des armes du building fédéral et les ont-ils ensuite remises à leur place ?

Les quatre agents du CSI échangèrent des regards étonnés. Aucun d'entre eux ne semblait avoir une réponse à cette question.

— Et où sont les armes qui ont tué Chevalier, Calisto et Shakespeare ? ajouta lentement Caine.

De nouveau, pas de réponse.

— J'aimerais aussi préciser que Santoya et son compagnon ne sont pas exactement morts de mort naturelle.

Ses enquêteurs restant muets comme des carpes, leur chef ajouta :

— Alors, on rentre au labo et on étudie tout ça. Calleigh, tu as identifié Santoya ; aussi, dès que tu en auras terminé avec les douilles, considère-le comme tout à toi.

— Je m'en réjouis, Horatio.

— Trouve-moi tout ce que tu peux sur son passé, et essaie de découvrir qui est cet autre homme. Peut-être que ça nous conduira à Mendoza et à celui qui leur a fourni les armes.

Jetant un coup d'œil sur la Lexus, Caine considéra

la plaque minéralogique, immatriculée en Floride et portant le numéro P14 398. Un sentiment étrange s'immisça dans son esprit, mais il l'ignora et rejoignit son équipe qui, déjà, était partie ranger le matériel dans les Hummer.

De retour au labo du CSI, Delko fut le premier à découvrir quelque chose.

— Le fichier national a pu identifier le gars dans la baignoire, annonça-t-il à Caine. Il s'appelait Santoya, aussi. Manolo, de son prénom.

— Des frères ?

— Des cousins. Tous les deux originaires de Colombie.

— Comment auraient-ils rencontré Mendoza ?

— Ils étaient de Bogota. N'étant pas affiliés aux Mitus, ils ont commencé à bosser en free-lance. Bien que la DEA n'ait jamais pu le prouver, ils pensent que ces cousins bossaient pour les Mitus, les Trenchs, les Faucones et même les Culebras. Un des rapports dit même qu'ils auraient accompli des petits boulots pour Peter Venici, avant qu'il ne se fasse buter.

— Alors, on peut probablement les relier à Mendoza...

— Comme à n'importe qui d'autre, en fait, enchaîna Delko.

— Oui, soupira Caine. A tous les malfrats qui sévissent à Miami et ailleurs.

— Mais, je crois qu'ils vont se tenir à carreau, maintenant. Vous ne pensez pas, Horatio ?

— Si... Bon travail, en tout cas, Eric.

Peu de temps après, ce fut Calleigh qui apparut chez Caine pour lui annoncer :

— Les douilles qu'on a trouvées dans la voiture de

Santoya concordent avec celles récoltées à l'hôtel Archer et devant la maison des Burnett. Ce sont nos gars, c'est évident.

— Bien, Calleigh. Mais ça nous amène de nouveau à cette question : comment ont-ils sorti les armes de chez LaRussa, et comment les y ont-ils remises, ensuite ?

— Avec l'aide de quelqu'un de l'intérieur, c'est sûr.

Caine réfléchit un instant, puis demanda à la jeune femme :

— Est-ce que quelqu'un a commencé à vérifier les allées et venues des gardiens du King Building ?

— Pas encore. Vous voulez que je m'y mette ?

— Oui, s'il te plaît. Il y a encore quelque chose qui nous fait défaut.

Entrant à son tour, Speedle faillit bousculer Calleigh qui ressortait du bureau de Caine.

— Je n'ai rien trouvé sur ces deux gars, Horatio.

— C'est bon, Tim. On les a tous les deux identifiés grâce à leurs empreintes.

Il raconta ce qu'ils avaient découvert sur les Santoya et leurs activités passées.

— Bon, fit-il avec un haussement d'épaules, au moins on sait qui ils sont. Qui ils étaient, plutôt…

— Ecoute, Tim, examine-moi cette vidéo de surveillance du King Building, s'il te plaît. Essaie de voir comment ces armes ont pu en sortir.

— Ça marche, chef.

— Calleigh va déjà faire une petite enquête sur les activités des gardiens du King Building. Avertis-moi dès que tu as quelque chose.

Speedle était à peine reparti que le portable de Caine sonna.

— Horatio…

— Salut, c'est Yelina.

— Tu m'as trouvé quelque chose sur ce Garner ?

— Merci de m'avoir prêté un de tes hommes. On a pu perquisitionner chez le jeune M. Garner.

— Alors ?

— Il s'est montré charmant et doux comme un agneau, et a dit ne pas comprendre un traître mot de ce que racontait son « vieux pote de lycée ».

— Tu m'étonnes.

— Oui, seulement, pendant que je lui parlais devant la maison, ton agent a fouillé l'intérieur. Et, devine quoi ? Mike garde la besace de la vieille en souvenir.

Un sourire se dessina sur les lèvres de Caine. De temps à autre, les sales types agissaient comme des imbéciles, et cela arrangeait bien la police.

— Garner a alors changé de chanson, continua Yelina. Il a reconnu avoir été là-bas mais a ajouté qu'il se baladait simplement avec Hamilton quand c'est arrivé. Il prétend n'avoir jamais touché à ce revolver, et déclare que c'est Jimmy qui lui a dit de prendre le sac.

— Là, il a un problème. Ses empreintes sont les mêmes que celles retrouvées sur ce revolver.

— Oui, il est complètement incohérent.

Caine eut un nouveau sourire, de soulagement, cette fois. Jimmy était dans un sale pétrin, d'accord, mais son témoignage et les circonstances atténuantes feraient au moins qu'il ne serait plus brutalisé par Mike Garner.

— Bien, Yelina. Tu as fait du bon boulot.

— Comment avance ton enquête ?

Il lui apprit ce qu'ils avaient obtenu aujourd'hui, puis conclut par cette réflexion :

— Mais, trouver celui qui a embauché ces gars, ça ne va pas être de la tarte.

— Tu y arriveras, Horatio, je n'en doute pas une seconde.

— Merci.

La confiance qu'elle lui portait lui faisait chaud au cœur.

A nouveau seul dans son bureau, son équipe retournée travailler, Caine se décida à entrer dans l'ordinateur les empreintes trouvées chez les Santoya. Une fois que ce serait fait, il pourrait les différencier des autres, et peut-être trouver un indice au milieu de tout ce magma de boue et de terre.

Il l'espérait, tout du moins.

Le temps passait, et leurs chances d'élucider cette affaire auraient disparu d'ici vingt-quatre heures. Une fois que le gouverneur aurait mis son nez là-dedans, Caine savait que l'enquête lui serait ôtée…

Mais il lui restait encore un jour, et, un jour, c'était comme une vie.

Il suffisait de demander aux Santoya.

Son portable sonna et il y répondit pour tomber sur un Len Matthers passablement irrité.

— Quelle idée vous a pris d'impliquer Jeremy dans cette affaire ? lui lança le grand chef de la DEA.

— C'est strictement en tant que consultant, Len.

— Dois-je vous rappeler les conflits d'intérêts qu'il y a là-dedans ?

— C'est justement pour ça que…

— Je vous le dis tout net, Caine, laissez tomber.

— Que je laisse tomber quoi ?

— La participation de Jeremy ! Sa femme est une des victimes, ne l'oubliez pas ; de quoi aurons-nous l'air si un agent de la DEA s'amuse à jouer les Dirty Harry en partant à la recherche de l'assassin de son épouse ? Il est déjà théoriquement suspect dans le meurtre de Calisto !

— J'en suis tout à fait conscient, Len. Mais, je n'ai pas à vous dire qu'il s'agit là d'une crise qui concerne la ville entière, et que j'ai besoin d'exploiter au maximum l'expérience du plus grand spécialiste de Miami en ce qui concerne les gangs.

— Eh bien, il est temps d'arrêter, Caine. Ou alors, je m'arrange pour qu'on reprenne cette enquête au niveau fédéral.

— Je vais réfléchir à votre requête, Len.

— Ce n'est pas une requête ! Vous avez promis de coopérer, Horatio.

— L'inspecteur Tripp ne vous a pas fait part de nos dernières découvertes ?

— Si, bien sûr… mais il s'est montré plutôt vague sur le sujet. Et il a oublié de mentionner que vous mêliez Jeremy à vos recherches.

— J'aurai une question, Len…

— Oui ?

— Les armes que vos agents confisquent en tant qu'indices… où les garde-t-on ?

— Dans le local des scellés, au King Building. Pareil pour le FBI, et les autres agences. Pourquoi ?

— Je me demandais, simplement. Merci de votre contribution, Len.

Et il raccrocha.

10

L'équipe du CSI tournait à plein régime, à présent.

Au cours de la nuit, ils s'étaient tous offert un court repos ici et là, en attendant la fin d'un programme informatique ou le résultat d'une analyse. Mais, alors que le soleil commençait à filtrer à travers les stores baissés, ce dimanche matin, la nature reprit ses droits et, assez vite, se firent sentir l'épuisement et la lassitude.

Histoire d'atténuer un peu l'extrême effort qu'il demandait à son équipe, Horatio Caine essayait de son côté d'en faire le maximum. Cependant, même l'habituelle effervescence de Calleigh semblait montrer ses limites, cette fois.

Lorsque Caine s'arrêta chez elle pour lui demander où en étaient ses recherches sur les gardiens du King Building, il la trouva penchée sur une pile de papiers, les yeux injectés de sang, ses cheveux blond cendré, d'ordinaire si nettement coiffés, relevés n'importe comment sur le sommet du crâne.

— Alors, tu trouves ton bonheur ? interrogea-t-il doucement.

Au moins son sourire était-il toujours là.

— Bonjour, Horatio. Je trouve déjà le bonheur d'être encore consciente et debout, figurez-vous.

— Garder toute sa conscience est un vrai plus, dans notre travail, sourit-il.

— Vraiment ? Et vous, quand avez-vous dormi pour la dernière fois ?

— Si on ne trouve rien d'ici à vingt-quatre heures, on aura tout le temps de dormir, crois-moi.

— Oui… quand on nous aura tous mis sur la touche. Ça vous fera quoi d'être envoyé en préretraite ?

Pour toute réponse, Horatio partit d'un grand éclat de rire.

— Merci, Calleigh. C'est toujours encourageant.

— Tant mieux, car c'est à peu près tout ce que j'ai à vous proposer maintenant : ces gardes sont nickel, parfaitement limpides.

— Je n'en suis pas surpris, soupira-t-il. Un complexe fédéral s'offre toujours une sécurité de premier ordre.

— Jusqu'au moment où son local des scellés se transforme en une bibliothèque publique où n'importe qui vient emprunter ce qu'il veut, remarqua-t-elle.

— Tu as raison, c'est bien étrange, tout ça.

Au bout d'un instant de réflexion, Caine ajouta :

— Il est peut-être temps de regarder d'un peu plus près ce que fricotent certains haut gradés du King Building, tu ne crois pas ?

— Vous pensez à Ken LaRussa ?

— Exactement. Et, quand tu auras fini avec lui, essaie du côté de Leonard Matthers, à la DEA.

— On part à la pêche, c'est ça ?

— Oui, j'en ai peur. Mais les eaux autour de Miami sont parfaites pour ça. Commence donc avec LaRussa.

— Il ne s'est pas montré très coopératif, jusque-là.

— On n'a pas le choix, Calleigh. Comme tu viens

de le dire, notre bibliothèque publique, c'est sa pièce des scellés.

— C'est parti, Horatio, dit-elle en se remettant au travail.

Caine trouva Speedle assis dans un bureau, le dos tourné, une photo de la vidéo surveillance figée sur un écran devant lui. Il s'approcha, l'étudia un instant puis tenta de comprendre ce qui fascinait Tim à ce point.

C'est alors qu'un ronflement sonore s'échappa de la gorge du jeune CSI. Il dormait !

Souriant malgré lui, Caine se demanda s'il devait ou non le réveiller, lorsque Tim sursauta sur son siège et se redressa d'un bond, faisant tomber les feuilles de papier qu'il avait sur les genoux. Même endormi, il avait dû sentir la présence de son boss à ses côtés.

— On se réveille, Speed, lui dit doucement Horatio.

— Hum… je me reposais les yeux, simplement, patron.

— C'est bon, Tim. Depuis le temps que tu es debout, tu mérites bien une petite sieste par-ci par-là.

Réunissant ses papiers éparpillés par terre, il déclara à Caine :

— J'étais en train de visionner la bande, en prenant des notes et en faisant quelques comparaisons avec les archives…

— Quand… ?

— Quand ça m'a sauté aux yeux. Je passais en revue la liste d'inventaire de LaRussa, quand j'ai vu que quelque chose ne collait pas.

— Est-ce qu'on parle de l'AK47 ?

— Non, pas les fusils. D'autres indices gardés aux scellés.

— Quel genre d'indices ?

— Le genre « substances illicites », Horatio. De la dope.

Tirant une chaise, Caine vint s'asseoir auprès de Speedle, qui lui expliqua :

— Ils confisquent toutes sortes de dope dans la rue et la ramènent ici avant de la mettre sous scellés. Puis, quelqu'un en prélève quelques échantillons pour les faire analyser au labo. La procédure de routine, quoi.

Saisissant une feuille de papier au bas de laquelle apparaissait une signature, il ajouta :

— Le truc, c'est qu'ils ont l'air d'en prélever bien plus que nécessaire. Et alors, impossible de dire au vu de la vidéo, s'ils ramènent le même poids – ou la même marchandise – aux scellés.

— Combien en prélèvent-ils, pour ces fameux « tests » ?

— Trois ou quatre prises en même temps, je dirais. On n'en envoie jamais autant d'un coup pour une simple analyse en labo, d'habitude.

— Et tu penses qu'ils en rapportent moins que ce qu'ils ont emporté ?

— Oui. Ou qu'ils font des échanges, aussi.

— Et qui est-ce qui signe le retour de la marchandise ?

Speedle lui tendit le papier. La signature et la quantité de produit annoncée étaient illisibles.

— On dirait l'écriture d'un poivrot dyslexique, commenta-t-il avec un demi-sourire. Ou celle d'un médecin sur une ordonnance.

— Ce qui veut dire qu'ils ne signent l'entrée et la sortie des produits que pour la forme.

— Pour la caméra vidéo, exactement.

— Ces dates, là… ils retournent toujours la « marchandise » au cours du week-end, quand il n'y a aucun garde en service.

Hochant la tête, Speedle affirma :

— Quand il n'y a que la caméra pour les voir. Personne n'a jamais remarqué ça.

— Speed… tu viens de faire fort. Très, très fort.

— Merci, Horatio. Malheureusement, ça n'a toujours aucun lien avec notre guerre des gangs.

— Difficile à dire, en fait. Comme, à coup sûr, nos gangs font tous du trafic, ça pourrait indiquer que celui qui a ses entrées pour venir emprunter une arme a aussi la possibilité de piocher dans la marchandise stockée dans le King Building.

— Mais, quel gang aurait ainsi accès à la pièce des scellés ?

— La liste est longue, Speed : des gangs comme le FBI, et la DEA, entre autres.

— Toute la soupe alphabétique des feds, si je comprends bien.

— On nage en eau trouble, Tim. Regarde où tu diriges tes brasses.

— Et fais gaffe à tes nageoires, aussi.

Caine porta alors son regard sur le moniteur.

— Qu'est-ce que tu as trouvé sur les vidéos ? Sur les feds qui prélèvent de la dope, je veux dire ?

Avec un haussement d'épaules, Speedle répondit :

— Pas grand-chose ; ces types sont très prudents. Ils ne montrent jamais leur visage à la caméra. Ils savent où elle est, ils tournent la tête ou évitent carrément l'objectif.

— Ça ressemble pourtant à des agents du building, ou du moins a des employés fédéraux.

— Ils portent un costume, c'est vrai.

— Est-ce qu'on voit quelque chose, au moins ? Assez de l'arrière d'une tête, par exemple, pour identifier les oreilles. Ou des cheveux, ou un crâne dégarni ? Trouve-moi quelque chose, Speed.

Tim fit pivoter sa chaise vers le moniteur.

— C'est pour ça que vous me payez, patron.

— Exactement, fit Horatio avant de quitter la pièce. Et, au fait, Speed… le plus tôt sera le mieux.

Comme il passait devant la morgue, il s'arrêta et se demanda s'il oserait distraire Alexx de son travail. Alors que cette guerre des gangs battait son plein, elle était débordée par les corps qui s'amoncelaient dans son labo d'autopsie. Il allait s'éloigner quand la porte s'ouvrit devant lui et qu'une Alexx harassée émergea dans le couloir.

— Alors, Horatio, lui dit-elle, on passait me rendre une petite visite ? Quelqu'un avec un pouls en état de marche, ça me changera un peu de mes macchabées.

— J'allais m'en aller, justement, lui dit-il avec un sourire embarrassé. Je me disais qu'un autre corps, même avec un pouls, n'était pas ce qu'il te fallait en ce moment.

— Qui d'entre nous n'est pas débordé, Horatio ? Je devrais être à l'église, à l'heure qu'il est, et non dans… ma cathédrale des morts.

Secouant la tête d'un air épuisé, elle ajouta :

— Je n'ai jamais vécu une semaine pareille.

— Pourtant, les jours d'ouragan…

— C'est vrai que c'est chaud, aussi. Mais les victimes d'ouragan ne sont pas abattues par des armes automatiques. J'ai les premiers résultats de l'autopsie de Joanna Burnett, au fait.

— C'est intéressant ?

— Possible. Ça vous surprendrait d'apprendre qu'elle a eu des rapports sexuels peu de temps avant sa mort ?

— Pas vraiment.

— Et que l'ADN masculin retrouvé sur elle n'est pas celui de son mari ?

Caine accusa le coup, puis, au bout d'un pénible instant, demanda :

— Pourquoi avoir vérifié ça, Alexx ?

— C'est un meurtre, Horatio. Quand la victime est une femme, je procède toujours à cette analyse. Je n'aurais pas dû ?

Chagriné, Caine répliqua :

— Bien sûr que si. Ce n'est pas ce que je voulais dire. Où as-tu obtenu l'ADN de Jeremy pour faire ta comparaison ?

— De son sang qui a souillé la robe de Joanna, le soir de l'attaque. J'ai même fait une contre-analyse.

Les mains de Caine se posèrent machinalement sur ses hanches quand il lâcha :

— Joanna avait donc une liaison.

— Ou, au moins une aventure d'un soir… ou plutôt le petit caprice d'un après-midi.

En tant que responsable du CSI, il savait que les gens avaient des secrets. Pourtant, les Burnett avaient toujours paru former le couple idéal.

— Bon travail, Alexx, lui dit-il, néanmoins.

— Je suis désolée, c'était votre amie. Mais elle était aussi humaine, Horatio. Nous le sommes tous.

— Oui, et c'est ça qui fournit du travail au CSI, n'est-ce pas ?

— C'est vrai, répondit-elle en riant.

— Alexx, dès que tu as quelque chose, cours me

prévenir. N'attends pas que je vienne te le demander, s'il te plaît.

— Entendu, promit-elle avant de regagner sa cathédrale des morts.

Alors qu'il continuait de ressasser cette perturbante nouvelle, Caine trouva Delko dans la salle de repos, qui se réconfortait avec un beignet et un thé glacé.

S'asseyant en face de lui, il lui dit :

— Salut, Eric. Tu en es où ?

— Je travaille sur les empreintes de chaussures.

— J'espère qu'on ne répète pas des efforts inutiles.

— Je ne crois pas, Horatio. Je bossais sur les bottes que les Santoya portaient dans la chambre d'hôtel.

— Si c'étaient bien eux, à l'Archer.

— Si c'étaient eux…

— Et alors ?

— Rien. J'ai fait des relevés électrostatiques d'empreintes sur les pédales de frein et d'accélérateur de la voiture, sur le sol du garage et celui de la cave… tous les endroits où ils ont pu aller et qui n'ont pas été piétinés par des gens de l'extérieur.

— Et tu n'as rien trouvé qui concordait.

— Rien. Et vous ?

— Avec l'ordinateur, j'ai essayé d'isoler les empreintes les unes des autres : un enfer. Elles étaient si nombreuses et tellement enchevêtrées qu'on aurait dit que des milliers de personnes étaient passées par cette maison.

— Et vous en avez ressorti quelque chose ?

— Oui, finalement : deux traces de bottes qui ne semblaient correspondre à aucune autre.

— Et qui, par chance, correspondraient à celles de

l'Archer ? hasarda Delko en se penchant brusquement en avant.

— Une des deux, oui.

— Cool !

— Quant à l'autre, elle est inconnue au bataillon.

— Donc… les Santoya avaient tous les deux des bottes dont ils se sont débarrassés.

— Peut-être, mais ils étaient tous les deux pieds nus quand on les a trouvés, souviens-toi. Ces empreintes de bottes recouvraient en fait celles de leurs pieds.

— Mais alors, qu'est-ce qui est arrivé à ces foutues bottes ?

— Peut-être qu'elles sont sorties de la pièce. Après y être entrées.

— Où est-ce que vous voulez en venir, Horatio ?

— Voilà, lui dit-il après un long moment d'hésitation.

Il n'aimait pas ce qu'il s'apprêtait à révéler à Eric, et les mots avaient un goût amer dans sa bouche quand il laissa tomber :

— Imaginons que ces bottes n'appartenaient pas aux Santoya.

Le visage de Delko s'assombrit. Lui non plus n'aimait pas ce qu'il entendait.

— Excuse-moi, Eric, lui dit soudain Caine. Je dois appeler le juge.

— Un dimanche matin ?

— Oui, un dimanche matin. Et je me moque de savoir s'il est à l'église ou au golf. Ne t'éloigne pas, je te demanderai d'aller prendre quelque chose pour moi, tout à l'heure.

— Je ne bouge pas, Horatio.

— Oh, et, Eric… une dernière chose, s'il te plaît.

— Oui ?

— Ne dis pas un mot de notre conversation à personne. Je dis bien, à personne.

— A part Calleigh et Speed, vous voulez dire ?

— Non, eux aussi… pour l'instant. Ils sont tous les deux débordés, de toute façon.

Caine appela donc le juge et, une heure plus tard, le fax cracha le document qu'il attendait. Il retourna voir Delko qui avait repris son travail et lui dit :

— Viens avec moi.

— Vous ne vouliez pas que j'aille prendre quelque chose pour vous ?

— Eric, lâcha-t-il avec un petit rire nerveux, plus je pense à ça, plus ça me fiche en rogne.

Delko écarquilla des yeux surpris.

— On y va tous les deux, ajouta Caine. Et on prend Tripp avec nous.

Comme ils quittaient le bâtiment, le lieutenant sortit son portable et appela chez lui le substitut Ken LaRussa. Ce fut sa femme qui répondit, et, après quelques palabres, Caine obtint d'elle qu'elle fasse venir son époux au téléphone.

Lorsque la voix de LaRussa se fit entendre, elle lui parut aimable mais quelque peu inquiète.

— Horatio, qu'est-ce qui vous amène ?

— Retrouvez-moi au King Building dans une demi-heure.

— Quoi ?

— Dois-je me répéter, Ken ?

— Horatio, soyez sérieux. Ça ne peut pas attendre demain ? On est dimanche, bon sang ! Nous venons de rentrer de l'église, et…

— Eh bien, tant mieux, Ken.

— Que voulez-vous dire ?

— Vous avez donc fait vos prières ? Parfait. Nous y serons dans quelques minutes, avec un ordre du juge. Il vaudrait mieux pour vous que nous vous y trouvions aussi.

Caine raccrocha sans laisser au procureur le temps de répondre.

Un peu moins d'une demi-heure plus tard, Caine, Delko et l'inspecteur Tripp pénétraient dans le King Building, après avoir passé les habituels contrôles de sécurité. Dans le lobby, ils tombèrent sur un LaRussa plus qu'énervé qui les attendait. Le magistrat portait un jean, une chemise de chambray bleu clair, et affichait une expression totalement irritée. Caine, cependant, savait que c'était en partie pour se donner une contenance.

Car LaRussa était terrifié.

Et il avait de quoi.

Lorsque, hors de lui, il s'avança vers Caine, celui-ci se contenta de lui tendre l'ordre du juge et continua de marcher vers l'ascenseur. Le nez dans le document, Ken suivit le groupe, qu'il rattrapa juste avant l'ouverture des portes.

Comme il entrait avec eux, il paraissait consterné par le nouveau tournant que venait de prendre l'enquête.

— De la drogue ?! s'exclama-t-il. Vous comptez emporter de la drogue comme indice ?

— Seulement certains échantillons, lui précisa Caine en posant le doigt sur le papier que Ken tenait dans sa main tremblante. Pour les analyser.

— Les analyser… ?

— Il y a un écho, dans cet ascenseur, on dirait, ironisa Tripp en regardant autour de lui.

— Nous avons la preuve formelle que des agents du King Building prélèvent des quantités étrangement importantes de drogue destinée aux analyses, expliqua Caine. On voudrait simplement s'assurer qu'ils ramènent la même quantité que celle qu'ils vous empruntent.

— Ou la même substance, souligna Delko.

— Mais… de quoi parlez-vous ? s'indigna LaRussa.

Caine se tourna vers Eric, lui signifiant que c'était à lui de répondre.

— On parle de gens qui emporteraient de la coke et rapporteraient à la place du bicarbonate de soude.

— Ah, non ! s'écria le procureur en levant les mains. Ça, c'est carrément impossible !

— J'espère que vous avez raison, Ken, lui dit le lieutenant d'une voix dure. Parce que, s'il s'avère que j'ai eu tort de vous croire, et qu'en fait c'est vous qui êtes derrière tout ça, c'est moi personnellement qui vous traînerais jusqu'au quartier des condamnés.

A ces mots, LaRussa décida de se taire une bonne fois… laissant le trio opérer en toute tranquillité. Etait-ce parce qu'il ne savait plus quoi faire ou parce qu'il connaissait ses droits et cherchait ainsi à se protéger ? Caine fut incapable de le dire.

Toujours est-il qu'une vingtaine de minutes plus tard, ils avaient réuni quelques bons spécimens de stupéfiants : cocaïne, marijuana, méthadone, héroïne, une véritable petite pharmacie qu'ils déposèrent à l'arrière du Hummer.

Prévenus par Caine, Calleigh et Speedle les attendaient à l'entrée du CSI quand ils arrivèrent. Ce furent des cris de joie et des applaudissements qui les accueillirent à leur descente de voiture.

— Voilà les hommes du procureur ! s'exclama Speedle en sautant de joie.

— Alors, petit plaisantin, on s'amuse à jouer des tours aux feds, maintenant ? lança Calleigh à Delko en lui prenant le bras.

Ravi, il lui répondit par un sourire qui en disait long.

Mais Caine ne riait pas, lui. Et son air sombre ne tarda pas à jeter son groupe dans un silence embarrassé.

— Je n'emploierai pas cette expression, Calleigh, lui rétorqua-t-il sur un ton glacial.

Coincer des pourris chez les Fédéraux n'était pas ce qu'il cherchait, dans cette enquête. Et il n'appréciait certainement pas que son équipe se mette à fêter cette sordide découverte.

— Je sais qu'on a parfois eu quelques affrontements avec Sackheim, ceux du FBI ou d'autres agences fédérales, mais, si cette affaire prend la tournure que je redoute, ça voudra dire un mauvais point pour tous les représentants de la loi de Miami.

— Vous n'êtes pas content de voir qu'on aboutit enfin à quelque chose, Horatio ? s'étonna Calleigh.

— Content de voir qu'on est peut-être en train d'épingler d'autres flics ? Non, Calleigh. Et je doute que l'un de vous le soit, même si vous croyez être ravis pour le moment.

Devant le regard piteux qu'échangèrent Speedle et Calleigh, Caine regretta de les avoir ainsi sermonnés. Après le travail harassant qu'ils venaient d'abattre, il était finalement normal qu'ils cherchent à se défouler un peu… même si c'était aux dépens des Fédéraux.

— Les gars, leur dit-il doucement, si LaRussa est derrière tout ça… si c'est lui le bibliothécaire peu scrupuleux qui laisse sortir à tout-va des armes et de la drogue… on le coincera, lui et les employés qui ont agi comme ses complices. Mais il n'y aura pas de quoi triompher, croyez-moi.

Comme tous hochaient la tête en silence, il ajouta :

— Autre chose… Assurez-vous de préciser exactement les faits, quand il s'agira d'établir un rapport sur cette affaire. Je ne veux pas qu'on nous accuse de quelque dérapage que ce soit. C'est clair ?

— Tout à fait clair, patron, lâcha Speedle sur un ton docile.

— Bien. On retourne tous au boulot, à présent.

Ils déchargèrent le Hummer en silence, rangeant les sacs de contrebande sur des chariots qu'ils poussèrent ensuite jusqu'au labo. Delko allait superviser les analyses pendant que les autres s'occuperaient du reste des indices.

Comme il tendait des sacs à Speedle, Caine lui demanda :

— Où en es-tu avec les bandes vidéo ?

— Elles ne sont pas d'une qualité géniale, c'est le moins qu'on puisse dire. On ne distinguerait pas Halle Berry d'Eddie Murphy, dessus.

— Tu crois que les caméras auraient été trafiquées ?

— Ça ne m'étonnerait pas. J'imagine que nos gars savaient que personne n'y faisait attention, et qu'ils ont dû bidouiller les objectifs.

— Hum… Remettons-les entre les mains de notre bon Tyler et laissons-le opérer sa magie.

— Tyler n'est pas là, Horatio. Il y en a certains pour qui c'est dimanche, je vous le rappelle.

— D'accord, sourit-il. Appelle-le et dis-lui que lundi est arrivé plus vite que prévu.

Trois quarts d'heure plus tard, ce fut un Tyler Jenson tout débraillé qui déboula dans le labo. Long et efflanqué, la crinière blonde en bataille, le jeune technicien en audiovisuel avait l'air accommodant et le sourire facile.

— Quel est le problème ? demanda-t-il à Caine lorsqu'il l'accueillit.

Quand le lieutenant lui eut expliqué de quoi il retournait, il répondit :

— O.K., on va donc essayer de transformer du VHS en DVD.

Jenson emmena Caine et Speedle dans une petite pièce qui abritait son équipement audio-vidéo. Il pressa quelques boutons, tourna des manettes par-ci par-là, et se laissa tomber dans un fauteuil devant son ordinateur, tandis que ses machines commençaient à ronronner comme un 757 prêt à décoller.

Bientôt, apparurent sur l'écran des images noir et blanc passablement floues. Pour le plus grand déplaisir de Caine, la description que Speedle lui avait faite des bandes s'avérait exacte. La qualité en était déplorable.

— Effectivement, ça craint, commenta Jenson. On a bidouillé les caméras, ça ne fait aucun doute. Mais, laissez-moi une heure ou deux pour y apporter ma petite touche personnelle. Je vais essayer de vous transformer cette bouillasse en un paysage idyllique.

— Fais tout ton possible, Tyler, lui dit Caine. On n'a pas beaucoup de temps.

— Comme d'habitude, en fait, lâcha-t-il avec un sourire en coin.

— Oui, mais, cette fois, c'est une bombe qui menace d'exploser.

— Pas de problème, patron. Je vous arrange ça au mieux… et au plus vite.

Une fois dehors, ils se dirigèrent vers le bureau de Caine.

— Horatio, lui dit alors Speedle, vous avez quelque chose à me faire faire pendant qu'on attend ?

Bonne question. Calleigh était plongée dans les CV respectifs de LaRussa et de Matthers, Delko analysait les drogues récupérées chez les Fédéraux, et Tyler travaillait sur les vidéos de surveillance.

Ce fut alors que sa conversation avec Alexx lui revint en mémoire, et il répondit à Tim :

— Trouve-moi tout ce que tu peux sur le passé récent des victimes.

— Waouh, ce n'est pas compliqué, chef. C'étaient de sales dealers qui avaient de très mauvaises fréquentations.

— Pas Joanna Burnett, s'il te plaît.

— Ah, non… pas elle. Mais elle fait partie des « dommages collatéraux », si j'ose dire.

— Fais comme si c'était un meurtre comme les autres. Trouve-moi un motif.

— Quoi, vous voulez que je parle à son mari ?

— Non, commence plutôt par ses fréquentations. Tâche de savoir qui était sa meilleure amie, et essaie de l'interroger. Mais… cool, Eric. Fais ça discrètement.

Speedle paraissait légèrement confus.

— Comme vous voudrez, Horatio. J'y vais… Mais, je ne saisis pas bien.

— Moi, je sais, Speed. Va.

Et le jeune homme s'en alla faire sa petite enquête.

De retour dans son bureau, Caine venait de s'asseoir lorsque son téléphone sonna.

— Horatio…

— C'est Sackheim.

La voix de l'agent du FBI semblait plus qu'irritée.

— Bon sang, qu'est-ce que c'est que ce cirque, au King Building ?!

— Ça fait partie de mon enquête, Bob.

— Qu'est-ce qui se passe ? J'ai l'impression d'être constamment tenu à l'écart.

— L'inspecteur Tripp vous a tenu au courant, non ?

— En partie, seulement, on dirait. Si vous suspectez une faille dans le système de sécurité du building, pourquoi diable ne pas me l'avoir dit ?

— Ç'aurait été un peu prématuré. Je ne voulais pas ternir inutilement la réputation de Ken LaRussa, vous comprenez. On travaille bien dans la même équipe, n'est-ce pas, Bob ?

— Bon sang ! Vous avez une idée du nombre d'affaires qui pourraient être ainsi compromises par cette histoire ? Sans parler des agences elles-mêmes.

— C'est pour ça qu'on avance à petits pas, Bob.

— Pour moi, ça équivaut à un manque de confiance. Ça vous plairait qu'on vous colle sur le dos une accusation d'obstruction à la justice, Caine ?

Un déclic annonça au lieutenant qu'on l'appelait sur une autre ligne.

— J'ai un appel, Bob, excusez-moi. Il va falloir qu'on reparle de tout ça un peu plus tard.

— Caine, attention, ne…

Mais, déjà, il avait raccroché avec Sackheim.

— Horatio, c'est Jeremy. Qu'est-ce qui t'a pris d'épingler LaRussa ?

— Ah, les nouvelles vont vite, je vois. L'ennui, Jeremy, c'est que je n'ai pas épinglé LaRussa. On a juste perquisitionné le building fédéral.

— Ah, oui ? Et pourquoi ?

— Deux ou trois petites choses qu'on voulait vérifier.

— C'est un peu tard pour me tenir au courant, non ?

— Après le cirque que Matthers m'a fait à propos du fait que j'utilisais tes services, j'hésitais, vois-tu.

— Quoi ? Matthers t'a fait une scène ?

— Pas à toi ?

— Pour tout dire, j'essaie au maximum de l'éviter. Tout ce que je fais pour toi, je le prends sur mon temps personnel.

— J'apprécie grandement, Jeremy, répondit Caine en s'efforçant de garder un ton léger. Quant au building fédéral, je ne voudrais surtout pas être à l'origine de rumeurs infondées. Regarde ce qui se passe, déjà. Combien de gens pensent qu'on a épinglé LaRussa, cet après-midi ?

— C'est en effet le bruit qui court. J'ai moi-même des sentiments mitigés, là-dessus. LaRussa est aussi sournois qu'intéressé, mais je n'irais pas jusqu'à le considérer comme un flic pourri.

— C'est tout ce que je peux dire pour l'instant, Jeremy. En revanche, tout ce que tu entendras sur Mendoza et l'endroit où il se planque…

— C'est précisément pour ça que je t'appelle. J'ai une piste sur lui. On se rapproche tout doucement. Qu'est-ce que tu veux qu'on fasse si on le coince ?

— Si *on* le coince ? Qui, *on* ?

— Nickerson et moi. On bosse ensemble…

Caine eut un geste nerveux. Les inquiétudes de Matthers sur le fait que Jeremy pouvait jouer les Dirty Harry lui revinrent brusquement en mémoire.

— Si tu as une piste, Jeremy, préviens-moi ou dis-le à Frank Tripp. C'est une affaire qui regarde la police de Miami-Dade ; si tu t'amuses à jouer les flics solitaires, je ne pourrai pas te protéger.

— Je comprends bien, Horatio. Je voudrais autant que toi coincer Mendoza vivant. Je voudrais qu'il paie pour ce qu'il a fait à Joanna, et pas avec une balle. Je veux que cette crapule pourrisse un bon bout de temps dans le couloir de la mort avant de se prendre une injection mortelle.

— Jeremy, je te le répète : si tu as la moindre info sur Mendoza, dis-le-moi immédiatement.

— Laisse-moi le localiser, d'abord. Je te promets que je ne ferai rien d'irréfléchi.

Caine ne savait pas s'il devait croire Burnett ou pas, mais cet Eliot Ness de la DEA pouvait bien être la seule personne à avoir une chance de retrouver Mendoza avant que le gouverneur ne leur envoie sa milice aux fesses.

— D'accord, Jeremy. Localise-le et préviens-moi sans attendre. Moi ou Tripp.

— Bien sûr, Horatio.

— J'y tiens, Jeremy. Si tu te retrouves directement impliqué, ça risquerait de tout gâcher, et ce salaud pourrait prendre la poudre d'escampette.

— Il est à toi… dès que j'ai mis la main sur lui, lui assura Burnett avant de raccrocher.

A cet instant, Calleigh tapa quelques coups contre le

battant entrouvert. Caine leva les yeux et lui fit signe d'entrer.

S'asseyant sur la chaise en face de lui, elle demanda :

— Vous pensez sincèrement que Kenneth LaRussa serait à l'origine de cette guerre des gangs ?

— Ecoute, j'ai un scénario en tête…

Ken LaRussa déclenche la guerre des gangs après avoir formé des alliances secrètes avec l'un ou l'autre gang, avoir échangé avec eux des produits de contrebande et leur avoir fourni des armes. En manipulant ces alliances, en engageant les Santoya comme tueurs à gages, le substitut du procureur élimine ses collaborateurs en utilisant cette fameuse guerre comme prétexte à des tueries sanglantes.

Il vise le seul homme qui connaisse assez bien ces gangs pour deviner ce qu'il manigance : Jeremy Burnett.

Puis LaRussa manipule la police de façon à ce qu'elle croie que c'est lui et lui seul qui a réussi à stopper la guerre, se propulsant du même coup sous le feu des projecteurs nationaux.

— Seulement, il ne pensait pas qu'on le coincerait d'abord, conclut Caine.

— Il ne pensait pas non plus que Joanna Burnett mourrait, enchaîna Calleigh.

— Ni que Jeremy survivrait.

— C'est bien possible, dit-elle, le regard brillant. Pourtant, il paraît tellement clean. Il a un mariage heureux, il est à l'aise financièrement sans rouler non plus sur l'or, il est gentil avec son chat et tout dévoué à ses enfants. Il paie ses impôts en temps et en heure, d'après ce que j'ai pu lire. Et sa femme est très impliquée au sein de la communauté hispano-américaine, en s'opposant systématiquement à tout ce que les gangs représentent.

— Est-ce que tout ça te paraît vraisemblable ? Ou n'est-ce chez lui qu'une façade ?

— Une façade superbement travaillée, dans ce cas. M. LaRussa ne semble pas être le genre d'homme à penser que la fin justifie les moyens. A cette échelle, tout du moins.

— Voyons : des armes et peut-être de la drogue sortent du local des scellés du King Building sans que personne se fasse prendre. Et qui est responsable de ce local ?

— LaRussa, bien sûr. Mais ça ne fait de lui qu'un mauvais administrateur, pas un truand.

— Tu as raison, Calleigh, admit Caine. Mais, même s'il n'est coupable que de négligence, combien sont morts à cause de ça ?

La jeune femme n'eut aucune réponse à lui donner.

— Maintenant, lui dit-il, tu peux lancer tes recherches sur Matthers, le chef de la DEA.

— Vous avez un scénario, pour lui ?

— On peut lui coller le même que celui de LaRussa, à la différence près que Matthers n'a pas les mêmes ambitions politiques. Grimper au niveau national de la DEA, c'est ça qui l'intéresse.

Delko, qui venait de se joindre à eux, se laissa tomber dans le canapé vert et déclara :

— La cocaïne et l'héroïne qu'on a passées au spectromètre de masse et au chromatographe sont toutes les deux ressorties aussi pures que…

Caine lui jeta un regard alarmé.

— … du bicarbonate de soude, continua Eric avec un sourire de gamin. Quant à la marijuana, c'est tout bêtement de l'origan.

— Notre responsable est donc bien le responsable, commenta Caine à l'adresse de Calleigh.

— Qui est responsable ? demanda Delko qui ne suivait plus.

— Ken LaRussa, répondit la jeune femme. C'est du moins ce que pense Horatio.

— Normal, c'est lui qui était responsable du local des scellés.

— Qu'il soit ou non notre prétendu cerveau, reprit Caine, il n'en reste pas moins négligent. Et, pour le responsable d'un tel service, c'est impardonnable.

Apparu sur le pas de la porte, Speedle lança soudain :

— Dans ce cas, il peut dire au revoir à Washington.

Allant rejoindre Delko sur le canapé, il ajouta :

— Alors, on fait la pause ? Horatio, je viens d'avoir Laura Parker au téléphone.

Calleigh et Eric le regardèrent comme s'il parlait en swahili.

— La meilleure amie de Joanna Burnett, précisa-t-il.

Ignorant leur mine interloquée, le lieutenant demanda alors à Tim :

— Qu'est-ce qu'elle t'a dit ?

— Rien. Elle veut parler avec vous. Elle ne fait confiance à personne d'autre.

— C'est ta réputation qui te précède, mon vieux, fit Delko à Speedle.

— Charmant… rétorqua-t-il avec aigreur.

Puis, s'adressant à Caine, il ajouta :

— Alors, j'ai pris la liberté d'organiser un rendez-vous.

— Où et quand ?

— Au magasin Hutchinson, sur Galloway – dans une demi-heure.

Quelques coups tapés à la porte les firent tous se retourner vers la spécialiste en ADN, Toni Escobedo, qui venait d'apparaître sur le seuil.

— L'échantillon d'ADN que vous avez prélevé dans la salle de bains de l'hôtel Archer, annonça-t-elle à Caine, n'appartient à aucun des deux Santoya.

Tous échangèrent un regard stupéfait, sauf Horatio, qui parut prendre la chose avec philosophie. Il aurait aimé se laisser surprendre par la nouvelle mais, le fait de n'avoir pas trouvé de bottes chez eux l'avait déjà rendu plus que désabusé.

— Et, tu sais de qui il peut provenir ? hasarda-t-il.

— Pas encore, Horatio. Mais je ne le trouve nulle part dans le fichier national. Je lance des recherches à partir d'autres bases de données, mais ça peut prendre un bout de temps.

— Continue, lui répliqua-t-il tout en sachant qu'un « bout de temps » était un luxe qu'ils ne pouvaient peut-être plus s'offrir.

Toni allait ressortir quand elle précisa :

— Oh, une petite chose, encore : l'ADN est celui d'un homme de race noire.

— Hum… ça pourrait vouloir dire celui d'un Cubain ?

— Possible ; tous les Cubains ne sont pas purement

hispaniques, certains d'entre eux ayant des ancêtres africains. Cet homme pourrait être cubain, oui.

Mendoza et les Culebras, par exemple.

Le groupe se dispersa, et Caine alla rencontrer Laura Parker.

Le magasin général Hutchinson se trouvait à un peu plus d'un kilomètre du CSI. Caine y prit deux gobelets de café, régla à la caisse et alla s'asseoir sur une des banquettes près des fenêtres. Il n'y avait pas grand monde, en ce dimanche après-midi, et il eut tout loisir de choisir la place qu'il désirait.

Laura Parker entra à son tour, et, sans un regard pour le caissier, se dirigea tout droit vers Caine. Elle prit place en face de lui avant même qu'il ait eu le temps de l'accueillir et de lui proposer poliment de s'asseoir.

C'était une femme de petite taille, jolie et blonde, qui devait approcher la quarantaine. Elle ne portait aucune trace de maquillage, et ses yeux semblaient rougis d'avoir trop pleuré. Elle portait une combinaison en jean sous laquelle elle avait passé un chemisier de coton rouge.

— Monsieur Caine, murmura-t-elle.

Il se trouvait assez souvent dans les journaux locaux pour avoir l'habitude d'être reconnu par la plupart des gens du coin.

— Madame Parker ?

Elle acquiesça.

— Vous prendrez un peu de café ? lui demanda-t-il en poussant un gobelet plein devant elle.

— Merci.

Elle n'y toucha cependant pas. En fait, durant le

temps de leur conversation, aucun des deux n'en avala la moindre gorgée.

— Vous étiez la meilleure amie de Joanna Burnett ?

Elle hocha la tête. Malgré une élégance naturelle, elle avait des gestes furtifs et embarrassés.

— Depuis le lycée, oui.

— Je suis vraiment désolé pour vous.

— Merci. Joanna disait beaucoup de bien de vous, monsieur Caine.

— Horatio, je vous en prie. Et... puis-je vous appeler Laura ?

— Bien sûr.

— Au fait, pourquoi teniez-vous tant à ce qu'on se rencontre ici ? Mon bureau n'est pas loin. Si vous êtes anxieuse, un endroit public...

— ... est mieux que là où je risquerais de tomber sur Jeremy Burnett, ou l'un de ses éternels satellites.

— Je comprends. Et pourquoi ne tenez-vous pas à tomber sur Jeremy ? J'imagine que, si vous étiez la meilleure amie de Joanna, vous vous entendiez bien avec lui aussi.

— *Trop* bien... à une époque.

Elle sortit un paquet de la poche de sa combinaison et s'alluma une cigarette d'une main tremblante.

— Je peux... ?

— Je vous en prie. Tranquillisez-vous, Laura. Je suis là pour vous écouter, et essayer de vous aider.

Inspirant une longue bouffée, elle laissa tomber :

— Il faut que je vous explique, monsieur Caine... Horatio. Joanna et moi... notre amitié... Oh, mon Dieu, je ne sais pas par où commencer.

— Par le début, c'est en général le plus facile.

Par la fenêtre, elle jeta un regard sur la rue qui s'assombrissait, puis déclara :

— Mon mariage s'est cassé la figure il y a trois ans de cela. J'ai toujours envié Joanna et Jeremy. Pour le couple parfait qu'ils formaient, justement. Un soir, au club où nous passions beaucoup de nos soirées, je me suis retrouvée seule avec Jeremy, dehors sous la véranda, et, d'un geste tout à fait impulsif, je l'ai embrassé. J'étais un peu ivre, je dois le reconnaître.

Caine ne fit aucun commentaire.

Une fumée bleutée s'échappa des lèvres de Laura, puis elle continua :

— Le lendemain, je l'ai appelé au bureau pour m'excuser, lui dire à quel point j'étais gênée, et... il m'a alors avoué qu'il avait aimé ça. Qu'il avait toujours eu secrètement envie de moi, et... est-ce que je dois continuer ?

— Vous avez donc eu une liaison avec Jeremy ?

— Oui. Brève, torride, un peu minable, tout ce que vous pouvez imaginer. Et, bien sûr, j'ai perdu l'amitié de Joanna ; j'ai échangé ma meilleure amie contre une aventure nulle et sans lendemain. Je l'ai perdue... jusqu'au mois dernier.

— Pourquoi, le mois dernier ?

Agitant la main qui tenait sa cigarette, elle répliqua :

— Joanna m'a soudain appelée, je me suis mise à pleurer, à m'excuser, et on s'est retrouvées toutes les deux attablées devant un déjeuner. Elle m'a dit que ça n'allait pas fort entre elle et Jeremy, et qu'ils étaient au bord de la rupture. Je lui ai demandé si... s'il la trompait encore. Et elle m'a répondu que c'était *elle* qui le trompait.

— C'était donc elle qui avait une liaison, à présent, observa Horatio.

— Exactement. Depuis longtemps, elle fantasmait sur l'idée de se mettre « à égalité » avec lui. Elle m'a dit qu'elle avait fait ça sur un coup de tête... probablement comme moi avec Jeremy, ce premier soir, au club... mais que ça avait évolué en une histoire plus sérieuse. Elle voulait tout dire à Jeremy, en espérant que ça mènerait à un divorce. Ils n'avaient pas d'enfant, donc ils étaient les seuls concernés. Mais, la semaine dernière, nous avons de nouveau déjeuné ensemble, et elle m'a annoncé qu'elle avait réfléchi. Que Jeremy s'était montré particulièrement tendre et affectueux, ces derniers temps, et qu'elle avait l'impression d'être retombée amoureuse de lui.

— Et l'homme qu'elle voyait ?

— J'ai parlé avec Joanna le matin du jour où elle a été tuée. Elle devait le retrouver dans un motel, là où ils avaient l'habitude de se rencontrer... mais, cette fois, c'était pour lui dire qu'elle rompait.

Se martelant le front du poing, Laura ajouta :

— Ce jour-là... le jour même où elle s'est fait tuer !

— Ça va, Laura... calmez-vous. Que vous a-t-elle dit, encore ?

Avec un tremblement nerveux, elle lui répondit :

— Elle m'a dit qu'elle allait tout raconter à son mari. Elle avait le sentiment que, s'ils pouvaient se pardonner mutuellement... ils s'étaient tous les deux un peu égarés, après tout... eh bien, qu'ils pouvaient repartir à zéro.

Un amant jaloux a-t-il pu attaquer les Burnett

devant leur maison ? En imitant la tuerie des gangsters de la veille, afin de se couvrir ?

— Qui était-ce, Laura ? Qui était cet homme ?

— Je ne sais pas. Elle ne m'en a rien dit. Une discrétion compréhensible, je l'avoue. Mais, je pencherais tout de même pour un proche de Jeremy.

— Pourquoi ?

— Souvenez-vous, au début, elle cherchait seulement à se mettre à égalité avec son mari. Jeremy avait eu une aventure avec moi… sa meilleure amie. J'imagine donc qu'elle a pu choisir un de ses meilleurs amis. Pour régler ses comptes avec lui.

Caine remercia Laura pour son aide et lui conseilla de ne parler de cela à personne.

Resté seul sur le parking du magasin, il se mit alors à rassembler les pièces du puzzle.

L'ADN de l'homme avec qui Joanna a couché le jour de sa mort – faisant de cet adieu un « adieu au lit » – a été identifié comme étant celui d'un Noir.

Gabe Nickerson correspond non seulement à cette description, mais aussi à une autre : c'était le meilleur ami de Jeremy.

C'est également un ancien agent de la DEA, qui est aussi parfaitement documenté sur le local des scellés dans le building fédéral.

Grimpant dans son Hummer, Caine prit la direction de la maison de Nickerson.

Six mois auparavant – une éternité –, Caine s'était rendu chez Nickerson pour une fête entre agences, après que Jeremy et Gabe avaient réussi une saisie de drogue particulièrement importante chez les Culebras.

En chemin, il appela le juge Javier Ojeda chez lui. Le lieutenant ayant un jour aidé à le laver de tout soupçon lorsqu'une prostituée avait trouvé la mort chez lui, le magistrat accepta sans histoires de lui fournir un mandat pour perquisitionner la maison de Gabriel Nickerson.

Ensuite, Caine appela Alexx.

— Combien de temps vous faut-il, à Toni et à toi, pour une comparaison d'ADN dès l'instant où vous avez déjà les échantillons en main ?

— Pas longtemps. Pourquoi ?

— J'aimerais que vous compariez l'ADN du partenaire sexuel de Joanna Burnett avec celui qu'on a retrouvé dans la salle de bains de l'hôtel Archer.

— Pas de problème.

— Donne-moi le résultat dès que vous l'avez.

Puis, ce fut le tour de Speedle.

— Speed, j'aurais besoin que tu me rejoignes pour une petite perquisition, dont tu trouveras le mandat sur mon fax.

— A quel endroit ?

Lorsque Caine lui révéla le nom du client dont ils allaient fouiller la maison, Speedle s'exclama :

— Non ! Dites-moi que je rêve, Horatio. Gabe est vraiment derrière tout ça ?

— Au moins derrière le meurtre de Joanna. Et le reste aussi, peut-être.

— Doux Jésus ! Bon, je vous retrouve là-bas.

Caine n'avait pas franchi une grande distance lorsqu'un appel lui parvint sur son portable.

C'était Burnett.

— On vient de coincer Mendoza à Little Havana, lui annonça-t-il.

Les mains de Caine se crispèrent sur le volant.

— Où ça ?

Lorsque Jeremy lui eut indiqué l'adresse, il répondit :

— Ne bouge pas de là. Gabe est avec toi ?

— Oui, il est à côté de moi.

— Ne fais rien tant que je ne suis pas là. Promis ?

— Promis, Horatio.

Puis il raccrocha.

11

Sirène hurlante et girophares allumés, Horatio Caine fonça le long de la 25e, alors que, devant lui, le ciel prenait une teinte violacée avec le crépuscule qui tombait.

Empruntant le Palmetto Expressway vers le sud, il se fraya sans trop de difficulté un chemin au milieu du trafic heureusement peu dense de ce dimanche soir. En silence, il priait le ciel d'arriver à destination avant que Burnett et Nickerson n'aient décidé d'attaquer la cachette de Mendoza.

Comme tout policier qui se respectait, il arrivait d'ordinaire sur les lieux d'un crime après le meurtre, mais, cette fois, il espérait bien que les coups de feu n'auraient pas encore commencé.

Malgré l'appel qu'il avait lancé pour avoir des voitures de police avant lui sur les lieux, la nouvelle d'une fusillade entre les Faucones et les Mitus, à Little Haïti, avait attiré toutes les patrouilles de ce côté de la ville.

— On est en pleine guerre de gangs, lieutenant, lui avait gentiment rappelé le dispatcher.

L'espace d'une seconde, Caine regretta que la milice nationale ne soit pas déjà là.

Par radio, il informa alors son équipe de l'endroit où

il se rendait, et Speedle lui répondit que l'inspecteur Frank Tripp était déjà en route pour le retrouver chez Nickerson.

— Mais je le rappelle tout de suite, ajouta-t-il, et je le dirige vers Little Havana. Je pense qu'un peu de renfort ne vous sera pas inutile.

— Parfait. Merci, Tim.

— Horatio, attendez… Alexx est là. Elle voudrait vous parler.

— Passe-la-moi.

— Horatio, lui dit alors la jeune femme, je ne sais pas comment vous étiez au courant… mais l'ADN provenant de la chambre de l'Archer et celui de l'amant de Joanna sont les mêmes.

— Dis à Speed de te trouver quelque chose chez Nickerson pour établir une comparaison supplémentaire.

— Vous voulez vraiment épingler Gabe Nickerson ?

— Plus qu'une épingle, Alexx… Ce sont des menottes que je veux lui voir porter.

Il remercia la légiste pour l'info, raccrocha puis lâcha un puissant juron, conscient du fait que Jeremy et Gabe étaient prêts à bondir sur Mendoza… s'ils ne l'avaient pas déjà fait. Il serait facile, ensuite, de prétendre qu'une fusillade était imminente alors que tout était déjà fini.

Après avoir grillé quelques feux rouges, Caine déboucha sur Tamiami Trail et coupa la sirène en ne laissant que les girophares. S'il voulait débouler au plus vite sur les lieux, il ne souhaitait pas non plus annoncer son arrivée plus tôt que nécessaire. Sans renfort, l'effet de surprise ne pouvait être qu'à son avantage.

Quelques kilomètres plus loin, Tamiami Trail devenait 8e Rue puis, alors que Caine pénétrait dans le cœur de Little Havana, elle prenait le nom de Calle Ocho. Il n'était pas rare, à Miami, que les rues aient deux ou trois appellations différentes à mesure que l'on changeait de quartier. Celui qu'il traversait à présent prenait une allure de plus en plus hispanique, avec ses échos de musique salsa et sa population colorée, des travailleurs durs à la tâche, qui avaient fui l'oppression pour vivre le rêve américain. Si Caine aimait la musique et la nourriture de Little Havana, il en appréciait surtout les habitants qui, chaque jour, se battaient pour apporter une vie meilleure, à eux-mêmes et à leurs enfants.

Ils passaient aussi chaque nuit à lutter contre l'influence négative des Culebras et la culture de la drogue que Johnny Padillo « le Rustaud » avait été le premier à introduire, avant qu'Antonio Mendoza ne reprenne le flambeau.

Bien que les Culebras aient largement pris pied dans le quartier, ils n'avaient jamais pu le contrôler totalement. A la différence de Little Haïti, où Andrew Chevalier avait régné d'une main de fer dans un gant de velours, Mendoza s'était heurté à des groupes très actifs de la communauté hispanique – tel celui dont s'occupait Mme Kenneth LaRussa.

L'adresse que Burnett avait donnée à Caine se trouvait au sud de Calle Ocho, et, dès qu'il en eut l'opportunité, il tourna à droite. Le trafic était quasi inexistant, maintenant, alors qu'il s'engageait dans un quartier plus résidentiel, loin de l'effervescence des rues surpeuplées du centre.

Après avoir passé une série de carrefours, Caine

arriva à la hauteur de Shenandoah Park. Il éteignit ses girophares puis, en approchant de son point de destination, coupa carrément ses lumières. Tout en descendant lentement la rue indiquée, il ne put s'empêcher de craindre que Jeremy ne lui ait donné une fausse adresse.

Il aurait été si facile pour Burnett de l'envoyer sur une mauvaise piste pendant qu'il abattait son bras vengeur sur Mendoza. Le comble de l'ironie étant que l'agent de la DEA ne ferait rien d'autre qu'accomplir la volonté de son ancien et déloyal partenaire, Gabe Nickerson – celui qui, à l'insu de Jeremy, avait couché avec sa femme chérie avant de la tuer.

Un nouveau scénario s'était lentement formé dans l'esprit de Caine, après les aveux que lui avait faits Laura Parker.

Secrètement en cheville avec Mendoza, Nickerson lui fournit de la dope confisquée par les feds, ainsi que des armes provenant des scellés du building fédéral. Resté proche de son ancien partenaire Jeremy – qui travaille toujours à la DEA et représente donc une menace –, Nickerson se laisse submerger par ses sentiments et se trouve embringué dans une liaison extraconjugale avec la toujours séduisante Joanna.

Lorsque celle-ci décide de rompre, menaçant de dévoiler leur liaison à son mari, Nickerson utilise le prétexte de la guerre des gangs pour fomenter une attaque contre les Burnett. Joanna et Jeremy sont tous les deux visés, mais, grâce au gilet pare-balles qu'il portait à cause de l'Alerte Orange, la vie du partenaire de Gabe est sauve.

Si ce scénario était vrai, Jeremy courait à nouveau le risque que Nickerson cherche à l'éliminer… en profitant d'une prétendue attaque contre Mendoza.

Et – une fois encore, comble de l'ironie – l'autre personne en danger était Antonio Mendoza lui-même. Nickerson pouvait en effet tuer le leader des Culebras, ou manipuler un Jeremy assommé de chagrin en le poussant à le descendre lui-même. Dans un cas comme dans l'autre, Nickerson serait couvert et obtiendrait en même temps tout le crédit d'avoir fait tomber un redoutable dealer.

Puis, profitant du chaos dans lequel plongeraient ces gangs dépourvus de leurs chefs, l'ex-agent de la DEA prendrait à lui tout seul le contrôle du trafic de drogue de Miami. Il avait passé vingt ans à travailler du côté des forces de l'ordre. Qui donc serait mieux à même que lui de mettre sur pied un réseau criminel capable de l'aider à réaliser ses ambitieux projets ?

Et, comme le prouvaient les derniers résultats d'analyse ADN, Nickerson était impliqué dans l'attaque de l'hôtel Archer mais sans doute aussi avec un des Santoya sinon avec les deux hommes… qu'il avait plus tard exécutés.

Un détail compliquait cependant l'affaire : l'appel téléphonique de Jeremy. Nickerson savait en effet que Caine venait, ce qui voulait dire que le lieutenant se jetait tout bonnement dans un piège. Un piège dans lequel les deux autres apparaîtraient comme des victimes de gangsters dont la cachette avait été découverte puis attaquée.

Il pourrait attendre prudemment du renfort. Tripp serait bientôt sur les lieux. Mais, dans ce cas, Jeremy risquait tout simplement de mourir.

Arrivant devant le pâté de maisons où se trouvait la planque de Mendoza, Caine aperçut la voiture de Burnett stationnée un peu plus haut dans la rue. Il gara son Hummer derrière le véhicule, en descendit et ferma la portière sans faire de bruit. Il jeta alors un coup d'œil dans la voiture de Jeremy et n'y vit rien ni personne.

Tout paraissait tranquille, le quartier semblant être plongé dans un silence inhabituel ; on n'entendait ni télévision, ni cris d'enfants. C'était calme. Bien trop calme.

La maison dont Burnett lui avait donné l'adresse se trouvait deux portes plus haut, de l'autre côté de la rue. Son 9 mm à la main, son badge pendu à son cou, Caine marchait lentement, ses yeux prêts à détecter le moindre mouvement révélateur.

Des nuages couvraient la lune, à présent, et les quelques étoiles paraissaient ternes dans le ciel noir. Le temps qui, quelques minutes plus tôt, était agréable, semblait s'être mis au diapason de l'atmosphère ambiante : l'air était devenu soudain moite, et Caine, qui avançait à pas comptés, avait l'impression de respirer sous l'eau.

La maison était une vieille construction de bois à un étage, dont il existait de moins en moins d'exemples, aujourd'hui, la plupart des habitations ayant été remplacées par des bâtisses recouvertes de stuc, plus résistantes aux orages côtiers de la Floride.

Aucune lumière ne filtrait de l'intérieur, et les autres logements semblaient à peine plus éclairés. Bien qu'il soit encore assez tôt, on aurait dit que tous les habitants du quartier étaient allés se coucher. Inspectant le moindre recoin à mesure qu'il approchait, Caine ne vit aucun signe de Burnett ou de Nickerson. Etaient-ils déjà dans la maison ?

Il n'y avait aucune trace de Tripp, non plus.

Le jardin, comme tous ceux qui l'entouraient, était petit et bien entretenu. Quelques voitures stationnaient le long du trottoir, à l'intérieur desquelles le lieutenant ne distingua aucune silhouette.

Il observa un instant la maison. Parfaitement quelconque, elle pouvait très bien abriter un dealer cherchant à se planquer. Alors qu'il se demandait quoi faire, maintenant, une vive lumière blanche s'échappa d'une fenêtre du premier, puis un coup de feu résonna dans la nuit.

Un éclair, aussi vif que le précédent, jaillit alors d'une autre fenêtre, et deux coups de feu retentirent, cette fois, mais légèrement étouffés.

A présent, Caine comprenait pourquoi les voisins étaient aussi calmes. C'était la peur qui les pétrifiait. Et les coups de feu qu'il venait d'entendre n'étaient sans doute pas les premiers de la soirée.

Son arme braquée devant lui, Caine se rua sur le perron, dont il venait de voir que la porte était entrouverte. S'accroupissant, il poussa le battant et l'ouvrit en grand…

La pièce était sombre, aucune lumière n'éclairait l'intérieur. De sa main gauche, il saisit sa lampe dans sa poche…

De là où il se trouvait, il apercevait le salon, sur sa gauche, et un escalier, face à lui. La pièce rappelait quelque peu le logement des Santoya, avec son canapé de cuir noir, son fauteuil assorti, sa table basse en verre et son énorme meuble télé.

Sur le plancher de la vieille maison dont l'intérieur

avait été restauré, gisaient deux Culebras, l'un près du divan, l'autre, quasiment dans les pieds de Caine. Ils étaient couchés sur le dos et portaient chacun une blessure mortelle à la tête.

Se glissant dans le salon, le dos contre le mur, prêt à tirer, Caine balaya la pièce de sa lampe torche pour étudier le carnage. Inutile de faire preuve de beaucoup d'imagination pour deviner ce qui s'était passé : l'homme le plus près de lui avait été abattu en allant ouvrir la porte d'entrée – dans l'espoir de s'enfuir, sans doute ; et l'autre s'était levé du canapé pour recevoir à son tour le coup fatal. Deux revolvers – vraisemblablement les leurs – étaient abandonnés près de leur corps sans vie.

Caine tendit l'oreille.

Provenant du premier, il crut percevoir l'écho d'une conversation étouffée. Le couloir menant à la cuisine révélait une petite chambre qui paraissait vide... à moins que quelqu'un n'ait cherché à s'y cacher. Sur sa gauche, se trouvait l'escalier, dont les trois premières marches aboutissaient sur un palier, au-delà duquel il semblait continuer vers le premier étage.

Commençant à grimper, Caine s'aperçut qu'au beau milieu, gisait un autre Culebra mort, les yeux grands ouverts sur le vide, une bonne partie de son cerveau ayant giclé un peu partout sur le mur derrière lui. Le pistolet qu'il avait encore à la main ne lui avait manifestement pas servi à grand-chose.

Caine continua de monter les marches, s'efforçant de n'altérer aucun indice autour du corps qu'il était en train d'enjamber.

A mi-chemin, il s'arrêta un instant, et, de nouveau,

distingua les bruits d'une conversation. Nettement plus claire, à présent.

— O.K., il est mort, résonna alors la voix de Jeremy Burnett.

— Bon débarras, répliqua Gabe Nickerson. Le mien aussi a rejoint le paradis… Horatio ne devrait pas tarder, maintenant.

— Effectivement, je suis là, fit le lieutenant en apparaissant devant eux.

Emergeant brusquement en haut de l'escalier, il venait de pénétrer dans une pièce centrale sur laquelle donnaient plusieurs portes, dont une ouverte sur une salle de bains éclairée, ce qui créait un minimum de lumière.

Nickerson se tenait dans l'embrasure d'une porte, sur le côté, et Burnett était penché au-dessus du corps d'Antonio Mendoza, dont la main tenait encore un .45 mm.

Les deux hommes portaient une combinaison de commando noire, et chacun d'eux avait entre les doigts un automatique Desert Eagle.

— Vous avez manqué quelque chose, lui dit Nickerson en souriant. Une sacrée fusillade…

— Gabe, je voudrais que vous laissiez tomber cette arme par terre… calmement, sans geste brusque… sans qu'aucun coup de feu ne parte. Jeremy, tant que je ne sais pas de quoi il retourne, tu fais la même chose.

— Horatio, lâcha Nickerson, vous ne pouvez…

— Si, je peux. Obéissez.

Gabe et Jeremy échangèrent un regard, haussèrent les épaules puis envoyèrent leur arme glisser sur le plancher avant de s'arrêter aux pieds de Caine.

Près de lui, Nickerson leva à demi les mains en l'air,

tandis que Burnett restait penché sur le corps de Mendoza, sans lever les bras. Bien sûr, Caine ne le lui avait pas demandé…

— Une fusillade, hein, Gabe ? lui fit Caine. Comme lors du massacre de la Saint-Valentin ? Comme lorsque vous avez tué vos laquais, les Santoya ? Et, la « conférence de paix », à l'hôtel Archer, c'était aussi une fusillade ?

Nickerson eut un nouveau sourire.

— Vous voulez vraiment que je vous dise quelque chose, Horatio ? Vous ne m'avez pas encore lu mes droits…

— C'est vrai que vous êtes un ancien flic. Merci du conseil.

Et Caine s'exécuta – sans que personne change de position : lui, tournant le dos à l'escalier, Burnett toujours près du cadavre de Mendoza, et Nickerson, près de lui, les mains levées.

— A quoi ça rime, tout ça, Horatio ? lui demanda alors Jeremy.

— Je laisserai aux indices le soin de parler… en temps et en heure.

— Allons, dis-moi. Qu'est-ce que c'est que ce cirque ?

— O.K., j'accepte de te faire partager un indice qui nous a mis sur la piste : ton ami Gabe, ici présent, a laissé une petite goutte de lui-même à l'Archer, un minuscule échantillon d'urine qui prouve qu'il se trouvait là-bas dans cet hôtel quand l'attaque a eu lieu.

Toutes les preuves contre lui n'étaient pas réellement réunies. Le tueur de l'Archer était l'amant de Joanna et identifié par son ADN comme étant un Noir. Mais Caine savait que le fait d'impliquer Nickerson en y ajoutant un peu de bluff pouvait entraîner une confirmation spontanée de Jeremy.

— Je ne le crois pas, dit simplement celui-ci.

— Le même échantillon d'ADN, continua Horatio, a été comparé au sperme retrouvé dans le corps de Joanna. Elle et Gabe ont eu des rapports quelques heures avant qu'il n'envoie les Santoya vous abattre tous les deux…

— C'est complètement dingue ! s'exclama Burnett. Gabe et Joanna ?

— Ne l'écoute pas, Jer, lui lança Nickerson.

— Ils avaient une liaison, insista Caine. Elle voulait te rendre la monnaie de ta pièce, après ton aventure avec Laura Parker, sa meilleure amie. Alors, elle et ton meilleur ami… tu saisis ?

Jetant un regard noir sur l'homme qu'il avait en face de lui, Burnett articula :

— Gabe… tu m'as menti…

Paniqué, celui-ci rétorqua :

— Arrête, il te raconte n'importe quoi !

Ses yeux se posèrent alors sur Caine quand il demanda :

— Tu dis n'importe quoi, Horatio. Joanna m'aimait… Je sais qu'elle m'aimait.

— Oui, elle t'aimait, reprit Caine. C'est pour ça qu'elle avait rompu avec Gabe… et prévoyait de tout te raconter. C'est pour ça aussi qu'il a choisi de la tuer.

Alors, seulement, Caine comprit. Il comprit qu'il avait commis une erreur magistrale : Jeremy n'avait jamais été la cible de Nickerson ; seule, Joanna l'avait été.

Cette idée venait à peine de lui effleurer l'esprit lorsque Burnett arracha son .45 mm des doigts de

Mendoza, bondit sur ses pieds et déchargea son arme sur Gabe. Qui n'eut même pas le temps d'abaisser les mains, sa tête explosant dans un jaillissement de sang, son corps s'effondrant à la renverse dans la pièce derrière lui, comme un sac de grains tombé d'un camion.

— Lâche ça, Jeremy !

Caine et Burnett se faisaient face, à présent, chacun pointant son arme sur l'autre ; les traits crispés, les muscles du cou tendus à l'extrême, Jeremy s'écria :

— Il m'a menti ! Le fumier…

— Baisse ton arme, Jeremy, répéta le lieutenant. Tu ne t'en sortiras pas de cette façon.

Comme pour souligner la phrase de Caine, le hululement d'une sirène déchira soudain la nuit. Lointain, étouffé, mais qui s'approchait…

Malgré cela, Burnett n'abaissa pas son arme.

— Il… il m'a dit que Joanna avait découvert… avait découvert que…

— Que toi et Nickerson vous faisiez des affaires ensemble. Avec la drogue. Avec un autre partenaire du nom de Mendoza, qui vous fournissait sans doute depuis des années… Un négoce dérisoire pour lui, mais énorme aux yeux de ses rivaux.

— Tu… tu joues à la devinette, Horatio. Attention, tiens-t'en aux indices.

— Je ne devine pas, je suppose, corrigea-t-il. Des suppositions basées sur des preuves. Gabe t'a dit que Joanna avait découvert votre petit commerce à trois, avec Mendoza. Il t'a dit qu'elle savait que vos affaires se développaient, que vous prévoyiez de mettre à vous deux la main sur le trafic de toute la ville, avant de coincer Mendoza et de lui faire porter le chapeau de cette guerre qui vous a tant rendu service.

Les sirènes se rapprochaient.

Burnett, les yeux hagards, mais son arme toujours pointée sur Caine, avoua :

— Oui… oui, il m'a dit qu'elle… qu'elle savait. Et Joanna était aussi intègre que possible… tu sais à quel point elle était idéaliste… pour ses causes. Et… Gabe disait… il disait qu'elle devait disparaître.

— Et tu as été d'accord avec lui, continua Caine. Tu t'es même placé dans la ligne de mire, sachant que ton gilet te protégerait. L'Alerte Orange, c'est ça ? Tu as même bondi devant elle – soit pour la protéger à la dernière minute, soit pour faire plus vrai… quelle importance ? Tu as aidé à assassiner la femme qui t'aimait, Jeremy.

— Que… que j'aimais… articula Burnett en secouant lentement la tête.

Les sirènes étaient toutes proches, maintenant.

— Les sentiments sont tout de même étranges, observa Caine ; regarde comme j'ai laissé notre amitié m'aveugler. J'aurais dû m'en rendre compte, depuis le début… tu étais bien trop loin de cette plaque minéralogique pour en distinguer quoi que ce soit. Quand j'ai vu la vraie plaque de la Lexus, chez les Santoya, j'ai compris à quel point tu nous avais grugés. Tu essayais de faire accuser Calisto, c'était évident. Mais moi, j'étais aveugle. Aveuglé par notre amitié.

— Je sais que tu ne comprendras jamais, Horatio. Mais, après tant d'années passées à essayer de faire tomber des dealers… à combattre un problème qui ne pourra jamais être maîtrisé… Gabe et moi… au début, c'était seulement un moyen de mettre du beurre dans les épinards… pour notre retraite. Et puis…

— Et puis, vous êtes devenus gourmands. Vous

vous la jouiez Scarface. C'est pour ça que Gabe a pensé que Joanna devait mourir – si elle te racontait tout sur leur liaison, qui sait comment tu aurais réagi ? Tu pouvais te mettre en tête de le descendre…

Burnett leva son arme de quelques millimètres et, soudain, son bras parut se durcir. Son regard, aussi. Il venait de prendre une décision.

— Tue-moi, Horatio.

— Quoi ?

— Tue-moi, ou je te tue moi-même…

— Laisse tomber ton arme, Jeremy.

— C'est trop te demander ? interrogea-t-il avec un sourire nerveux. Tue-moi… Mets ton flingue dans la main de Mendoza, et raconte ensuite ce que tu voudras. Tu as une tripotée de gangsters morts, plus deux agents de la DEA, morts aussi… Tu éviteras beaucoup d'emmerdes à la police et aux représentants de l'ordre.

Caine partit d'un rire sec avant de répliquer :

— Pour que tu quittes cette terre en héros ? Et Gabe aussi ? Hors de question.

Les sirènes, qui étaient à présent devant la maison, cessèrent brusquement.

— Tu peux bien m'offrir ça, Horatio, insista Jeremy. On était amis, avant. Ne me force pas à tirer… je ne voudrais pas te tuer. Mais je te jure que je le ferai si tu ne me sors pas de cette foutue merde.

— Non.

— Tu ne veux donc pas me laisser mourir avec un minimum de dignité ?

Le bras de Burnett se tendit encore, son doigt se raidit sur la détente…

Et Caine tira une fois, deux fois, trois fois.

Les balles atteignirent son ami en pleine poitrine, le

propulsant dans la pièce dont la porte était ouverte derrière lui.

Le lieutenant enjamba le corps de Mendoza, s'agenouilla devant Jeremy Burnett qui regardait fixement le plafond. Il glissa son arme dans son étui, enfila ses gants de caoutchouc puis ramassa le .45 mm que l'agent de la DEA avait lâché dans sa chute.

Le visage de Burnett se tourna alors vers Caine, et il articula :

— Espèce de… salaud.

— Je savais que tu avais ton Kevlar sur toi. C'est pour ça que tu as visé Gabe à la tête. Je me demande combien tu as de côtes brisées, cette fois ?

— Fumier… tu n'as pas pu, hein ? Tu n'as pas voulu me laisser mourir avec honneur.

Caine se leva et déclara :

— Jeremy, ce n'est pas comme ça que ça marche. Tu ne peux pas mourir avec honneur… sans avoir vécu avec honneur, avant.

Cette fois, Burnett ne dit plus rien.

Le lieutenant retrouva un inspecteur Tripp interloqué sur le palier du premier, lorsque celui-ci émergea de l'escalier, son arme à la main.

— Qu'est-ce qui se passe, ici… ?

— On peut déjà commencer avec mon témoignage, puisque j'ai vu Jeremy Burnett assassiner Gabe Nickerson. Burnett est là. Cette maison n'a pas été fouillée. Lisez-lui ses droits, et, après, dégagez-le-moi de là. Je ne veux pas que cette ordure contamine davantage ma scène de crime.

Et Horatio Caine descendit, laissant Tripp et les policiers faire leur travail. Sortant son portable, il appela Speedle et lui demanda de prévenir l'équipe de laisser tomber la maison de Nickerson et de le rejoindre au plus vite dans la cachette de Mendoza.

Comme il venait de le dire à Tripp, ils avaient une nouvelle scène de crime à examiner.

Et les indices parlèrent d'eux-mêmes.

Toni Escobedo, l'experte en recherche ADN, compara un échantillon prélevé sur la brosse à dents de Gabe Nickerson avec celui de l'urine récoltée dans la salle de bains de l'Archer, pour en conclure que l'agent de la DEA s'était effectivement soulagé dans les toilettes de la chambre d'hôtel, avant que lui et Burnett ne descendent massacrer les trois dealers et leurs lieutenants respectifs.

Les empreintes relevées sur le carrelage de la même salle de bains s'avérèrent être celles des bottes de Nickerson, et celles recueillies dans la maison des Santoya se trouvèrent correspondre à celles de Burnett – ces deux paires de bottes étant celles que le duo avait portées lors de leur dernière boucherie, dans la maison qui servait de cachette à Mendoza.

La bande vidéo de surveillance du King Building, retravaillée et améliorée par Tyler Jenson, montra Burnett et Nickerson en train de déposer des sachets de drogue factice à la place de celle qu'ils avaient gardée, et les mêmes hommes, plus tard, en train d'embarquer des armes dans le local des scellés.

Si Ken LaRussa se trouvait par là innocenté, ses ambitions politiques n'en furent pas moins anéanties, sans parler du fait qu'il risquait aussi de perdre son poste de substitut du procureur pour avoir laissé tout cela arriver sous sa surveillance… et sous son nez.

Caine savait que certains qualifieraient Burnett et Nickerson de héros, pour avoir abattu de dangereux dealers et chefs de gang, quelles que soient les circonstances de ces éliminations. Les tabloïds diraient que les deux agents de la DEA avaient formé à eux seuls un groupe d'autodéfense, sans préciser qu'ils étaient eux-mêmes des trafiquants.

Ces lambeaux de dignité et d'honneur, Caine voulait bien les leur céder.

Ce qui n'empêchait pas le lieutenant de se sentir coupable de la mort des Santoya. Ils avaient beau être des tueurs sans âme, c'était lui qui avait dit à Burnett que l'équipe du CSI était à la recherche de ces cousins, offrant ainsi aux agents de la DEA la possibilité de nettoyer leurs bavures avant que la police ne tombe dessus.

Il était aussi arrivé trop tard pour sauver Mendoza et ses gardes du corps. Cela, Caine le regrettait amèrement, même si la mort de ce dangereux malfrat pouvait être considérée par certains comme un bienfait pour la communauté.

Une semaine plus tôt, Miami abritait encore en son sein et contre son gré cinq gangs importants. Aujourd'hui, tous leurs chefs étaient morts, et une douzaine de gangsters avaient été tués au cours d'une virée meurtrière qui avait pris fin alors même que les médias se faisaient révéler l'histoire peu reluisante de Burnett et de Nickerson.

Aucune milice nationale n'envahirait donc Miami, du moins pas avant le prochain ouragan…

Toutefois, le problème de la drogue était loin d'être résolu, et les mêmes gangs – une fois qu'ils se seraient chacun regroupés sous la bannière d'un nouveau chef

– frapperaient encore, sans aucun doute. La situation et la population de Miami en faisaient à elles seules une perspective inévitable.

Et Horatio Caine n'aimait pas l'œil noir que l'on braquait sur la police, maintenant que Jeremy Burnett – l'agent de la DEA tant applaudi quelques jours plus tôt – se faisait traiter de flic pourri qui s'en était mis plein les poches, cela au détriment des pauvres junkies qui ne survivaient qu'avec une seringue de dope plantée dans le bras.

Bien sûr, on pouvait se consoler en se disant qu'un jour ou l'autre, Jeremy Burnett aurait droit à sa propre seringue – une seringue officielle, remplie d'une injection mortelle.

Le dimanche soir ou, plus exactement, aux premières lueurs de l'aube du lundi matin – l'équipe du CSI procéda à la fouille complète de la maison de Mendoza. Puis, Caine réunit ses troupes dans la salle de briefing du QG, pour leur offrir ses félicitations après le magnifique travail qu'ils venaient d'accomplir.

Aussi épuisés qu'ils soient tous, leur curiosité l'emporta sur la fatigue. Ils venaient de passer six heures à examiner cette dernière scène de crime, et, ce matin, ils voulaient comprendre ce qui était réellement arrivé. Caine leur donna donc une explication détaillée des faits, avant de leur raconter – un peu à contrecœur – comment deux flics censés être d'une parfaite intégrité pouvaient dévier ainsi de leur trajectoire.

— En fait, remarqua Speedle, dans un sens… c'est facile de comprendre comment des hommes comme Burnett et Nickerson pouvaient se sentir frustrés dans un boulot qui… vous comprenez…

— Une désillusion qui aura fini par tourner au cynisme ? suggéra Alexx.

— Oui, c'est ce que je crois, répondit Speedle.

— Et, ensuite, à l'avidité, enchaîna Delko.

— Ça a dû quand même être jouissif pour eux, observa Calleigh. Se retrouver en véritables seigneurs de la drogue… tout en exécutant les malfrats qui leur avaient glissé entre les doigts durant des années…

— Et puis, s'approprier leur « petit commerce ».

— Oui, j'imagine le pied que ça devait être pour eux.

— Eh bien, je vais vous dire, moi, fit soudain Horatio.

Tous les visages se tournèrent vers lui quand il lâcha :

— Je n'arrive pas à imaginer.

Sur ces dernières paroles de leur boss, les enquêteurs du CSI se décidèrent enfin à rentrer chez eux. Car ils avaient obtenu pour ce lundi un congé bien mérité.

En principe…

Achevé d'imprimer sur les presses de

BUSSIÈRE
GROUPE CPI

à Saint-Amand-Montrond (Cher)
en juillet 2005

FLEUVE NOIR
12, avenue d'Italie
75627 Paris Cedex 13
Tél. : 01-44-16-05-00

— N° d'imp. : 51667. —
Dépôt légal : septembre 2004.
Suite du premier tirage : juillet 2005.

Imprimé en France